Patrick LORPHELIN

LE PASSÉ RECOMPOSÉ

MEURTRE À PONTAILLAC

LA GESTE

I

Pontaillac. Dimanche 10 juin. Neuf heures trente

Sidonie Courtois est attablée devant son bol de café. Elle vient tout juste de se réveiller et rêvasse en tournant sa cuillère. Paul, son père, surgit derrière elle.

— Bonjour, ma fille. Bien dormi ?

— Oh oui ! Tu ne peux pas savoir comme je me repose bien ici, au calme. Pas comme à Bordeaux où je suis toujours réveillée de bonne heure par les allées et venues dans la rue.

— Tu viens faire une virée à bicyclette avec moi ?

— Pas très envie !

— Mais si, regarde le temps est superbe et cela te fera le plus grand bien.

— Papa, je ne suis pas une grande sportive comme toi.

— Je te promets. J'irai à ton rythme et un peu de sport te dégagera les neurones.

— J'avais prévu de réviser un peu ce matin.

— Tu apprendras encore mieux après. Juste une heure.

— Bon d'accord. Laisse-moi juste quelques minutes.

— Juste le temps de gonfler les pneus de ton vélo.

Un quart d'heure plus tard, ils enfourchent tous les deux leur bicyclette et prennent la piste cyclable de la route de la corniche. Sidonie aime beaucoup cet itinéraire qui longe le bord de mer avec un panorama splendide sur l'estuaire de la Gironde. Son père veut accélérer mais elle préfère le laisser partir. Pas question pour elle de faire de la vitesse. Ils redescendent sur la plage de Vaux et reprennent la route qui longe le littoral. Elle le rattrape dans la descente. Puis ils bifurquent sur une petite route qui s'enfonce à l'intérieur des terres. À plusieurs reprises, Paul s'assure que sa fille suive son rythme et ralentit souvent. Il a l'habitude de parcourir parfois jusqu'à cinquante kilomètres tout seul ou avec deux ou trois copains, même plus jeunes que lui, et il n'est jamais le dernier à l'arrivée. Mais, aujourd'hui, il profite d'être avec sa fille. Elle ne vient pas souvent en week-end à Pontaillac. À vingt-quatre ans elle termine sa quatrième année de médecine à la faculté de Bordeaux et ses études ne lui laissent pas beaucoup de temps libre. Son père a insisté pour qu'elle vienne ce week-end et il a invité aussi ses deux fils, Cédric et Antoine qui doivent arriver pour le déjeuner.

Cédric, son fils aîné à trente-sept ans, n'a – au grand dam de son père – jamais eu beaucoup d'ambition. Il se considère comme un artiste. Sa passion : la peinture. Mais, comme il n'arrive pas à vivre de son art, il a enchaîné les petits boulots. Actuellement il possède une maison près d'Angoulême qui lui sert également d'atelier où il restaure de petits meubles, les repeint, ou comme il a plaisir à dire, il les relooke, pour leur donner une deuxième vie, et les revend. Cédric vit seul. Il n'arrive pas à rester plus de six mois avec la même compagne. Il a hérité de son père un physique agréable, il lui ressemble beaucoup. Grand, mince, de grands yeux clairs, des traits bien dessinés. À la différence de Paul, il a laissé pousser ses cheveux alors que son père a toujours préféré des cheveux très courts qui, avec l'âge, ont grisonné et se sont raréfiés.

Antoine, son deuxième fils, a deux ans d'écart avec son frère aîné. Il est passionné d'automobile. Il a commencé des études supérieures mais, après l'obtention d'un BTS, a préféré ne pas continuer pour travailler dans une concession automobile où il est maintenant chef d'atelier et occupe ses week-ends à mettre au point son bolide, une Porsche, avec lequel il participe à des rallyes. Son épouse, Clémentine, accepte son engouement pour la mécanique. Elle le suit souvent, même si elle tremble parfois quand les parcours sont dangereux. Depuis l'année dernière, ils emmènent maintenant leur fils, Raphaël, six ans, qui ne veut rien manquer des prouesses de son père sur les circuits.

C'est une chance pour Paul qu'ils aient pu se libérer pour ce dimanche. Antoine a peu d'occasions de retrouver Cédric avec lequel il s'est toujours entendu. Il avait sept ans, et son frère deux de plus, quand leurs parents ont décidé de divorcer.

Quelques années auparavant, leur père recherchait une préparatrice en pharmacie pour suppléer un employé qui partait en retraite. Véronique s'est présentée et a tout de suite été acceptée. Paul est tombé sous son charme dès les premiers jours. Cependant il venait d'acquérir, avec Edwige, la villa Neptune et d'importants travaux allaient commencer. Le couple logeait au-dessus de la pharmacie installée dans le centre-ville. Ils possédaient un grand appartement, agréable mais très bruyant surtout l'été et le week-end. Aussi avaient-ils pris la décision d'acheter une propriété plus au calme dans une rue un peu retirée des voies principales. Paul avait eu un coup de cœur pour cette bâtisse, une des premières construites après la Second Guerre mondiale, toute en moellons. Leurs moyens leur permettaient maintenant de se l'acheter en la transformant à leur goût. La propriété appartenait à un client de la pharmacie, Franck Altricht, qui venait de perdre son épouse et qui ne tenait plus à conserver cette maison. Il venait de vendre également un bar situé près du front de mer et souhaitait revenir à Brive d'où il était originaire. La villa Neptune possédait un grand terrain de près de deux mille mètres carrés, mais ce monsieur voulait absolument se conserver une parcelle dans le cas où il aurait eu envie de revenir ici et construire une villa. Lors du compromis, Paul avait insisté auprès de lui, mais monsieur Altricht avait déjà procédé à la division. C'était la condition. Ils avaient sympathisé tous les deux. Avec son accent marqué du Sud-Ouest, il avait commencé à raconter sa vie et, quand le notaire tentait de revenir au texte du compromis, le septuagénaire avait toujours une anecdote à raconter. Les époux Courtois avaient juste obtenu que, s'il se décidait à vendre, ils seraient les premiers informés. Le vendeur avait cependant répondu que, tant qu'il vivrait, il ne se séparerait pas du terrain. D'un autre côté, cela arrangeait un peu Paul et Edwige, car l'argent qu'ils auraient dû dépenser pour ce morceau de terre leur permettrait de faire des travaux supplémentaires. Et cette division ne les empêchait pas d'avoir, de leur séjour et des chambres, une vue sur l'océan.

De plus, il y avait très peu de propriétés à vendre sur ce secteur et les rares que les agences proposaient étaient situées soit au bord d'un axe passager soit en bas d'un immeuble dont les ouvertures plongeaient carrément sur le jardin.

Edwige Courtois était alors responsable d'une agence bancaire dans la rue principale de Royan, la rue Pierre Loti. Elle y avait connu Paul onze ans auparavant, alors qu'elle n'était qu'une simple employée. Elle avait gravi les échelons et avait obtenu en 1988, la direction. Avec son salaire et les revenus de Paul, ils pouvaient faire face aux mensualités d'un crédit important pour la transaction et les travaux de restauration.

Pontaillac est un quartier résidentiel de Royan. Comme toute la ville, il a subi des bombardements à la fin de la Seconde Guerre mondiale mais n'a pas été totalement détruit comme l'a été le centre-ville. Les villas des années 1950 ont remplacé les bâtisses de la Belle Époque. Il domine légèrement la ville, entre deux conches, deux criques dont l'une a été aménagée en une superbe plage un peu abritée des vents d'ouest.

Dès son arrivée à la pharmacie, Véronique, qui venait de se séparer de son compagnon, trouva un appartement dans une petite résidence à la sortie de Royan, à une demi-heure à pied du centre-ville. Elle avait loué ce logement provisoirement en attendant que sa situation se précise et s'était donné un an pour trouver un appartement plus près de l'officine. Elle faisait le trajet tous les jours à pied ou à bicyclette.

Six mois après son embauche, un soir de septembre 1989, un violent orage s'est abattu sur Royan. Véronique demanda à Paul s'il voulait bien la raccompagner chez elle. Ils avaient tous les deux gardé leur distance, surtout devant le personnel, mais quand ils étaient seuls dans la pharmacie, à l'abri des regards, ils se rendaient bien compte qu'ils étaient attirés l'un pour l'autre. Paul la trouvait particulièrement attirante dans sa façon de s'habiller – elle portait souvent des robes courtes légères qui mettaient en valeur sa silhouette fluette et ses longues jambes bien galbées –, sa façon aussi de se coiffer en relevant ses longs cheveux châtains en un chignon. Elle esquissait souvent un sourire charmeur auquel il ne pouvait résister. Véronique trouvait cet homme, même de treize ans son aîné, particulièrement séduisant. Il entretenait sa forme physique par une activité sportive intense. Elle s'était vite aperçue qu'il ne s'adressait pas à elle sur le même ton que les quatre autres employées de la pharmacie, mais elle faisait semblant de ne pas s'en rendre compte pour ne pas créer de jalousies.

Il était tout juste dix-neuf heures. Il lui répondit que l'électricien chargé de refaire toute l'installation de la villa Neptune l'attendait pour vérifier l'emplacement de trois interrupteurs. Cela lui prendrait cinq minutes. Si elle voulait bien patienter, il la raccompagnerait ensuite.

— Au contraire, lui répondit-elle. Je pourrai ainsi connaître votre maison.

Elle se proposa de patienter dans la voiture, mais il insista pour qu'elle se rende avec lui à l'intérieur de la maison.

Comme il l'avait prévu, l'entretien avec l'électricien fut bref. Dès son départ, il fit visiter à Véronique la maison en travaux. Le plus gros était déjà réalisé. Des murs avaient été abattus pour agrandir des pièces, et maintenant elle comportait un vaste séjour, une cuisine en cours d'aménagement, cinq chambres et deux salles de bains.

Véronique ne cachait pas son enthousiasme. Il la fit monter au deuxième étage où, dans le grenier, il avait aménagé en plus une salle de jeux et son bureau, d'où l'on découvrait une vue sur la mer.

Ils étaient tous les deux près de la fenêtre :

— Qu'est-ce que vous avez comme chance de venir habiter ici ! s'exclama Véronique. Vous l'avez bien choisie. Elle est tout simplement splendide.

— D'ici, par temps clair, on aperçoit Talmont mais aussi les coteaux du Médoc. Au lever et au coucher du soleil, les teintes sur l'océan sont magnifiques. Ce n'est pas comme aujourd'hui.

En effet la pluie redoublait d'intensité.

Véronique semblait absente, regardant à peine les gouttes fouetter les carreaux de la fenêtre. Il se rapprocha d'elle. Elle se retourna et le regarda droit dans les yeux. Ils restèrent immobiles puis Paul caressa les cheveux de la jeune femme. Elle se laissa faire. Il approcha son visage et ses lèvres. Ils s'embrassèrent. Puis il la tira légèrement en arrière.

— On pourrait nous voir, dit-il doucement.

— Vous avez raison, ce n'est pas très prudent. Mais j'attends ce moment depuis si longtemps.

— Et moi donc, depuis le jour où tu t'es présentée à la pharmacie pour la première fois. Je n'avais qu'une crainte : que le poste ne te convienne pas. Mais tu as accepté les conditions que je te proposais et en plus, tu étais seule, sans mari et sans enfants.

— Et moi, j'avais peur de ne pas faire l'affaire et de ne pas m'entendre avec vous et avec vos collaboratrices.

— Tu es une excellente préparatrice, Véronique. Je te l'ai déjà dit, et en plus très aimable avec les clients. J'ai eu de la chance de te rencontrer. Nous nous entendons bien tous les deux, la preuve.

Il la pressa contre lui. Elle tenta de se dégager mais après tout, elle n'avait pas non plus très envie de le quitter tout de suite, bien au contraire. Elle se laissa faire quand il l'enlaça de nouveau et l'embrassa encore.

Il commençait à lui soulever sa jupe, mais elle s'y opposa.

— Ne précipitez pas les choses, Paul.

Silencieusement ils redescendirent les marches du grand escalier en chêne qui menait au rez-de-chaussée. La pluie avait presque cessé. Ils quittèrent la maison sans se dire un mot. À quoi cela aurait-il servi de prononcer des phrases banales qui auraient certainement gâché la passion qu'ils avaient l'un pour l'autre ?

Elle lui montra ensuite l'itinéraire qui menait à son immeuble. Arrivés en bas, il posa sa main sur celle de Véronique puis la serra fort.

— À demain Véronique.

— À demain Paul.

Ils furent très discrets et très prudents. La pharmacie employait trois vendeuses en hiver, trois femmes mariées. La plus jeune, qui approchait de la trentaine, répondait au nom de Léna, une petite brune qui, à l'arrivée de Véronique, venait de retravailler après un congé de maternité. La deuxième, âgée de quarante-deux ans, Aurore, était mariée et n'avait pas d'enfant. La troisième, Nina, venait de fêter ses cinquante ans. C'était la plus ancienne mais aussi la plus triste. Elle avait divorcé, il y a une dizaine d'années, et en voulait à la terre entière que son mari l'ait larguée. Elle était de plus très jalouse et envieuse du bonheur des autres.

Par contre, Paul pouvait compter sur elle. Elle travaillait dans la pharmacie depuis plus de vingt ans et connaissait la plupart des clients résidant à Royan toute l'année. Elle avait cependant le défaut de les écouter un peu trop, de prêter l'oreille à leurs petits malheurs, même si l'officine était pleine et que d'autres clients commençaient à s'impatienter. Elle regardait aussi Véronique avec dédain et jalousie. Elle aurait bien voulu être préparatrice et avait beaucoup de mal à admettre qu'une jeune femme, qui plus est très séduisante et que la nature avait gâtée, puisse souvent la remettre en place gentiment quand il lui arrivait de se tromper de prescription. Nina s'était laissée aller quand son mari l'avait quittée et maintenant elle paraissait complexée vis-à-vis de ses collègues.

Véronique s'était aperçue qu'Edwige semblait ne plus supporter le caractère autoritaire de son mari. Elle avait surpris des remarques, des mots lancés trop haut. L'accès à leur appartement se faisait par un escalier situé entre deux réserves de l'officine.

Un jour, il était à peine quatorze heures, Véronique était arrivée en avance. La porte du logement était restée ouverte. Elle les avait entendus se quereller. Edwige reprochait à son époux de décider seul l'aménagement de la villa et la décoration. D'après ce qu'elle avait perçu, Paul avait choisi, sans l'avis de sa femme, les couleurs de la peinture de leur chambre. Et pourtant, elle lui avait semble-t-il donné le feu vert en prétextant qu'elle s'en fichait. Quand elle avait vu le résultat sur les murs, elle avait injurié son mari. Il avait choisi des couleurs très vives alors qu'elle aurait préféré des teintes pastel. Elle exigeait qu'il fasse repeindre la pièce. S'il refusait, elle ne coucherait jamais dedans.

Paul n'acceptait que très rarement la contradiction. À la pharmacie, les trois vendeuses lui obéissaient sans mot dire. Avec Véronique, il se montrait plus prévenant et, de temps en temps, elle lui souriait sarcastiquement et il le prenait bien. Un jour, elle avait même refusé de conditionner deux cartons de médicaments, malgré l'insistance de Paul, alors qu'elle était occupée à pointer une commande pour un laboratoire. Elle lui avait même répondu assez sèchement. Aussitôt elle avait regretté ses paroles, mais il avait rétorqué sur un ton calme : « Faites ce que je vous dis, un point c'est tout ! » Elle avait soupiré, mis de côté sa commande et, entre deux clients, avait rangé les boîtes de comprimés, de pilules, tranquillement.

Le lendemain, Paul pestait. Il manquait des médicaments que des clients avaient commandés. Véronique faisait semblant de ne pas s'en apercevoir. Elle rangeait des tiroirs. Il l'appela. Elle répondit :

— Si vous m'aviez laissé terminer mon pointage hier, nous n'en serions pas là aujourd'hui.

Il lui fallut plus d'une demi-heure pour savoir exactement quels médicaments manquaient. En plus, il y avait beaucoup de clients qui s'impatientaient dans l'officine. Véronique l'observait avec un léger sourire ironique. Pour la première fois, il admit qu'il avait eu tort. Venant de sa part, cela paraissait impensable.

Le lendemain de la querelle avec son épouse, il proposa à Véronique de se rendre avec lui à la villa. Edwige était absente de Royan et elle ne rentrerait que tard dans la nuit.

— J'aimerais avoir ton avis sur la décoration d'une chambre.

— Pourquoi vous me demandez à moi ? Je ne vais pas y habiter.

Elle refusait de le tutoyer. Elle n'avait pas l'habitude et trouvait plus prudent aussi de continuer le vouvoiement.

Il répondit :

— Ma femme et moi sommes en désaccord sur les couleurs. Alors, tu peux avoir aussi ton opinion.

Après la fermeture de la pharmacie, ils se rendirent donc à la villa. Les travaux étaient presque terminés, et il ne restait plus que deux pièces à peindre. Ils montèrent dans la chambre principale. Paul avait choisi d'utiliser sur deux murs une peinture laquée rouge vif et sur les deux autres du bleu marine.

— Qu'en penses-tu Véronique ?

— Si vous voulez vraiment mon avis, ce sont des couleurs trop agressives pour une chambre à coucher. Je ne vous ai pas dit, mais avant d'arriver à Royan, je vivais avec Marc qui était décorateur d'intérieur. Il m'a inculqué quelques idées. Je vous suggérerais plutôt des couleurs plus douces, plus reposantes.

Tout en se rapprochant d'elle :

— C'est aussi l'avis de mon épouse. Autrement dit, je dois les faire repeindre.

Ils s'enlacèrent tous les deux et s'embrassèrent. Il la plaqua ensuite contre le mur. Véronique portait une robe rouge et blanche qui descendait juste au-dessus des genoux. Il posa ses mains sur ses jambes et remonta sur ses cuisses. Bientôt elles atteignirent sa culotte. Elle desserra la ceinture du pantalon de Paul, elle sentait que son membre était dur.

Il la saisit fortement contre lui et la pénétra.

La chambre fut bien repeinte avec des couleurs pastel. Edwige était fière d'avoir convaincu son mari d'avoir renoncé à ses goûts criards.

Le mois suivant, la famille Courtois emménagea dans la villa Neptune. Cédric et Antoine étaient heureux d'avoir chacun une grande chambre dont ils avaient choisi le papier peint et qui possédait une salle d'eau individuelle. Edwige, trop préoccupée par le déménagement qu'elle devait gérer en même temps que ses responsabilités professionnelles, ne goûtait pas encore les plaisirs de son nouveau cadre de vie. Quant à Paul, il appréciait le soir la tranquillité des lieux et la vue qui s'offrait à lui.

Quelques semaines plus tard, la pharmacie Courtois assurait le service de garde pendant le week-end. Edwige allait apprécier pouvoir rester dans la villa et ne pas être dérangée par les coups de sonnette qui, parfois, ne s'interrompaient pas tout au long de la nuit. Par contre, Paul devait rester dormir dans l'appartement au-dessus, vidé pratiquement de tous ses meubles. Il avait conservé des éléments de cuisine. Une vieille table et quatre chaises trônaient dans le séjour, un canapé en cuir marron, dont les coussins étaient tellement affaissés qu'Edwige n'avait pas voulu l'amener dans la nouvelle maison, ainsi qu'une table basse qu'elle trouvait complètement démodée ; et dans une chambre, ils avaient gardé un lit, deux petites tables de chevet et une vieille commode.

C'était au mois de juin et ce samedi, il avait fait particulièrement beau. Le soleil avait été généreux et Royan avait accueilli la foule des grands jours venue profiter des joies de la plage et du grand air. La pharmacie avait été déserte une bonne partie de l'après-midi mais à partir de dix-huit heures, les clients s'étaient faits plus nombreux et une heure plus tard, les trois vendeuses avaient quitté les lieux alors que trois clients attendaient encore d'être servis. Véronique avait proposé à Paul de rester. Il avait accepté de bon cœur. Elle portait ce jour-là un T-shirt blanc avec des motifs rouges et bleus et une jupe longue blanche en lin.

Vers vingt heures enfin, l'officine était vide.

— Tu peux rentrer chez toi, si tu veux ? proposa Paul.

Véronique fit la moue :

— Tu es sûr ?

— Ah enfin tu me tutoies ! Je me suis préparé un repas froid pour ce soir, une grande salade composée et je pense pouvoir la partager avec toi.

— Chouette ! Un tête-à-tête.

— À condition de ne pas être emmerdé par les clients.

— Oui. Espérons. Ils ne vont pas nous gâcher le plaisir d'une soirée tous les deux, notre première soirée et sans doute la dernière.

— Pourquoi dis-tu cela ?

— J'ai pris une décision, Paul, je vais quitter la région.

— Mais pourquoi ? Tu ne te plais pas ici ?

— Je me sens de trop ici. Tu as ton couple, ta famille, tu viens d'emménager dans ta superbe maison avec ta femme et tes enfants. J'ai l'impression d'être un chien dans un jeu de quilles.

— Tu veux que je quitte ma femme pour toi ?

— Surtout pas, je ne tiens pas à être la cause de votre séparation.

— Je veux jouer cartes sur table avec toi. Avec ma femme il y a belle lurette que ça ne colle plus entre nous.

— Et pourquoi avoir acheté cette villa ?

— J'en avais envie, marre de cet appartement. Edwige n'a jamais été pour partir. Elle se plaît dans le centre-ville, à deux pas de son agence. Je l'ai forcée à déménager. Si je l'avais écoutée, nous habiterions toujours ici. J'ai eu en plus le coup de cœur pour cette villa, il ne fallait pas traîner pour l'acheter. Dans ce quartier, les occasions sont rares. Bien sûr, il y a ce problème de terrain que le vendeur a voulu se conserver et qui pourrait, s'il construit, nous gâcher un peu la vue mais la maison a tellement de charme.

— Tu as tout à fait raison. Elle me plaît aussi beaucoup et son environnement est très sympa.

— Véronique, je suis fou de toi. Depuis le premier jour, et je n'ai qu'une envie : que nous fassions un bout de chemin ensemble. Je dois t'avouer une chose, je n'ai jamais eu autant de sentiments pour une femme. Tous les matins, j'attends avec impatience le moment où tu arrives pour travailler. Tous les soirs, je te vois partir avec regret me demandant ce que tu vas faire de ta soirée. Souvent, d'ailleurs, je t'ai posé la question en ayant peur d'être indiscret mais, au contraire, tu me parlais assez longuement de ce que tu allais faire.

— En effet, j'étais contente que tu t'intéresses à ma vie. Les soirées sont parfois longues à Royan, les distractions sont rares, surtout l'hiver, et, même si la solitude ne me fait pas peur, se retrouver seule le soir devant son poste télé ou avec un bon livre n'est pas très enthousiasmant. J'arrive quand même à m'occuper. Je joue, comme tu le sais, toutes les semaines au tennis.

— Oui, tous les mercredis soir.

— Et parfois le dimanche matin, quand je trouve un ou une partenaire disponible. Mais à part ça, je m'ennuie un peu ici. Je sais que c'est temporaire.

— Tu as réussi à te faire des connaissances, avec ton charme, ta gentillesse, ta bonne humeur et ton sourire ?

— Bien sûr, j'ai eu des propositions mais surtout pour mon physique.

À ce moment-là, la sonnette de la pharmacie se mit à retentir.

— Hélas, nous reprendrons cette discussion plus tard. Commence à manger.

Elle s'affaira en mettant le couvert sur la table basse du salon. Elle se servit un grand verre d'eau. Elle aurait voulu s'allumer une cigarette mais elle savait que Paul non seulement ne fumait pas mais détestait même l'odeur du tabac. Elle ne pouvait pas sortir, car elle ne tenait pas à ce que des clients sachent qu'elle était là. À Royan, tout le monde se connaît et Véronique se méfiait des commérages. Autant ne pas prendre de risques. Heureusement, un quart d'heure plus tard, Paul revint.

— Juste une petite ordonnance mais deux clients sont arrivés ensuite, l'un pour des couches, l'autre pour du lait premier âge, comme s'ils n'avaient pas pu prévoir plus tôt !

Puis se rapprochant de Véronique :

— Tu ne bois que de l'eau ? J'avais mis une bouteille de rosé au frais. Tu en veux un verre ?

— Volontiers.

Elle était assise sur une chaise. Il arriva derrière elle et posa ses mains sur ses épaules puis les redescendit lentement jusqu'à sa poitrine. Il lui déposa un baiser sur sa nuque.

— J'ai une envie folle de toi.

Elle se leva, se retourna et l'embrassa. Il la prit par la taille et remonta les pans du chemisier de Véronique. Elle frémit quand elle sentit sur ses hanches les mains trapues de Paul.

Mais la sonnette retentit de nouveau.

— Merde, merde. J'espère cette fois-ci que ce n'est pas encore pour des couches ou de l'aspirine. En attendant, débouche la bouteille de rosé et fais comme chez toi... D'ailleurs, tu es un peu chez toi.

Elle saisit un tire-bouchon dans le buffet et ouvrit la bouteille. Elle retira ensuite son soutien-gorge pour se sentir plus à l'aise. Elle n'avait qu'un désir, celle de s'abandonner à cet homme même si elle savait qu'ils ne pourraient pas vivre leur folle envie ce soir.

Paul était très occupé dans l'officine. Elle commença à perdre patience et se mit à table. Elle avait envie de fumer pour vaincre l'attente.

Enfin, près d'une demi-heure plus tard, il revint. Et s'affala dans le canapé :

— C'est toujours dans des moments comme celui-ci que les clients sont les plus chiants. J'ai bien mérité un verre de rosé.

— Et même plus.

Elle se mit à califourchon sur lui et commença à lui desserrer la ceinture de son pantalon puis releva sa robe.

Ils firent l'amour sauvagement, heureux d'être seuls et soulagés que la sonnette ne retentisse pas pour interrompre leurs ébats.

Une demi-heure plus tard, ils étaient attablés, dégustant un morceau de tarte aux fraises que Paul s'était acheté le matin :

— Tu vois, je commence à partager avec toi de petits plaisirs.

— Désolée de t'avoir privé d'une part de tarte. J'irai t'en acheter deux demain matin.

— Je suis prêt à partager beaucoup de choses avec toi.

— Nous en reparlerons plus tard. Je peux te faire un café ?

— Oh oui ! La nuit va être longue. Promets-moi d'abandonner l'idée de quitter la région.

— Promis. Pour le…

Leur conversation fut interrompue par un nouveau coup de sonnette.

— Allez au travail ! Le devoir t'appelle.

— Je me demande qui lui a donné mon nom !

— À qui ?

— Au devoir.

— De toute façon, je ne vais pas rester ici.

Ils s'embrassèrent puis :

— File, dit Véronique. Je passerai par l'entrée sur l'arrière tout en prenant mes précautions. Je reviendrai demain matin après mon court de tennis pour t'apporter ta tarte aux fraises.

— Je pense que je vais me remettre à ce sport.

— Tu sais en jouer ?

— Bien sûr. Je l'ai même longtemps pratiqué mais je manque de partenaire.

— Alors je te réserve un court pour dimanche prochain. Tu veux ?

— Avec plaisir. Tu seras patiente car je suis un peu rouillé.

Un client s'impatientait en bas par des coups de sonnette répétitifs.

— Ce qu'ils peuvent être chiants. À demain ma chérie.

Ce jour marqua non seulement une étape dans leur relation mais aussi une transformation radicale du comportement de Paul. Il prenait la vie du bon côté, était de très bonne humeur, désinvolte parfois et s'adressait à ses clients avec un sourire différent d'avant. Quand il rentrait le soir à la villa, il se montrait plus attentif pour ses enfants et même parfois avec son épouse.

Le dimanche suivant, il fit sa première partie de tennis avec Véronique où il perdit lamentablement son premier set. Elle s'aperçut alors qu'il était un mauvais perdant et lui envoya des balles faciles à rattraper pour lui redonner confiance. Elle gagna cependant le deuxième set. Il s'appliqua au troisième mais malgré tout, après une heure et demie, elle remporta le match.

Presque tous les dimanches ils jouaient ensemble. Il leur arrivait même de réserver un court le soir vers vingt heures. Il délaissa la bicyclette et ses promenades solitaires.

La partie de tennis se prolongeait souvent par « un quatrième set » à la terrasse d'un café. Bien évidemment ils restaient discrets. Ils ne se cachaient pas mais jamais il ne leur arrivait la moindre effusion de leurs sentiments. Leur gaieté était la seule preuve de leur connivence.

Ce comportement, bien naturellement, inquiéta Edwige qui lui reprocha de délaisser leur jardin.

— Si tu ne veux pas l'entretenir, tu n'avais qu'à rester en appartement.

Alors, quand la météo était favorable, il mangeait rapidement, encore plus rapidement qu'à son habitude et juste après avoir fini son café, il allait vite se changer et passait son dimanche après-midi à nettoyer les parterres, tailler les rosiers. Monsieur Altricht avait beaucoup choyé l'extérieur de la propriété. Tout autour d'un gazon qui avait été bien entretenu, une allée en gravier qu'il fallait souvent désherber menait à des parterres de rosiers, de dahlias qui avaient du mal à s'accoutumer au temps estival, et de petits arbustes. Bien vite, Paul fit installer un arrosage automatique. Edwige l'aidait parfois. Elle préférait cependant consacrer son repos dominical à la lecture d'un bon livre, allongée sur un transat.

À la pharmacie, rapidement, leur attitude surprit à maintes reprises les vendeuses. Ils avaient beau tenter d'avoir une certaine retenue, Nina s'aperçut qu'il arrivait à Véronique de tutoyer son patron même si elle se reprenait aussitôt.

Fin septembre, un mercredi soir, Paul arriva dans la chambre, Edwige feuilletait dans le lit un magazine.

— Paul, j'ai discuté avec les enfants tout à l'heure. J'ai une suggestion à te soumettre.

— Dis toujours.

— Dans le cas où tu l'aurais oublié, Cédric a huit ans samedi prochain. Pour son anniversaire il aimerait beaucoup, si le temps le permet dimanche, passer la journée au zoo de La Palmyre.

— Pourquoi la journée ? L'après-midi suffit.

— Pour pouvoir profiter de tous les spectacles avec les animaux. Si nous n'y allons pas dimanche prochain, il faudra attendre la saison prochaine.

— J'ai retenu un court de tennis dimanche matin. Je n'ai pas pu jouer, tu le sais, les week-ends précédents, à cause des orages.

— Pour une fois, dit Edwige, tu peux bien rester avec ta famille un dimanche toute la journée plutôt qu'avec ta préparatrice. La dernière fois que tu as joué avec elle, tu es parti à neuf heures et demie et tu es revenu à treize heures.

— C'était exceptionnel, nous n'arrivions pas à nous départager et du coup, nous avions très soif après notre match.

— Tu veux mon avis ? Je pense que tu passes trop de temps avec elle. Je suis lucide, Paul, je sens bien que votre attitude prête à confusion.

Elle changea de tonalité et d'une voix triste :

— Bientôt tu vas m'apprendre ou je vais découvrir qu'elle est ta maîtresse. J'aimerais mieux d'ailleurs que tu me l'avoues, plutôt que des voisins ou des soi-disant amis me l'apprennent.

Paul se mit à rigoler :

— Tu me fais la scène de la femme jalouse. Tu te fais du cinéma. D'accord, j'apprécie jouer au tennis avec Véronique. Elle a un bon niveau et nous aimons bien jouer ensemble. Elle ne s'impose pas comme certains partenaires qui t'en mettent plein la vue sous prétexte qu'ils ont un jour été classés. Qui plus est, il m'est facile de retenir un court avec elle puisque nous nous voyons au travail. Avant il fallait que je téléphone à au moins trois copains pour être sûr de pouvoir jouer.

— Bref. La seule chose que je te demande, c'est d'être avec ta famille dimanche prochain. Un match de tennis n'est pas capital. Tu le disputeras en semaine avec ta préparatrice, elle qui est si disponible quand tu lui demandes.

— OK, OK. Nous n'allons pas encore nous faire une scène à cause d'une partie de tennis.

— Et tes garçons seront aux anges.

Un mois après, ce qui devait arriver arriva. Un soir, après la fermeture de la pharmacie, Paul monta dans l'appartement avec Véronique. Cela leur arrivait de plus en plus souvent d'assouvir leur passion. Ce jour-là, elle était venue à bicyclette et l'avait laissée dans le hall. Edwige s'introduisit silencieusement dans la pharmacie par la porte de service. Tout de suite elle entendit les gémissements de plaisir de la préparatrice. À pas de loup, elle monta les marches accédant à l'appartement et trouva son mari dans le canapé avec Véronique sur lui. Paul, bien entendu, fut surpris. Sa femme resta silencieuse puis redescendit aussitôt l'escalier.

Paul arriva une demi-heure plus tard à la villa. Edwige était assise dans le salon, un verre de whisky à la main et fumant une cigarette.

— Tu sais très bien que je t'interdis de fumer à l'intérieur de la maison. Pense à nos garçons !

— Ça c'est la meilleure. Tu penses à nos enfants quand tu sautes cette pouffiasse. Jusque-là tu es marié, père de famille et ton attitude aujourd'hui me fait gerber.

— Ce n'est pas une raison pour les empoisonner avec cette saloperie.

— Cédric et Antoine sont dans leur chambre. J'aérerai dès qu'ils descendront. Avant qu'ils ne le fassent, tu vas m'écouter. Je te donne quinze jours Paul pour virer ta préparatrice. Passé ce délai, je demande le divorce. Et en attendant, tu me feras le plaisir de rentrer plus tôt le soir et bien sûr de t'abstenir de jouer au tennis. Depuis quand tu la sautes ?

— Cela ne te regarde pas.

— Je suis ta femme, celle que tu as épousée. Tu dois me rendre des comptes.

Ils entendirent les enfants redescendre dans le séjour.

— En attendant, assume ton rôle de père, reprit-elle. Et ce soir, tu vas nous préparer le repas. Je n'ai aucune envie de cuisiner. D'ailleurs je n'ai pas faim, j'ai envie de vomir.

En guise de réponse, Paul, qui n'avait pas retiré son blouson, prit ses clés et quitta la villa.

Quinze jours après, il annonça à Edwige qu'il avait choisi et préférait divorcer. Elle accepta, elle avait déjà pris des contacts pour être mutée à l'agence de Niort. Elle ne tenait pas à rester à Royan où la rumeur allait bon train. Même si Paul et Véronique ne s'affichaient pas en public, leur liaison commençait à se savoir. Le pharmacien soupçonnait Nina d'avoir répandu la nouvelle.

Paul s'installa temporairement à l'appartement au-dessus de la pharmacie mais il passait la plupart de ses nuits chez Véronique.

Il n'était cependant pas question qu'il vende la villa. Il y tenait trop et son intention était d'y habiter avec Véronique. Il pourrait y faire venir ses enfants un week-end sur deux.

Au mois de mars 1991, Edwige obtenait sa mutation pour Niort et déménageait de Royan en emmenant avec elle, Cédric et Antoine. Paul les verrait un week-end sur deux à la condition qu'il vienne les chercher et les reconduise. Les rapports entre les deux ex-époux étaient tendus jusqu'au jour où Edwige fit la connaissance d'un commercial et tourna la page de sa première union.

Paul emménagea à la villa Neptune. Véronique venait le rejoindre de plus en plus souvent. Elle voulait se donner un peu de temps avant de vivre complètement avec lui. Cependant ses sentiments ne variaient pas, elle aimait être avec lui, partager sa vie, ses jours et ses nuits. Lui ne voyait plus qu'en elle.

Un lundi matin d'avril, Véronique était seule à la villa. Paul s'était rendu à la pharmacie pour régler des factures. Comme tous les lundis matin, elle s'employait à passer un grand coup d'aspirateur dans toute la maison. Il n'était pas question, pour le moment d'avoir une employée. Les finances étaient un peu justes entre les remboursements de crédit de Paul pour la pharmacie et la villa, et les pensions alimentaires, ils devaient faire attention. Peu importe, car ils ne s'en souciaient pas et étaient heureux ainsi. Paul s'occupait, à ses moments libres, de l'entretien du jardin et des petits travaux encore nécessaires, Véronique de l'approvisionnement en nourriture, du ménage et du linge. Ce lundi, le ciel était dégagé et d'après la météo, le soleil de cette fin d'hiver allait se montrer généreux pour plusieurs jours. Elle ouvrit les volets de leur chambre, exposée au sud-ouest, puis la fenêtre. Elle poussa un petit cri d'étonnement. Dans le terrain voisin, une tente avait été montée, non pas une canadienne mais un grand modèle orange avec un auvent.

— Eh bien, se dit-elle, il y en a qui ne s'en font pas. Si ce terrain devient un camping…

Elle ne pouvait téléphoner à Paul. Il ne répondait pas quand il était seul à la pharmacie. Il fallait attendre son retour. Elle examina les abords. La barrière donnant sur la rue arrière était grande ouverte et une Mercedes stationnait à l'entrée de la parcelle. Elle savait que Paul avait gardé les coordonnées de Franck Altricht. Il fallait au moins l'avertir. Peut-être avait-il donné l'autorisation à des proches de camper dans ce terrain qui, après tout, pensait-elle, lui appartenait encore. Elle était tellement impatiente qu'elle voulait faire le tour du pâté de maisons et tenter de trouver un quidam qui la renseignerait. Elle se changea, elle était restée en jogging, enfila un jean et un pull et se rendit dans l'allée des Vagues où se trouvait la barrière. Arriva à ce moment-là dans la voie, un camion de la ville qui se gara juste à côté d'elle. Un petit homme sortit de la tente et alla dans leur direction.

Véronique se présenta aussitôt :

— Véronique Jaillon, je suis la compagne de Monsieur Courtois, votre voisin.

— Je ne savais pas qu'il avait changé, rétorqua Altricht.

— Ce sont des choses qui arrivent.

— Il n'a pas perdu au change, vous êtes vraiment ravissante.

— Merci.

— À mon âge, je peux me permettre de féliciter une jeune femme sans qu'elle ait l'impression que je la drague. C'est l'avantage.

— Vous connaissez mon… monsieur Courtois ?

— Bien sûr, je suis votre voisin, le propriétaire de ce terrain et l'ancien propriétaire de la villa. J'ai fait venir le service des eaux pour qu'ils m'installent un compteur sur ma parcelle. C'est pour ça qu'ils sont là.

— Monsieur Courtois m'a dit que vous gardiez ce terrain pour construire. C'est vrai ?

— Sachez charmante demoiselle, que j'ai quitté Royan parce que je ne m'y sentais plus très bien. J'avais perdu ma femme Lydie dans un accident cela va faire trois ans le 22 avril et plus rien ne comptait plus pour moi. Je n'avais plus le courage de tenir mon affaire sans elle. Elle était tout pour moi. Alors j'ai vendu le bar mais l'année dernière quand j'ai mis en vente la villa, je me suis dit que je faisais peut-être une connerie. Je commençais à reprendre du poil de la bête, comme on dit.

À ce moment-là est intervenu l'employé de la ville :

— Excusez-moi monsieur Altricht, mais nous avons beaucoup de travail. J'aimerais que nous tombions d'accord sur l'emplacement du compteur. Nous avions prévu de le mettre à l'extrémité droite du terrain pour ne pas gêner l'entrée.

— Faites comme vous voulez. Du moment que j'ai un compteur.

Véronique se permit d'intervenir :

— Vous comptez construire bientôt ?

— Pas pour le moment, répondit Franck Altricht.

— Alors pourquoi voulez-vous installer l'eau ?

— Je vous expliquerai plus tard.

Puis s'adressant aux employés :

— Messieurs, je vous laisse travailler.

Quand il se retrouva seul avec la jeune femme :

— Si vous voulez tout savoir, Véronique... C'est bien votre prénom ?

Elle n'osa pas trop lui dire qu'elle n'appréciait pas cette familiarité. Elle hocha la tête. Il continua :

— Je reviens à mon histoire. Au début de l'année dernière, je me suis dit que je pourrais peut-être avoir envie de revenir à Royan. Comme la propriété était divisible, j'ai conservé ce terrain. Mon notaire me l'a conseillé aussi. J'ai passé l'hiver à Brive. Je m'y suis, j'avoue, un peu emmerdé. Je pensais retrouver des copains, revoir le peu de famille qui me reste et en plus être plus près de ma pauvre femme – j'ai fait enterrer Lydie là-bas dans un caveau que j'ai réservé pour nous deux. Mais j'ai vite déchanté, je ne connaissais plus personne et tout seul ce n'est pas drôle. Depuis que Lydie est partie, de toute façon je ne me sens bien nulle part. Alors j'ai décidé le mois dernier d'avoir un pied-à-terre à Royan.

— Alors vous allez construire ?

— J'ai pas envie de m'emmerder à déposer un permis, de me faire arnaquer par un architecte et des artisans. Je suis allé à Bricodiscount sur la zone artisanale. Ils vendent de grands abris de jardin en bois qu'il suffit d'assembler. Ça me suffira comme pied-à-terre. J'aimerais en discuter avec votre… « compagnon », c'est ainsi que vous l'appelez ?

— Il revient ce midi, je vais lui en parler.

— Je compte rester quelques jours ici. Il va faire beau. Je vais en profiter pour remettre en état le terrain. Je devrais avoir un compteur électrique demain. J'ai un pote ici qui s'y connaît en électricité. Il va m'installer un branchement de chantier aussitôt.

— En attendant, si vous voulez, je peux demander à Paul de vous amener une grande rallonge.

— Pas besoin d'une grande. Il y a une prise juste à côté de notre séparation.

— Ah bon ?

— Vous ne saviez pas ?

— Non.

— Je l'ai fait installer pour mon taille-haie électrique. Pratique, non ? Elle doit toujours fonctionner. Ce ne sera l'affaire que d'un jour ou deux et en échange je vous invite au restaurant un soir de cette semaine. J'avais déjà voulu inviter les Courtois lors de la signature de la vente mais ça n'a pas pu se faire. Et, entre nous, vous me paraissez plus sympathique que l'ex-madame Courtois qui ne paraissait pas... très courtoise.

Véronique esquissa un sourire pour acquiescer un jeu de mots qu'elle avait maintes fois entendu. Puis :

— Vous savez, Paul et moi nous travaillons tous les deux à la pharmacie. Ce n'est pas toujours facile.

— J'ai un pote qui tient un bon resto sur la route de Meschers mais il est fermé le lundi. Disons demain soir si vous êtes tous les deux disponibles.

Véronique n'osa pas refuser et il valait mieux rester en bons termes de voisinage avec cet homme qui lui paraissait sympathique.

Dès que Paul revint de la pharmacie, Véronique aborda le sujet, lui raconta sa rencontre avec Franck et lui parla de l'invitation. Ils n'avaient pas très envie d'accepter mais, d'un autre côté, ne pouvaient pas refuser sans contrarier leur voisin.

— Tu le connaissais avant la vente, demanda la jeune femme ?

— Le décès subit de son épouse a fait tout le tour de Royan. Leur brasserie se situait juste à côté de la plage. J'y allais de temps en temps prendre un verre ; quelquefois c'était elle qui servait. Lui restait au comptoir. C'était une femme qui devait avoir vingt ans de moins que lui, très aimable avec les clients. D'après ce que j'ai su, un dimanche en fin d'après-midi, elle allait récupérer sa voiture garée boulevard Garnier, quand un motard surgit et lui arracha violemment son sac à main. Elle tomba alors et dans sa chute se cogna contre le trottoir. Elle est décédée presque sur le coup. Il y a bien sûr eu une enquête, un appel à témoins mais d'après ce que j'ai su, la police n'a jamais réussi à mettre la main sur le motard.

— Pauvre bonhomme. Son histoire me donne bien l'envie d'accepter son invitation, d'autant plus qu'il me trouve très sympathique.

— OK.

Paul fut donc d'accord et le lendemain soir leur voisin les emmena dans sa Mercedes manger « chez son pote ».

Le restaurant était situé près d'une petite crique appelée la plage de Suzac. L'été, il présentait surtout les repas traditionnels de la région : les huîtres, les fruits de mer, les poissons mais il se distinguait des autres par la qualité, la fraîcheur de ses produits. Il avait aussi certaines spécialités et recettes qui lui permettaient de conserver une clientèle même hors saison. Franck Altricht, fin gourmet, aimait bien y aller et comme il était d'un naturel convivial, il s'était rapidement lié d'amitié avec le patron, Robert.

— Vous aimez les fruits de mer ? demanda-t-il d'emblée. Si oui, vous allez adorer les gambas grillées. Je vous les recommande. Bien entendu, c'est moi qui invite. Avec l'argent de la villa, j'ai quelques fonds même si je suis d'origine auvergnate.

Franck aborda dès l'apéritif le sujet qui les préoccupait :

— Je veux tout de suite vous rassurer. Je ne veux pas vendre ce terrain. Mon fils fera ce qu'il voudra quand j'aurai fermé les yeux. Je ne vais pas non plus construire un pavillon. J'ai juste l'intention d'y installer un grand abri de jardin, un chalet en quelque sorte avec une terrasse. D'après le modèle que j'ai vu…

Il s'interrompit brusquement et fixa Véronique dans les yeux :

— Ça y est ! Depuis que je vous ai vue hier matin je cherchais à qui vous ressembliez, Véronique. Une actrice, Jacqueline Bisset.

La jeune femme fut surprise et dit avec un léger sourire

— Je ne vois pas qui c'est.

— Mais si, voyons, la partenaire de Bébel dans « Le Magnifique ».

Paul intervint alors :

— Et dans « La Nuit américaine » de Truffaut.

— Ah oui, Pamela, je me souviens. Vous me flattez, vraiment, monsieur Altricht.

— C'est vrai, chérie, tu as un petit air.

— Et tout son charme, reprit le septuagénaire. Vous avez beaucoup de chance, monsieur Courtois.

— Vous parliez de votre chalet.

— Oui… Pardonnez-moi, je m'égare assez souvent. Peut-être parce que je commence à devenir vieux. C'est juste un grand abri de jardin, d'une vingtaine de mètres carrés. Une pièce avec un évier et une salle d'eau avec un coin pour pisser. C'est tout. Comme ça, je n'ai pas de permis de construire à demander ni même d'autorisation. Et ça ne vous embêtera pas, car il ne dépasse pas deux mètres cinquante de haut et je vais le placer à cinq mètres de notre séparation et sans ouverture de votre côté.

— Et qu'allez-vous en faire, si ce n'est pas trop indiscret ? demanda Paul.

— Eh bien juste un pied-à-terre, uniquement pour moi, quand j'aurai envie de revenir ici. Voyez-vous Paul, quand mon épouse, ma chère Lydie, a eu cet accident qui lui a coûté la vie, je n'avais plus le goût de vivre, plus de projets, plus de joies. J'étais perdu et il fallait que je quitte d'abord la villa où j'avais vécu tellement de moments heureux avec elle. C'est elle qui l'avait décorée, qui avait planté tous ces rosiers et autres plantes du jardin.

Ensuite je voulais changer d'air, car tous ces paysages me ramenaient à elle. Mais je me suis dit, après plusieurs mois, que je voudrais peut-être revenir ici. Sur les conseils de mon notaire, j'ai décidé de garder ce morceau de terrain.

— Pardonnez-moi si je suis indiscret, interrompit Paul, mais j'ai vu dans l'acte de propriété que Lydie était votre deuxième épouse.

— Ma seconde épouse. Vous connaissez la différence ?

— Oui, seconde veut dire qu'il n'y en aura pas d'autres, à l'opposé de deuxième.

— Je vous retourne la question : Véronique sera-t-elle votre seconde ou deuxième épouse ?

Paul sourit :

— Pour le moment, nous n'avons pas encore évoqué le sujet mariage. Et peu importe d'ailleurs. Alors, vous ne voulez pas répondre à ma question.

— Oui, j'ai eu une autre femme, avec laquelle j'ai eu un enfant. Une erreur de jeunesse. Marié à vingt-trois ans, père l'année suivante et divorcé trois ans après. Ensuite j'ai mené ma barque tout seul. J'ai acheté ma première affaire dans un petit bled près de Brive, je l'ai remontée et je l'ai revendue cinq ans après. Celle de Royan était ma sixième brasserie. C'était au départ un café et j'ai commencé à faire des « plats du jour » et des pizzas. À l'époque c'était nouveau et un Limousin qui fait des plats italiens ! Je me suis mis à dos un pizzaiolo qui arnaquait la clientèle. Il a dû fermer. Que voulez-vous ! Déjà à l'époque, fallait pas prendre les touristes pour des cons !

Franck ne cessait pas de raconter sa vie, Paul et Véronique n'avaient même pas besoin de poser de questions. Ils ont juste voulu savoir ce qu'était devenu son fils. Il travaillait dans un ministère et habitait dans la banlieue parisienne. Il était marié et avait deux enfants. Sa femme n'aimait pas la côte atlantique. Elle préférait la Méditerranée où ils avaient d'ailleurs un petit appartement à Cavalaire. Franck allait de temps en temps les voir à Paris mais au bout de trois jours « il en avait marre et se cassait ».

Ils se sont régalèrent avec les gambas servies avec des pommes de terre « en chemise » et agrémentées d'une sauce maison.

Souvent Franck parlait de Lydie. Il l'avait connue car elle s'était présentée au printemps 1980 pour un poste saisonnier de serveuse. Elle venait d'entrer dans sa trente-cinquième année, s'était retrouvée au chômage, seule, sans enfant. Même si elle ne connaissait pas beaucoup son nouveau job, Franck lui pardonnait. Elle avait un contrat jusqu'à fin septembre mais il lui demanda si elle voulait rester et vivre avec lui. Elle accepta. Même s'il y avait une grande différence d'âge entre les deux, Lydie fut une femme amoureuse et comblée, d'après ce que racontait Franck.

Véronique voulait savoir, connaître les circonstances de l'accident :

— Mon mari m'a raconté les circonstances dans lesquelles votre épouse a perdu la vie. Ce motard, il a été retrouvé ?

— Non. Jamais. Il y a eu un seul témoin de l'accident. Une vieille dame qui promenait son chien sur l'avenue. Vous pensez bien que ce salaud n'allait pas avoir une combinaison et une moto facilement repérables. Tout ce que les flics ont réussi à savoir, c'est qu'il portait un blouson noir, un jean, un casque intégral gris. La moto était une grosse cylindrée. Comment voulez-vous qu'avec un signalement aussi vague, ils puissent l'arrêter ! Dans ma brasserie, il y avait souvent des motards qui venaient prendre une pression. J'ai recherché de mon côté mais inutile de vous dire que ce salaud ne s'est plus repointé. De temps en temps, j'allais secouer les « poulets » pour leur demander si leur enquête avançait. Toujours la même réponse : pas d'éléments nouveaux. Je ressortais furieux.

Franck soupira :

— Il vaut mieux parler d'autre chose car, à chaque fois, ça me fout les boules. Et ça ne me rendra pas ma chère Lydie. Faut au moins espérer une chose, c'est que sa mort ait servi de leçon à ce salaud et qu'il n'a pas été tenté de recommencer. Et que cela ne vous ait pas coupé l'appétit. Vous allez voir, Robert a une carte de desserts assez impressionnante.

Lors de la dégustation d'un suprême au chocolat maison, Paul demanda :

— Vous comptez venir souvent à Pontaillac ?

— Je ne sais pas, je ne sais pas vraiment. Ça dépend si j'y retrouve des copains et du temps qu'il fera.

Un dimanche d'août 1994.

Paul et Véronique rentraient du club de tennis de Royan où ils s'étaient livrés à une partie acharnée sous la chaleur estivale. Il y avait foule ce jour-là et ils préférèrent prendre leur douche chez eux plutôt qu'au club où il leur fallait attendre une bonne demi-heure. Dès qu'ils arrivèrent à la villa, ils se déshabillèrent dans la chambre et se ruèrent dans la salle de bains. Véronique en sortit la première, enroulée dans une serviette. Arrivée dans la chambre, elle la retira et attendit Paul, étendue nue sur le lit. Cinq minutes plus tard, dès qu'il franchit la porte, il fut étonné de la voir ainsi sans aucun vêtement. Il s'approcha d'elle et commença à la caresser doucement puis à la serrer tout contre lui. Ils firent l'amour comme rarement ils l'avaient fait. Ils restèrent ensuite nus, sans dire un mot pendant quelques minutes puis Véronique regarda Paul avec un air très charmeur.

— Mon chéri, j'ai une demande à te faire.

— Tu voudrais un enfant de moi, c'est ça ?

— Comment as-tu deviné ?

— Par des détails : la manière dont tu observes, par exemple, à la pharmacie ou ailleurs les femmes enceintes ou poussant un landau, l'autre jour je t'ai surprise dans un grand magasin en train de regarder des vêtements premier âge.

— Tu m'as vue ce jour-là ? Bien observé. Je ferai attention la prochaine fois.

— La prochaine fois tu seras peut-être enceinte et ta curiosité paraîtra légitime.

— Tu serais d'accord alors ?

— Si tu estimes que je ne suis pas trop vieux pour être père.

— Tu n'as pas encore quarante ans. Justement il ne faut pas perdre de temps. Je t'aime Paul comme depuis le premier jour où nous nous sommes retrouvés dans cette chambre. Tu t'en souviens ?

— Bien sûr mon amour et mes sentiments pour toi sont toujours aussi forts. D'ailleurs, moi aussi, j'ai une demande à te faire.

— Je crois que j'ai deviné.

— Dis toujours !

— Ce ne serait pas une demande en mariage, par hasard ?

— Et alors ?

— J'accepte d'être Véronique Jaillon épouse de Paul Courtois mais à une condition, je voudrais que nous nous mariions dans l'intimité.

— Décidément nous sommes faits pour nous entendre. J'avais la même idée.

Quatre mois après, ils passèrent devant Monsieur le Maire. Seuls Cédric, Antoine et deux témoins avaient été invités. Dix mois plus tard naissait Sidonie.

Pendant les années qui suivirent, Franck séjournait par périodes de huit ou quinze jours, environ tous les deux mois. Il avait, comme il l'avait prévu, construit un grand abri de jardin qui ressemblait plus à un petit chalet. Il était difficile de l'apercevoir de la rue, car il avait fait pousser une haie d'éléagnus au milieu du terrain. De leur villa, les voisins n'apercevaient que le toit. Franck avait ensuite aménagé une terrasse en bois, dans le prolongement de la construction. Lorsqu'il venait, il entretenait le terrain. Il avait essayé d'aménager un parterre mais l'année d'après, il y avait renoncé, car ses plantations ne survivaient pas aux périodes de sécheresse. Véronique avait eu envie d'en savoir plus sur lui. Elle guettait souvent son arrivée. Tous les ans il arrivait au printemps, et même parfois dès le début de mars. Elle profitait d'être seule pour venir lui rendre visite. À cette saison, elle pouvait s'absenter plus souvent de la pharmacie et souvent le matin, elle restait chez elle. Lorsqu'elle voyait arriver Franck, elle semblait comblée. C'était le signe qu'un nouveau printemps pointait son nez, mais aussi que ce vieux monsieur allait profiter de cette région qu'il n'aurait pas dû quitter.

22 mars 1994. Véronique secouait par la fenêtre les miettes du petit déjeuner quand elle vit Franck arriver dans son jardin. Pour la première fois, elle ressentit comme une grande joie en elle. Elle descendit l'escalier

qui menait au jardin et appela son voisin. Dès qu'il la vit il s'arrêta. Elle ne pouvait le cacher. Elle attendait un enfant et il arriverait dans deux ou trois mois. Il se mit à sourire. Il était heureux et, sans vouloir le laisser paraître, se sentait un peu de la famille, lui qui avait toujours rêvé que la villa Neptune puisse accueillir une famille nombreuse, lui qui aurait aimé un enfant de Lydie.

Comme Véronique devait rester plus souvent chez elle, elle aimait se rendre chez son voisin. Elle avait même, avec la complicité de Franck, fabriqué une petite échelle qui permettait de franchir aisément le grillage et la haie d'éléagnus. Et ils s'offraient souvent un café dans le chalet. Franck était fier d'y recevoir une si jolie femme, digne des plus grands plateaux de Hollywood et elle, ravie de l'écouter raconter ses histoires, les anecdotes de sa vie dont elle ne se lassait pas… ou presque. De temps en temps elle lui chuchotait : « Ah, celle-là, tu me l'as déjà racontée ! » ou, « je pense que je la connais. » Mais la plupart du temps, elle le laissait continuer tant il prenait plaisir à revivre, à travers ses récits, ces moments heureux de son existence, ses aventures, ses déboires. Elle s'était liée avec ce vieil homme qu'elle considérait un peu comme son père. La seule chose que Franck refusait, c'était de pénétrer dans leur maison. Ils se voyaient dans le jardin, ou parfois Franck, insistait pour qu'ils viennent boire un verre sur la terrasse.

Il racontait souvent les mêmes épisodes de sa vie mais en y mettant des intonations différentes et en l'agrémentant de détails piquants : comment il avait connu Lydie, comment il était tombé sous son charme et comment elle avait succombé, leur premier voyage à Bali. Elle rêvait de découvrir l'Asie, il avait voulu l'épater en puisant dans ses économies et lui offrir son rêve. Et ces quinze jours merveilleux où elle resplendissait devant ces paysages hors du commun, si différents de ceux des régions qu'elle n'avait jusqu'ici jamais quittées. Il n'avait d'yeux que pour elle, que pour admirer son regard émerveillé devant ces temples, ces marchés multicolores qui n'existent que dans ce pays. Il lui avait promis d'y retourner plus tard. Ils avaient même prévu l'hiver juste avant sa disparition. Il en avait les larmes aux yeux.

Franck racontait aussi les glorieuses soirées de la brasserie. D'après ce qu'il disait, même si Véronique se rendait compte parfois qu'il en rajoutait, il avait côtoyé des stars, des acteurs, de grands musiciens, les soirs d'été où avait lieu « Un violon sur le sable »*, ou lorsque des comédiens venaient tourner un film ou une série dans les environs. Il les recevait à bras ouverts. Il lui arrivait même de ne pas encaisser leur chèque pour ensuite le faire agrandir et l'exposer dans sa salle.

Lors de la naissance de Sidonie, Franck avait déposé sur les marches de la villa deux magnifiques petites robes qu'il avait achetées dans une boutique très chic de la rue Pierre Loti. Trop fragiles d'après Paul pour une enfant de seulement quelques jours.

Le pharmacien, d'ailleurs, le trouvait un peu trop envahissant. Véronique, au contraire, appréciait sa compagnie et trouvait que son voisinage était beaucoup plus vrai et chaleureux que celui des autres résidents de l'avenue, qu'ils recevaient par courtoisie une ou deux fois par an. Passé vingt-trois heures, ils avaient épuisé toutes les banalités de leur vie, quand ils ne se mettaient pas à étaler leur fric et leur réussite. Souvent, leurs conversations arrivaient au sujet qui les intriguait : qu'allait devenir le terrain au milieu de chez eux ? Ils

* « Un violon sur le sable » est un festival symphonique qui se déroule traditionnellement tous les ans, fin juillet, sur la plage de Royan.

trouvaient ce chalet étrange. Et même, ils se demandaient comment le propriétaire avait pu seulement édifier cet « abri de jardin » sans l'autorisation de la mairie. Ce qu'ils ignoraient tous, sauf Véronique, c'est que Franck connaissait encore beaucoup d'élus et que ceux-ci lui avaient pratiquement promis qu'ils ne l'embêteraient pas de son vivant. Paul se sentait assez réservé, d'autant plus qu'il les avait tous pour clients et qu'il connaissait leurs problèmes de santé dont, bien évidemment, il s'abstenait de parler lorsqu'ils étaient invités ou qu'il les recevait chez lui.

Malgré elle, Véronique surveillait ses allées et venues. Elle savait qu'il avait conservé de nombreuses connaissances et amis à Royan qui venaient prendre un verre dans son jardin. Il lui arrivait aussi de se préparer un plateau de fruits de mer qu'il dégustait seul sur sa terrasse ou d'allumer son barbecue pour faire flamber des gambas ou faire griller un morceau de viande.

Les années passèrent. À chaque anniversaire de Sidonie, Franck arrivait sur le perron avec un jouet, un vêtement et plus tard un livre pour la petite.

Il arrivait plus tardivement en saison, d'abord fin mars puis mi-avril ou en mai.

Paul et Véronique s'étaient habitués à ce voisin discret.

Ils formaient un couple uni et leurs voisins et amis les enviaient parfois. Ils passaient souvent le mois de janvier sur les pentes des Pyrénées. Paul lui avait fait découvrir les plaisirs du ski, et elle le suivait sur des pistes de plus en plus pentues.

Il leur arrivait aussi de passer une semaine ou deux dans les Caraïbes en hiver puisqu'ils étaient condamnés par leur travail à rester à Royan tout l'été alors que beaucoup de Français étaient en vacances.

Puis vint l'année 2007. Franck était arrivé au mois de mai. Il avait vendu sa vieille Mercedes et l'avait « troquée », selon son expression, contre une petite Peugeot.

Un soir, comme il n'avait pas aperçu Véronique depuis son arrivée, il alla sonner à la villa Neptune. Paul avait voulu le faire entrer mais il refusa. Il s'était juré de ne jamais revoir l'intérieur de la maison où il avait vécu. Il était comme ça. Il ne fallait pas le contrarier. Il leur proposa de venir prendre l'apéritif dans son chalet. Il tenait à leur parler du terrain. Ils acceptèrent volontiers.

Dès le premier verre servi, Franck prit une voix grave :

— Je n'irai pas par quatre chemins : est-ce que mon terrain vous intéresse toujours ?

Véronique sourit :

— Bien sûr !

Paul rétorqua :

— Ça dépend aussi des conditions.

— Ne le prenez pas sur ce ton, monsieur Courtois. Depuis que vous avez acheté la villa, nous avons, vous et moi, entretenu de très bons rapports. Sachez que je vous aime beaucoup. Votre épouse est charmante et je n'ai pas hésité à lui confier mes petits secrets.

Il prit un ton grave et solennel :

— Cet hiver, j'ai failli y passer. Une attaque cardiaque. Mon corps et mon cœur sont fatigués et j'ai en plus pris une claque dans la gueule. Mon fils n'est même pas venu me voir à l'hôpital. Il s'est contenté de me téléphoner tous les soirs. J'aurais pu y passer, il n'aurait même pas eu le courage de faire mille bornes pour venir me dire adieu. C'est sa connasse d'épouse, oui je dis bien « connasse » qui a dû l'en empêcher. Alors j'ai bien réfléchi. À l'origine, ce terrain devait être pour lui. Il en aurait fait ce qu'il aurait voulu quand j'aurais fermé les yeux. Mais je vous trouve tellement sympas que je préfère vous le céder de mon vivant.

Véronique ne put s'empêcher de lui prendre la main, une main chaude et chaleureuse.

— Moi aussi, dit-elle, je vous aime beaucoup, sincèrement.

— Arrête, répondit le vieil homme, ou je vais prendre ces mots pour une déclaration d'amour.

— Vous êtes comme un deuxième père pour moi. C'est du fond du cœur que je vous le dis.

— Je le ressens aussi..., reprit Franck. Bon reprenons. J'ai un ami notaire à Brive ou plutôt le fils d'un ami. Que voulez-vous ! Avec son père, nous avons usé ensemble nos fonds de culotte sur les bancs de l'école. Faut dire que lui, il avait toujours des pantalons tandis que mes parents n'ayant pas les moyens de m'en payer, je n'avais que des culottes courtes... Mais je m'égare, je m'égare toujours et avec l'âge, je ne m'arrange pas. J'ai donc demandé à Jérémie Guellec, maître Guellec d'organiser un rendez-vous avec vous. Seriez-vous d'accord pour le rencontrer ?

Paul répondit :

— Nous pourrions toujours trouver un moment pour le faire.

— Même en milieu d'après-midi ?

— Nous pouvons toujours nous arranger.

Trois jours après, le rendez-vous fut pris au Clos des Fontaines, un endroit unique entre Royan et Saintes : un parc hôtelier centré autour d'un plan d'eau où nageaient quelques cygnes majestueux et une ribambelle de canards. Sur le bord de l'étang se situait un restaurant juste séparé de la rive par une terrasse dallée. Au-dessus, on supposait des chambres pour les heureux bénéficiaires d'un séjour en toute quiétude.

Franck avait tout prévu pour tous ses hôtes. Dans ce cadre enchanteur, il avait réservé lui-même une suite pour maître Guellec qui était arrivé avec sa secrétaire, Émelyne, toute de blanc vêtue. Paul Courtois avait tout de suite compris que le notaire profitait de ce séjour en Charente-Maritime pour faire découvrir à sa collaboratrice les plaisirs de l'océan aux frais de l'étude, et non pas aux frais de la princesse qu'il avait emmenée.

Dès leur arrivée, les six convives avaient été conduits sur une terrasse où serait servi leur dîner. Une grande table ronde, éloignée des autres afin d'assurer une parfaite discrétion, avait été dressée, avec comme décor une pelouse soigneusement entretenue et le plan d'eau.

Le notaire sortit de sa sacoche un dossier, puis fit un signe à Franck qui comprit que c'était le moment pour lui de prendre la parole.

— Voilà. Puisque j'ai l'intention de vendre le terrain juste à côté de notre ou votre propriété – il avait les yeux tristes et la voix éraillée – je suis d'accord pour vous le céder.

Paul demanda alors :

— Nous aimerions savoir quel prix vous proposez.

— Laissez-moi continuer, reprit Franck. D'après ce que j'ai compris de maître Guellec, il est possible de convenir d'un arrangement.

Paul fronça les sourcils. Le notaire se redressa :

— Nous avons élaboré, monsieur Altricht et moi-même, un compromis qui pourrait convenir à l'ensemble des parties.

— Parlons simplement, coupa Franck.

— Monsieur Altricht souhaite vous vendre le terrain mais en gardant, sa vie durant, son usage. D'après le droit français, vous en seriez, « nus-propriétaires ». C'est bien cela, monsieur Altricht ?

Franck restait silencieux, plongé dans ses pensées. Comme il ne répondait pas, le notaire l'apostropha :

— Monsieur Altricht ?

— Il me vient un fantasme : j'imagine Paul et Véronique nus devant moi, surtout ma belle voisine.

— C'est du figuré ! reprit Guellec.

— Avouez que le droit français a quand même de drôles d'expressions.

— Eh oui, et tout ça à cause de Napoléon, qui créa le Code civil.

— Il devait penser à Joséphine quand il l'a écrit. « Vous serez la nue-propriétaire de tout mon empire mais vous ne pourrez en récolter les fruits ».

Le notaire essaya de garder son sérieux mais Franck se mit à rire :

— Comme vous me l'avez expliqué hier, Véronique ne pourra pas jouir de ma chose.

— Monsieur Altricht, voyons, s'offusqua Guellec.

— C'est exact ou non ?

— En quelque sorte oui, mais au sens figuré bien sûr. Il faut bien évidemment que monsieur et madame Courtois soient d'accord.

Paul avait du mal à conserver son calme. Il était venu ici pour négocier une parcelle de terrain et la discussion virait à des jeux de mots dont il se serait bien passé.

— Reprenons, dit le notaire. En des termes plus juridiques, mon client propose de vous céder la parcelle où il a édifié son chalet moyennant la somme de cent mille euros mais en se réservant le droit d'y venir jusqu'à la fin de ses jours.

— Nous aurions préféré l'acquérir en pleine propriété.

— Cela ressemble à une vente en viager, s'enquit Véronique, et je trouve macabre personnellement de souhaiter votre décès.

— D'un autre côté, répondit Franck, c'est tout gagnant pour vous. Si j'ai bien compris ce que m'a dit Jérémie, cent mille euros correspond à soixante-dix pour cent de sa valeur. Seul mon fils pourrait s'y opposer et je l'emmerde. Ainsi je pourrai partir l'esprit tranquille.

— Mais je ne souhaite pas votre mort, reprit Véronique.

Franck la regarda droit dans les yeux et d'une voix grave :

— Écoute ma petite ! Pour des raisons personnelles, je ne veux pas vous vendre la parcelle en pleine propriété. Je ne tiens pas non plus à ce qu'elle soit cédée au plus offrant lorsque j'aurai fermé les yeux. Si mon fils, seul héritier, le récupérait, il n'hésiterait pas à en obtenir le maximum de fric.

— Comme vous devez le savoir, reprit le notaire, ce terrain est constructible et vous pourriez voir une villa ou un petit immeuble se construire devant chez vous.

— Vous m'êtes tellement sympathiques, répliqua Franck. J'aimerais tellement que la villa Neptune reste avec son jardin d'origine et je suis disposé à descendre à quatre-vingt mille euros.

— Dans ces conditions, dit le pharmacien, nous acceptons. Dites-nous quand nous pourrions signer l'acte.

— Attends, répliqua Véronique, tu ne m'as pas demandé mon avis. Je ne peux pas accepter.

Paul regarda avec stupeur son épouse :

— Franck nous a déjà fait un prix. Nous nous sommes renseignés, cette parcelle vaut plus de cent cinquante mille euros. Il nous en a déjà proposé cent mille euros. Restons sur cette base.

Le pharmacien fronça les sourcils. Il venait de perdre vingt mille euros par un caprice de sa femme et était stupéfait de sa réaction.

— C'est tout à votre honneur, dit le notaire. Je dois aussi vous informer que la commune peut exercer son droit de préemption, et que si le prix est exagérément bas, elle peut l'acquérir pour la revendre au plus offrant. D'autre part, si le fils de monsieur Altricht trouvait le prix trop faible, il pourrait se sentir lésé et pourrait intenter une action.

— Qu'il essaie ! s'exclama Franck.

— Oh vous savez, répliqua le notaire, j'ai vu, dans ma carrière, des affrontements entre parents et enfants qui paraissent incroyables, inimaginables mais malheureusement les intérêts financiers annihilent les sentiments... Maintenant si vous êtes d'accord, j'ai préparé, avec Émelyne, une promesse de vente dont je peux vous donner lecture.

Sans attendre, il sortit un imposant document et en commença la lecture d'un ton monocorde.

— Vous achetez la parcelle AB numéro 21 d'une superficie de neuf ares quatre-vingts centiares tel que ce terrain existe et se comporte dans son état actuel sans recours contre le vendeur sur la consistance du sol et de ses limites. Pour le moment tout est clair ?

— Oui, approuvèrent les époux Courtois.

— Je vous explique cependant. Vous achetez ce terrain dans l'état où il se trouve. Si monsieur Altricht y a enfoui un trésor, il sera à vous à son décès, si vous découvrez une cavité souterraine qui vous empêche de construire, vous ne pourrez pas vous retourner contre lui.

2

Un an après.

Véronique venait de rentrer seule de la pharmacie, juste à temps pour entendre la sonnerie du téléphone fixe de la maison :

— Allô ?

— Pourrais-je parler à madame Courtois ?

— C'est elle-même !

— Isabelle Rabeyrat, infirmière à l'hôpital de Brivs. Je vous appelle de la part de monsieur Altricht, Franck Altricht. Ne quittez pas, je vous le passe.

— Allô Véronique ?

— Bonsoir monsieur Altricht.

— Écoute ma petite ! Mon état s'aggrave. D'après les toubibs, je n'ai plus que quelques semaines à vivre et d'après moi, ce n'est plus qu'une question de jours. Je voudrais te revoir une dernière fois mais, rends-moi service, viens toute seule.

— Je peux me rendre disponible après-demain.

— Je t'attends.

Puis en tentant de plaisanter :

— Je n'ai que cela à faire. Je ne bouge pas d'ici, chambre 227.

Véronique fit l'aller-retour dans la journée. Quand elle revint chez elle, elle avait encore les yeux embués de larmes.

Paul voulut savoir ce qu'ils s'étaient dit. Sa femme fut très évasive :

— Tu sais, Franck m'a toujours considérée comme sa fille et il tenait surtout à me voir une dernière fois. Si tu voyais comme il a changé, il a perdu dix kilos et son visage est tout pâle, une très mauvaise mine. Il a trouvé la force de me raconter sa vie, des épisodes que je ne connaissais pas. Il était si émouvant quand il a évoqué son amour pour Lydie. Il espère la retrouver dans un autre monde.

Un mois après, Franck décédait. Paul et Véronique se rendirent à la cérémonie et au cimetière, où il reposait désormais avec sa chère épouse.

Ils devinrent officiellement les seuls propriétaires de la parcelle. Franck avait dit à Véronique qu'elle pouvait faire ce qu'elle voulait des affaires qui restaient dans le chalet. Ils trouvèrent juste des meubles de jardin, une chambrée et, dans le réfrigérateur, deux bouteilles de bon champagne qu'ils devaient, suivant la volonté de Franck, boire en sa mémoire.

3

10 Juin 2018. Treize heures. Villa Neptune.

Passées les embrassades et les retrouvailles, la famille Courtois prend un apéritif frugal, mais cependant marqué par une bouteille de champagne que Paul a débouchée exceptionnellement, à la stupéfaction de ses enfants. Ils pensent que ce que leur père va annoncer doit être important.

En effet, d'un ton grave et solennel il annonça :

— Bon, les enfants, nous avons, Véronique…

Et en regardant Sidonie :

— Ta mère et moi, une grande nouvelle à vous annoncer. Nous avons décidé de vendre la maison.

— Pardon, l'interrompt Véronique, tu as décidé !

— Mais pourquoi ? réplique Sidonie, pourquoi ?

— Parce qu'elle représente maintenant trop de frais d'entretien, de réparations et que j'aimerais vivre dans un grand appartement dans le centre de Royan, de préférence sur la plage ; d'ailleurs…

— Il n'en est pas question ! l'interrompt Sidonie.

— D'ailleurs, reprend Paul, j'ai vu un appartement qui correspond tout à fait à ce que nous souhaitons. Sur le boulevard de l'Océan, face à la mer, un dernier étage de cent cinquante mètres carrés avec en plus une grande terrasse.

— Tu vas quitter cette villa de rêve pour un appartement ? gémit Sidonie. J'y crois pas ! Toi qui étais amoureux de ce cadre avec cette vue sur l'Atlantique, au calme, sans pratiquement de voisins. Et qu'en pense maman ?

— Que veux-tu que je te dise ? Je me plais bien ici surtout depuis que la pharmacie est vendue, nous avons plus de temps libre pour nous occuper du jardin et profiter de la maison. Je me vois mal, tout de suite, en appartement. D'un autre côté, nous passerons plus de temps à voyager. La plage sera à deux pas, je ferai du jogging sur le front de mer. Je pourrai faire du tennis sans être obligée de prendre la voiture.

— Parce que toi, papa, demande Cédric, tu ne joues plus ?

Véronique se met à sourire :

— Votre père a arrêté parce qu'il était furieux que je le batte à chaque fois.

— Surtout, reprend Paul, parce que je me suis aperçu que je ne pouvais plus rattraper les balles comme je le faisais auparavant. Alors même si Véronique m'obligeait à le faire, je n'y arrivais plus et, comme vous me connaissez, cela me fichait hors de moi. J'ai soixante-trois ans et les efforts violents que ce sport sollicite me sont contre-indiqués. Alors, en plus du vélo, je me suis mis à la natation et je préfère. Je m'entraîne à mon rythme tous les mercredis soir. J'ai un bon groupe de tout âge et je suis surpris parfois de gagner devant des hommes de quarante à soixante ans. Et si nous vendons la villa, nous pourrons aller plus facilement à Bordeaux ou à Paris et aussi voyager, ou faire du ski dans les Pyrénées, sans être contraints par l'entretien de ce terrain. Et aller à Paris.

Sa femme l'interrompt :

— Mais, si vous voulez aussi mon avis, je ne me sens pas encore prête à vendre cette maison.

— Et pourquoi ? l'interroge Paul.

— Cette maison a une âme, nous l'avons décorée à notre goût, nous nous y sentons bien et depuis que Franck Altricht est parti, nous avons ce jardin avec ces rosiers, ces althéas, des lauriers de toutes les couleurs, et ce chalet, le chalet de Franck où nous aimons tous prendre la fraîche.

— Même si ma décision est presque prise, répond Paul.

— Ah, j'ai progressé d'un pas, tu as dit « presque » !

— J'ai dit « presque » ?

— Oui, tu as dit « presque ». Vous avez d'ailleurs bien entendu, Sidonie, Cédric et Antoine. J'aimerais avoir votre avis. Honneur à la plus jeune. Exprime-toi Sidonie.

— Moi, j'y suis tout à fait opposée pour les raisons suivantes. « Petit a », c'est dans cette villa que je suis née et que j'ai toujours vécu. J'y ai tous mes souvenirs. « Petit b », papa tu vas t'emmerder dans un appartement proche du centre-ville où tu vas croiser tous les jours tous tes anciens et vieux clients qui te reparleront de leurs maladies, de leurs ennuis de santé. Tu es encore trop jeune pour prendre une telle décision, aimant trop ta tranquillité et ton indépendance. « Petit c... », cette villa, comme a dit maman a une âme et ce jardin...

Véronique la coupe :

— À toi Cédric !

Il hésite, cherche ses mots puis :

— Je pense que la maison a repris ses lettres de noblesse depuis que les deux parcelles sont réunies. La vue que vous avez du séjour et du jardin est un magnifique sujet pour des impressionnistes. Monsieur Altricht et vous-mêmes avez pris soin d'y planter des essences et des arbustes de toutes les couleurs et de toute nature. J'espère que papa, tu ne nous caches pas des problèmes de santé qui te découragent à entretenir cette maison. En plus, je suis persuadé que financièrement vous pouvez vous faire aider par un jardinier.

— Bon, à toi Antoine.

— Je vais être direct, aller droit au but. Si tu désires, mon cher papa, vendre ce terrain, comment feras-tu pour te débarrasser du cadavre qui s'y trouve ?

— Quoi ? hurle Paul. Qu'est-ce que c'est que ces conneries ?

— Tu as bien entendu. Il y a un corps enterré dans le jardin.

— Bien sûr, nous y avons enterré Nif Nif le cochon d'Inde de Sidonie, sa chatte Tigresse, mais ce ne sont pas ses ossements qui vont nous empêcher de vendre.

— Papa, il ne s'agit pas d'un animal, mais d'un corps humain.

— Vous plaisantez oui ou merde ?

— Non papa, hélas je ne plaisante pas. Il est sur la parcelle que vous avez achetée à Altricht.

— Comment es-tu au courant ?

Et avant qu'il ne réponde :

— Qui ici est au courant ?

Antoine, comme devant le maître d'école, lève le bras, puis Cédric, et Sidonie. Véronique stupéfaite, fait le même geste devant l'assistance éberluée.

— Je tombe des nues, reprend Paul, je tombe vraiment des nues. Il existe une tombe sur ce terrain et personne n'a cru bon de m'en informer. Altricht aurait pu avoir l'honnêteté de me dire qu'il y avait une sépulture sur sa parcelle, c'est la moindre des choses.

— C'est peut-être pour cette raison qu'il tenait à y rester jusqu'à la fin de ses jours.

Cédric est estomaqué :

— Comment était-il au courant ?

— Eh bien voyons, répond le père, il a enseveli un aïeul ici et nous a laissé la surprise.

— Pas un aïeul, quelqu'un de plus jeune, dit son épouse.

Cédric avale une gorgée de champagne et :

— J'avoue ne pas comprendre.

Son frère surenchérit :

— Moi non plus.

Paul commence à en avoir assez, il hausse le ton :

— Vous savez très bien que je déteste être mis à l'écart de ce qui se passe chez moi ou plutôt chez nous alors je veux tout savoir, vous entendez, tout. D'abord où est enterré ce corps ?

Un gros silence, puis Paul s'énerve :

— Véronique, tu es au courant de quelque chose ?

— C'est-à-dire… je ne peux trahir un secret.

— Même pour moi ?

Elle s'adresse à Sidonie :

— Tu sais quelque chose ?

Elle regarde ses frères :

— Demande-leur plutôt à eux.

Paul tape du poing sur la table, tellement fort que les verres se mettent à trembler :

— Mais merde, vous allez cracher le morceau. Bordel !

— C'est bien la première fois que je te vois t'exprimer aussi vulgairement, répond sa femme très calmement.

— C'est bien la première fois, heureusement, que je découvre qu'il y a un mort dans le jardin. Arrêtez de tourner autour du pot. Puisque personne ne veut commencer, je vais désigner un volontaire. Alors Cédric, toi qui es l'aîné des enfants, dis-nous tout ce que tu sais.

— Pourquoi moi ?

— Il faut bien commencer par quelqu'un. Je considère que nous avons perdu assez de temps et que vous avez tous l'air de vous foutre de ma… tête.

— Je veux bien, dit Cédric, mais je ne suis pas tout seul à connaître cette histoire.

— Arrête, reprend Antoine, c'est bien de ta faute si tout est arrivé !

— C'est faux, je n'y suis pour rien.

— Qui a amené Alexandra à la maison ?

— Ah, réagit Paul, il s'agit donc d'une femme ou d'une jeune fille et qui a pour nom Alexandra. Et qui est, ou plutôt qui était, Alexandra ?

Antoine respire fort et :

— Tu te souviens, papa, ou peut-être pas, d'un week-end il y a cinq ans, où vous êtes partis, Véronique et toi, à un mariage à Bordeaux.

— Oui, une nièce de Véronique, un week-end de Pentecôte. Je ne voulais pas fermer la pharmacie mais, comme ma chère épouse y tenait, j'ai cédé et nous vous avons laissé la villa à tous les trois. Je me souviens que toi, Sidonie, tu avais insisté pour rester ici pour réviser un partiel.

— Nous en avons profité, mon frère et moi pour organiser une teuf avec quelques copains.

— Je vous faisais pourtant confiance, dit leur père.

— Pour une fois que vous vous absentiez. D'ailleurs tu ne t'es aperçu de rien. Nous n'étions que quelques-uns.

— Dont Alexandra.

— Elle n'était pas prévue et n'aurait jamais dû venir.

Et s'adressant à son frère :

— À toi Cédric.

— Je revenais de Royan où j'avais été chercher des boissons au supermarché. Je me suis arrêté près du port et là, j'ai aperçu sur un rocher une jeune femme prête à sauter. Je me suis approché doucement. Elle semblait vraiment déterminée. J'ai réussi à l'éloigner du bord. Elle avait les yeux remplis de larmes, elle a commencé à me raconter que le monde ne valait rien, qu'elle n'y avait plus sa place. Complètement paumée, la nana ! Je l'ai réconfortée du mieux que j'ai pu, disant que je pouvais certainement faire quelque chose pour elle, qu'elle était jeune.

— Quel âge avait-elle ?

— Vingt-deux ans. Elle me l'a dit plus tard. Elle était toute pâle, une vraie tête de droguée avec cependant de jolis yeux. Elle cherchait ses mots. J'ai réussi à l'amener tant bien que mal à ma voiture. Aussitôt assise, elle m'a demandé si j'avais du shit ou de l'herbe.

— Me dis pas, répond son père, que tu lui en as filé !

— Tu plaisantes. Jamais dans ma voiture. Pas fou le mec, si jamais je me fais arrêter.

— Paul, intervient Véronique. Laisse-le continuer.

— Nous sommes arrivés à la maison. Elle ne savait pas où crécher puisqu'elle avait prévu de terminer sa journée dans l'Atlantique.

— Alors maintenant, reprend Paul, je veux savoir qui vous aviez invité ?

— Un copain, répond Antoine, Édouard Tresset, tu as dû entendre parler de son père, il dirige une jardinerie.

— Oui, Tresset espaces verts.

— Gaëtan Verdet, il était au lycée avec moi. Il avait amené sa petite amie de l'époque, Marine. Je ne connais pas son nom.

— Un rapport avec le notaire ?

— Son fils, oui.

— Et moi, complète Antoine, j'étais venu avec Amélie, tu la connais.

— Oui. Mais à propos Antoine pourquoi toi étais-tu venu seul ?

— Cédric m'avait parlé de ce week-end depuis des lustres et ma femme m'avait suggéré de rester à la maison.

— Et tu en as profité pour inviter Amélie qui, par hasard était disponible ce week-end là. Comme c'est bizarre.

— Ma vie privée ne te regarde pas, papa.

— Sauf quand ces sauteries se passent chez moi… enfin chez nous, en regardant Véronique.

— Ce devait être une soirée sympa entre potes, entre copains d'enfance. Rien de bien méchant, juste le plaisir de se retrouver ailleurs que dans un resto. Tout a bien commencé, nous étions très heureux de nous retrouver et de nous raconter nos cursus. Alexandra écoutait, un peu paumée. Nous nous sommes intéressés à sa vie. Elle venait de La Rochelle, était issue d'une famille modeste. Ses parents avaient divorcé quand elle avait douze ans et ensuite elle n'avait plus eu de nouvelles de son père. Sa mère avait retrouvé un mec qui ne l'aimait pas et c'était réciproque. Il aurait bien voulu se payer la mère et la fille. Alors, dès quatorze ans, elle a commencé à fréquenter une bande du quartier et à délaisser sa mère. Heureusement, elle avait une tante qui habitait Royan, elle l'a reprise en main. Elle possédait un commerce de bijoux fantaisie. Alexandra a passé son bac et travaillait avec sa tante. Mais elle avait recommencé à se shooter et pour subvenir à ses besoins, son petit salaire ne lui suffisait plus. Elle a piqué dans la caisse du magasin. Sa tante s'en est aperçue. Deux jours avant notre week-end, elle s'est engueulée avec sa tante qui l'a virée. Le samedi soir, quand je l'ai récupérée, elle était défoncée.

— Qu'est-ce qui t'a pris de la ramener à la maison ?

— Mais papa, elle était complètement désespérée, j'allais pas la laisser se foutre en l'air. D'ailleurs, j'ai fait attention à ce qu'elle buvait.

— Est-ce que tu as eu un rapport avec elle ?

— Oui. Au début de la soirée, elle a voulu que je lui fasse visiter la maison et quand nous sommes arrivés dans ma chambre, elle s'est allongée sur le lit et s'est dévêtue. Nous avons fait l'amour très rapidement, presque sauvagement. Je voulais prendre mon temps mais pas elle.

— Épargne-nous les détails. Tu t'es protégé au moins ?

— Ne te tracasse pas, papa. Puis nous avons rejoint le groupe. Elle a ensuite enchaîné cigarette sur cigarette. Rassure-toi, il faisait beau et nous avons passé la soirée dans le jardin.

J'avais interdit la cigarette à l'intérieur. À un moment, Édouard a sorti des joints et, bien sûr, en a proposé à Alexandra. Mais, tout à coup, elle a eu un malaise et s'est écroulée sous nos yeux. Nous avons tenté de la ranimer mais son cœur ne battait plus.

— Vous n'avez pas appelé les secours, le SAMU ?

— Il était trop tard et nous n'étions pas très clairs. Nos copains ont très mal réagi. Verdet et sa copine ont quitté aussitôt les lieux disant qu'ils n'étaient absolument pas responsables de cet accident. Heureusement, Édouard ne nous a pas abandonnés, c'est un vrai pote.

— C'est quand même lui qui a fait circuler les joints ! s'exclame Paul !

— Presque tous en avaient sur eux, sauf Sidonie, je te rassure.

— Même toi Cédric ?

— Papa, évolue un peu ! Qui, à notre époque actuelle, n'a jamais goûté à ce genre de trucs ?

— Eh bien moi ! répond Paul.

— Évidemment, tu ne fumes pas, tu bois très peu et tu fais beaucoup de sport.

— Bon, continue Antoine, intervient Véronique.

— Édouard est resté avec nous. Nous avons envisagé de la transporter sur les rochers et de la balancer en mer. Mais, c'était trop risqué, on aurait pu nous voir, même tard dans la nuit. Il a eu l'idée de l'enterrer dans le terrain d'Alricht. Il avait aménagé un parterre de rosiers, je suppose quelques jours avant, la terre était encore fraîche. Édouard a pris une photo du massif et nous avons creusé tous les quatre.

— Sidonie, tu étais avec eux ?

— Bien sûr papa, j'allais pas lâcher mes frangins.

— Vous savez tout maintenant. À soixante centimètres de profondeur, sous le parterre de rosiers repose Alexandra, une camée de vingt-deux ans.

— Je ne me souviens plus, mais, il n'y a pas eu d'enquête ? réagit Paul.

— Son père ne s'est inquiété de ne pas avoir eu de nouvelles qu'un mois après et sa tante a menti. Elle a dit qu'Alexandra était repartie sur Angoulême. Un avis de recherche n'est passé dans *Sud-Ouest* qu'un mois après. La photo n'était pas très récente. Tout le monde a cru qu'elle avait mis fin à ses jours et qu'on retrouverait un jour son corps sur une plage. Tu penses bien que personne parmi nous n'a parlé de cette disparition. Et, heureusement pour moi, aucun témoin ne l'a vue monter dans ma voiture et venir ici.

Paul se lève, va vers la porte-fenêtre et revient. Son épouse commence à débarrasser les verres. Il se retourne :

— Véronique !

— Je n'aime pas que tu m'appelles par mon prénom, d'habitude c'est « chérie » ou « ma chérie ». Mauvais signe !

— Véronique, viens t'asseoir !

— Doucement Paul… mon chéri.

Elle reprend sa place à table et son époux s'assied en face d'elle :

— Tu étais au courant, ma chère et tendre épouse, de cette soirée ?

— Euh… non. J'ai bien remarqué quelquefois le regard triste de Sidonie quand elle regardait le parterre.

— C'est vrai, maman, j'ai failli t'en parler mais j'avais juré à mes frères de garder le secret.

— Attends, je ne suis pas fou, réagit Paul. Quand j'ai demandé au début, qui était au courant de cette affaire, tu as levé la main.

— Maman, dit Sidonie, tu savais et tu ne nous en as pas parlé ! À moins que Antoine ou Cédric, vous avez lâché le morceau ?

Ils font non de la tête.

— Je vous promets, répond Véronique, que j'ai appris le décès d'Alexandra aujourd'hui en même temps que votre père.

— Alors pourquoi as-tu levé la main ? Tu as assassiné quelqu'un et tu l'as aussi enterré dans le jardin ?

— Tout ce que je peux vous dire, c'est qu'il y a un deuxième corps dans la parcelle que nous avons achetée à Franck.

— Putain, s'exclame Paul, c'est pas un terrain mais un cimetière !

Calmement, Véronique le reprend :

— Bon, tu as fini tes accès de colère. Je n'y suis pour rien dans cette affaire. Je n'ai tué personne. Par contre, Franck... Mais il est totalement excusable.

— Franck Alricht ?

— Bien sûr. Qui veux-tu que ça soit d'autre ? Mais je lui ai promis, presque sur son lit de mort, puisqu'il est décédé quelques jours après son récit, que je ne dirai rien.

Paul la regarde droit dans les yeux :

— Au point où nous en sommes... Comme dit la chanson : « confidence pour confidence ».

Véronique se lève :

— Je veux que vous juriez tous les quatre que rien ne sortira de cette maison.

— Et de ce jardin, renchérit Paul.

— J'espère bien, sourit son épouse. Il reste dans la cave, une bonne bouteille de champagne. J'en boirais bien une coupe.

— Moi aussi, reprend Cédric, j'ai la gorge sèche.

Paul fait la moue :

— Et alors, vous n'en souffrez pas ! Vous ne pensez pas que nous devons garder l'esprit clair ?

— C'est clair, reprend Véronique, mais comme je m'apprête à trahir le secret de Franck, autant le faire devant une bonne bouteille en sa mémoire.

Cédric revient avec une bouteille de champagne et cinq verres.

Paul est surpris :

— Où l'as-tu dénichée, celle-là ?

— Eh bien, dans ta cave, celle où tu les caches !

— Mais ?!

— Il y a belle lurette qu'Antoine et moi, nous avons trouvé ta cachette derrière le tas de bois.

— Et vous avez piqué beaucoup de bouteilles ?

— Non aucune, seulement échangé le contenu.

— Mes salauds !

— Tu sais papa, nous avons bien enterré un corps sans que personne ne s'en aperçoive, alors…

— Et toi Véronique, c'est toi qui as enterré l'autre cadavre ?

— Je pense qu'il est temps que je vous explique.

Elle reprend sa respiration, puis :

— Tu te rappelles, Paul, mon chéri, que je me suis rendue à l'hôpital de Brive rendre une visite à Franck ?

— Oui, bien sûr. Tu es revenue complètement sens dessus dessous et pendant deux jours tu avais la tête ailleurs.

— Ce jour-là, dès mon arrivée dans sa chambre, il m'a demandé de fermer la porte et m'a dit : « Tu sais ma petite, avant de mourir, je voudrais te confier un secret. J'ai retrouvé l'assassin de Lydie. Lorsqu'elle est décédée, j'ai téléphoné à tous mes potes même si ce salaud n'avait pas laissé beaucoup d'indices. J'avais tenu à rencontrer la vieille dame qui l'avait vu s'enfuir avec le sac. Elle s'était rappelé que le numéro d'immatriculation de la moto se terminait par ZB 17. Deux mois plus tard, je reçois un coup de fil d'un barman, Jacky qui avait travaillé chez moi et qui m'avait quitté pour acheter un bar à Surgères, un rendez-vous de motards. Beaucoup s'arrêtent chez lui pour boire un dernier verre avant de s'engager sur l'autoroute, d'autres raccompagnent à la gare une petite amie qu'ils ont connue sur la côte et qui doit rejoindre Paris par le train.

Jacky a réussi à se faire une bonne clientèle, d'autant plus qu'il est lui aussi fan de moto. Un dimanche soir, un type qui venait de descendre d'une Suzuki noire est arrivé seul. Jacky, mon copain, a tout de suite repéré un mec qui ne paraissait pas à l'aise ; il lui a servi une pression et, à un moment, un motard l'a reconnu. "Alex, mais c'est Alex, content de te revoir. Ça fait une éternité…". Cet Alex paraissait gêné. "Pas si longtemps que ça, a-t-il répondu, j'ai dû m'absenter pour mon job. — Tu as enfin trouvé un job ! Depuis le temps que tu galérais. — Attends, j'suis encore à l'essai. — Tu reviendras nous voir à Royan un de ces week-ends ? — Promis, dès que je peux." Jacky a réussi à voir la plaque d'immatriculation de la moto, elle se terminait par ZB 17. Son copain est parti et le fameux Alex lui a redemandé une pression et a payé avec un billet de cinq cents euros. Jacky a trouvé ça louche, une impression peut-être, surtout que la plupart des motards mettent des signes distinctifs sur leur engin ou sur leur blouson, leur casque : un aigle, une croix, un masque et lui, rien. Jacky avait travaillé comme vigile, et on lui avait appris à repérer les mecs qui rentraient dans un supermarché avec un air suspect et cet Alex lui a paru louche. Et quand ils ont échangé un regard, il a senti qu'il devait avoir quelque chose à se reprocher. »

Véronique s'interrompt dans son récit :

— Paul, tu peux me resservir une coupe, j'ai soif ?

— Tu ne préfères pas plutôt un verre d'eau ou un Perrier ?

— À grandes déclarations, grands millésimes !

— Allez papa, dit Cédric, tu en as encore plein ta cave et il faut saisir l'occasion.

— Des occasions comme celle-ci, mon fils, je préfèrerais m'en passer. Moi qui rêvais d'une retraite paisible.

— Ce sera pour plus tard, répond Cédric, tu n'es pas si vieux.

— Oh ! Je sens que je vais avoir une retraite bien occupée si elle ne finit pas derrière les barreaux avec tout ce que vous me racontez, et je suis certain que je ne suis pas au bout de mes découvertes.

Véronique se met à sourire :

— Allez, bois un verre pour une fois, accompagne-moi.

Antoine remplit les verres puis :

— Véronique, nous attendons la suite.

— Je n'ai pas eu tous les détails, car Franck peinait à me les raconter. Jacky a réussi à faire avouer au fameux Alex être le motard qui avait bousculé Lydie. En même temps, Jacky lui avait servi un troisième verre avec un soupçon de somnifère pour qu'il ne puisse pas repartir. Il a prévenu Franck, qui est arrivé une heure après. Le type était dans son cellier, ligoté et bâillonné. Comment a-t-il fait ? Je n'ai pas eu les détails. Alex a renouvelé ses aveux, disant qu'il voulait juste piquer le sac à main. Il savait qu'il y avait de l'argent dedans. Il avait vu Franck le remplir avec la recette de la journée. D'ailleurs Franck s'en est voulu. Il aurait dû le faire plus discrètement, Lydie serait peut-être toujours là. Ils ont ensuite fait boire au type un somnifère. Ils avaient passé un deal tous les deux : Franck s'occupait de l'homme, Jacky s'occupait de la moto. Jacky pensait au départ que Franck allait se rendre à la gendarmerie, mais il a préféré le tuer en l'étranglant avec une corde et l'enterrer ici. Il ne tenait pas à ce que ce type passe quelques mois en prison et revienne ensuite. Lydie était, elle, partie pour toujours à cause de lui, il devait payer son crime.

Franck m'a dit en souriant, reprend Véronique, que Jacky avait laissé la moto dans un quartier mal famé. Comme par hasard, le lendemain, elle avait disparu sans laisser de traces.

— Ça me fait penser, intervient Cédric, au pain que je mets le soir dans mon jardin. Eh bien, le lendemain matin, il n'y en a plus.

— Quelle comparaison ! s'indigne Paul en haussant les épaules. Puis s'adressant à Véronique :

— Est-ce que Franck t'a dit où il avait enterré ce funeste Alex, c'est bien son prénom ?

Sidonie lance :

— Alex, Alexandra, mêmes destinées, dans notre propriété !

— D'après ce qu'il m'a dit, ce serait sous la terrasse du chalet.

— Et qui est au courant ?

— Personne... À part nous maintenant.

— Y a-t-il eu une enquête après la disparition d'Alex ?

— Comment veux-tu que je le sache ?

— Tu ne lui as pas demandé ?

— Si, il m'a rigolé au nez et m'a répondu : « Je m'en fous. Lydie a été vengée et comme il ne me reste que quelques jours à vivre, les flics iront me trouver au paradis ou en enfer, suivant ce que le Bon Dieu, s'il existe, m'aura pardonné ou pas. »

Paul se lève et va chercher dans son bureau un bloc-notes :

— Eh bien, nous allons maintenant tout reprendre à zéro.

Sidonie se met à pouffer de rire. Paul hausse les sourcils :

— Je ne vois pas en quoi c'est drôle !

— Excuse-moi papa, mais tu as l'air de te prendre pour un commissaire d'une série télé.

— Je ne sais pas si tu t'en rends compte, mais j'ai quand même devant moi quatre complices de meurtres.

— Ah pardon, répond Antoine. Alexandra s'est donné la mort toute seule. Faut pas exagérer. D'ailleurs, pour ma défense, je dirais que c'est un suicide décalé. Elle voulait se jeter du haut d'un rocher sur la plage, je l'ai sauvée, elle s'est donné la mort par overdose. Bon évidemment, nous avons préféré l'enterrer plutôt que d'appeler les secours qui auraient constaté le décès. La police serait intervenue, nous aurions tous été interrogés et comme nous avions aussi consommé de la « beuh », nous aurions tous fini au poste et même été suspectés de meurtre. Imagine la presse et la télé. Ils seraient venus ici pour que deux jours plus tard nous soyons relâchés. Nous aurions dû nous faire assister d'avocats qui, au passage se seraient pris au moins mille cinq cents euros d'honoraires. Sans compter la réputation que nous aurions eue. N'oublie pas que le père de Gaëtan Verdet est notaire et que le père d'Édouard dirige une grande entreprise. Et nous bien sûr, les enfants du pharmacien. Imagine le titre du quotidien « Mort suspecte dans la villa Neptune de Pontaillac, appartenant à un pharmacien de Royan ».

— OK, d'accord mais au moins le corps ne serait pas ici, sous terre où il pourrait être découvert à tout moment.

— C'est bien pour ça que tu ne peux pas vendre notre maison pour le moment.

— En ce qui concerne celui du funeste Alex, c'est plus facile. Nous ne sommes pas censés être au courant des mésaventures de Franck.

— Sauf que…, l'interrompt Véronique.

— Sauf que quoi, tu n'as pas encore tout dit !?

— Non.

— Pourrions-nous enfin manger ? le coupe Sidonie. Il est plus de quatorze heures et toutes ces émotions m'ont donné faim.

— Tu as raison, répond Véronique. Même si je n'ai pas très faim, la police ne va pas nous surprendre aujourd'hui et je n'ai pas préparé un plateau de fruits de mer pour ne pas le déguster en famille.

Quelques minutes plus tard, la table ayant été mise, le plateau de coquillages déposé au milieu, ils se mettent à se servir.

— Fameux, vraiment délicieux, dit Cédric qui vient de dévorer une langoustine.

— Si nous revenions à nos moutons, reprend Paul.

— Tu parles de moutons, tu pourrais plutôt dire : « revenons à nos cadavres »

— À nos deux corps, précise Véronique. Un peu de respect.

— Ce qu'il faut, réagit Paul d'une voix grave, c'est nous en débarrasser pour pouvoir vendre le terrain avec la propriété.

— Il n'y a pas d'urgence, réplique Sidonie. Ne vendez pas et le problème est en partie résolu.

Véronique est en train de se débattre avec une pince de crabe un peu trop coriace :

— Et d'autant plus que…

— C'est vrai, tu avais encore des aveux à nous faire.

— Alors, si vous me laissez un peu la parole, je pourrais vous raconter la suite de mon histoire.

— Nous sommes tout ouïe, dit Paul.

— Après mon entretien avec Franck, j'ai reçu une lettre recommandée de sa part avec un chèque de cinquante mille euros à mon ordre. Avec le chèque, il y avait juste un petit mot : Pour te remercier de ta gentillesse.

— Cinquante mille euros ? demande Sidonie. Mais c'est une somme !

— Je lui ai téléphoné aussitôt pour le remercier et il m'a répondu que c'était pour nous dédommager du squatteur qui reposait dans le terrain. Et il m'a demandé de garder le secret le plus longtemps possible.

— Et ces cinquante mille euros, qu'en as-tu fait ? demande Paul ?

— Tu n'as pas vu que j'avais changé de voiture à ce moment-là ?

— Sans rien me dire, cela ne te ressemble pas !

— J'avais juré à Franck et s'il n'y avait pas eu ce quiproquo ce midi, vous n'auriez rien su.

— Tu m'en aurais parlé ? interroge Paul.

— Bien sûr… Un peu plus tard.

Paul veut reprendre la situation en main :

— Bon, pour le moment, nous avons d'autres problèmes à régler.

Il reprend son bloc-notes :

— Antoine, j'aimerais que tu me précises exactement qui était présent le soir de la mort d'Alexandra. Je t'écoute.

— Cela ne peut pas attendre la fin du repas, que nous ayons tous digéré les bulots, les crabes, les crevettes.

— Oui, tous les fossoyeurs de l'océan, dit en souriant Véronique.

— Arrêtez, vous allez me couper l'appétit, répond Antoine. Pour une fois que je me régale et en plus en famille et en bonne compagnie. Cédric, tu ne peux pas nous dénicher une bonne bouteille de blanc pour accompagner ce plat ?

— Bien sûr, j'en ai mis deux dans le frigo, mais rassure-toi papa, c'est moi qui les ai amenées. Je n'ai pas touché à ta réserve de Pouilly-Fumé, qui d'ailleurs commence à devenir un peu trop vieille. Il est temps que tu la débouches, sinon ton vin deviendra âpre. Bon, papa tu veux des noms. Nous étions huit ce soir-là, tu notes ?

— Je prends note !

Antoine reprend :

— Édouard et Marie Tresset. Ils n'étaient pas mariés à l'époque mais depuis, oui. Gaëtan Verdet et sa petite amie Marine, je ne connais pas son nom de famille.

— Varzais, répond Cédric, je crois qu'elle s'appelait Marine Varzais.

— Et comment le sais-tu, frangin ?

— Bah ! Tout simplement, cette soirée-là, je lui ai demandé.

— Et comment tu écris son nom ? demande Paul.

— Bof, je ne sais pas, écris-le comme tu veux, quelle importance !

Paul consulte ses notes :

— Vous étiez donc neuf si je compte Alexandra. Pas plus, vous êtes sûrs, les garçons ?

— Moi aussi, papa, ta fille confirme.

— Et tout le monde était présent lors de la syncope d'Alexandra ?

— Oui, reprend Antoine. Édouard a tenté de la ranimer. Il est pompier volontaire sur la plage de Royan. Pendant plus d'une demi-heure il n'a pas arrêté de lui insuffler de l'air, de faire les gestes qui doivent sauver. Il a vraiment tout fait mais il s'est aperçu à un moment que son corps changeait de couleur. Et il s'est mis à pleurer. Il était à bout de force. À ce moment-là, Marine s'est mise à hurler : « Faut appeler les secours, faut appeler les secours ! ». Édouard lui a répondu qu'ils ne pourraient rien faire, qu'il avait tout tenté et le temps qu'ils arrivent... Gaëtan a pris lui aussi la décision de partir. Édouard s'est engueulé avec lui : « Bordel de merde, tu ne vas pas nous lâcher maintenant ?
— Ce bordel, c'est Cédric qui l'a provoqué, à

lui d'en subir les conséquences, il n'avait qu'à pas amener n'importe qui à notre soirée. » Puis il a tiré Marine par le bras. Elle chialait. « Allez, on se casse, démerdez-vous. Ciao ! »

Paul relit ses notes :

— Tu parles bien de Gaëtan, Gaëtan Verdet, le notaire ?

— Il est notaire maintenant ? Tu le connais ? demande Cédric.

— C'était un client de la pharmacie. Il a repris l'étude de son père il y a trois ans. Mais ensuite, que s'est-il passé ?

— Édouard ne s'est pas démonté. Il nous a d'abord demandé ce que l'on pensait. Si nous appelions les secours, la police arriverait dans la foulée et nous serions tous interrogés. Nous avions pas mal picolé, pris un peu de trucs. Nous aurions tous fini la nuit au poste avec les conséquences que cela pouvait avoir pour nous et pour nos familles. Édouard a eu alors l'idée d'ensevelir Alexandra.

— Attends Antoine, l'interrompt son père. Je prends note. Qui restait à ce moment-là ?

— Nous trois, en montrant du doigt son frère et Sidonie, Amélie, Marie et Édouard.

— Et quel a été ton comportement, Sidonie ?

— Nous nous sommes rassemblées les trois nanas et nous n'arrêtions pas de pleurer. Et

Cédric nous a secouées en disant que nous devions nous rendre utiles. Alors nous avons commencé à débarrasser la vaisselle et nous sommes remontées dans la maison.

Cédric continue son récit :

— Édouard a pris des photos du parterre de rosiers, puis il a sorti de son 4 X 4 les outils qu'il transportait habituellement : des pelles, des pioches, des bêches. Nous avons retiré les plants et nous avons creusé jusqu'à quatre-vingts centimètres de profondeur. Nous avons enseveli Alexandra dans un vieux drap que j'avais trouvé dans le grenier.

— Pardonne-moi de t'interrompre, dit Paul, et s'adressant à Sidonie :

— Que faisiez-vous pendant ce temps-là ?

— Nous avons continué de tout débarrasser, toutes les trois, à faire la vaisselle, sans dire un mot. Nous évitions de descendre dans le jardin, jusqu'au moment où Antoine nous a appelées. Il voulait que nous disions un dernier adieu à Alexandra.

— Ensuite, reprend Cédric, nous avons remis la terre et les rosiers, tels qu'ils avaient été plantés. Par chance, le lendemain soir il y a eu un gros orage et la semaine suivante, il n'a pas arrêté de pleuvoir. Altricht n'est revenu qu'un mois plus tard, nous a dit Sidonie qui surveillait le parterre de près.

— Et Verdet, Cédric, tu as eu de ses nouvelles ?

— Non, comme par hasard il n'a jamais cherché à me contacter, et moi non plus.

— Moi si, reprend son père.

— Il t'a recontacté ? Pourquoi ?

— Non, c'est moi qui lui ai téléphoné la semaine dernière.

— À propos du terrain ?

— Oui !

— Pourquoi, puisque tu n'étais pas au courant ?

— Je voulais le voir pour…

Il laisse le silence s'installer autour de lui, puis :

— Pour avoir son avis sur la valeur de cette propriété.

— Libre ou occupée ? demande Véronique.

— Libre, bien sûr !

— Tu oublies ça ! fait-elle en regardant le terrain. Nous ne pouvons la vendre avec des cadavres dans le sol. Tu imagines que nos successeurs creusent et tombent sur deux corps en pleine décomposition, si ce n'est pas trois.

— Ah non, s'insurge Paul, tu ne vas pas me dire qu'il y en a un troisième.

— Au point où on en est, il y a encore de la place.

— Bon, ça suffit, dit Paul. Je trouve cet humour tout à fait déplacé. Cédric, à quel moment de votre funeste soirée, Verdet est-il parti ?

— Quand il s'est aperçu que nous ne pourrions plus rien faire pour Alexandra.

— Il a su ce que vous aviez fait du corps ?

— Non. Il nous a laissés tomber en emmenant sa copine Marine avec lui. « Maintenant, débrouillez-vous, a-t-il dit, après tout, je n'y suis pour rien. Ce n'est pas moi qui ai amené Alexandra ici. »

— Et cette Marine, vous savez ce qu'elle est devenue ?

— Aucune nouvelle, répond Antoine.

Paul regarde sa fille :

— Non, pas plus.

— Et toi Cédric, tu l'as revue ?

— Oui, il y a trois mois.

— Ah bon, s'étonne son frère et tu ne m'as rien dit !

— Je ne suis pas obligé de te raconter tous les épisodes de ma vie.

— Mais aujourd'hui, nous sommes tous dans le même bain. Nous ne devons rien nous cacher.

— Je l'ai rencontrée par hasard à la terrasse d'un café, ici, près de plage. Elle est passée juste devant ma table. Elle m'a aperçu, a fait quelques pas, puis s'est retournée, m'a dévisagé et elle m'a appelé par mon prénom. Je planais et je ne l'avais pas reconnue sur le moment. Elle avait fait couper ses cheveux et comme je ne l'avais pas vue depuis cinq ans… « Marine, tu ne me remets pas ? »

— C'est vrai qu'avec toutes les nanas que tu te paies, réagit son frère.

— J'ai la chance d'avoir un physique qui plaît, que veux-tu ! Pour le meilleur et pour le pire. Marine était bien maquillée, elle portait une longue jupe bleue échancrée qui laissait voir ses jambes et une chemise blanche bien décolletée.

— De quoi attirer les regards, répond son père.

— Et bien sûr le tien, renchérit Antoine.

— Elle s'est approchée de moi. « Tu attends quelqu'un ou je peux m'asseoir à ta table ? — Non, je n'attends personne sinon toi ? »

Elle s'est assise et m'a demandé ce que j'étais devenu.

— Tu as dit : « pas grand-chose », rétorque Paul.

— Arrête papa ! s'insurge Sidonie.

— Évidemment, reprend Cédric, je n'ai pas fait d'études en médecine, ni en pharmacie mais ce que tu ne comprendras jamais, mon cher père c'est que je suis heureux comme je suis, même si je ne suis pas devenu quelqu'un… comme toi.

Sidonie, à la grande stupeur de sa famille, tape du poing sur la table :

— Arrêtez tous les deux, j'en ai ras le bol de vos sempiternelles discussions. Tu peux raconter la suite, Cédric ?

— Nous avons longtemps bavardé.

— De quoi ? demande Paul.

— De sujets qui ne te regardent pas. Je l'ai trouvée très intéressante, beaucoup plus bavarde et moins effacée qu'il y a cinq ans. Au bout d'une heure et demie, après avoir repris un verre, je lui ai proposé de se faire un petit resto tous les deux.

— Je me souviens, dit son père, c'est ce fameux soir où nous t'attendions à la maison et que tu as téléphoné vers vingt heures trente.

— Tu me connais, papa, ce n'est pas la première fois.

— Non mais Véronique, ce soir-là, s'était appliquée à cuisiner un poulet chinois comme tu les aimes.

— Et il était parfaitement réussi, surenchérit son épouse.

— Comme ça vous avez pu manger ma part, dit Cédric. Je peux continuer ?

— Je devine la suite. Après le resto, un petit tour sur la plage et en boîte de nuit.

— Même pas ! Elle m'a proposé un dernier verre chez elle. Elle loue un petit deux-pièces dans un immeuble sur le boulevard près de la plage si tu veux tout savoir. Je n'ai jamais connu des moments aussi intenses que cette soirée-là. Elle m'a demandé de lui raconter toute mon histoire, toute ma vie. Il est vrai que, par esprit contestataire, j'ai refusé tout cursus scientifique ou médical. J'ai pris conscience que j'avais de l'art dans les mains. Alors j'ai trouvé un job dans une brasserie, qui me permettait de me payer des cours aux Beaux-Arts. Même si je vivais d'une manière marginale, même si, parfois, j'avais du mal à payer mon loyer, j'étais heureux, j'étais moi-même. Le soir, j'arrivais toujours à me payer un sandwich avec le portrait que j'avais croqué sur un trottoir.

— À défaut de croque-monsieur, dit Paul.

— Papa, tu peux arrêter de lui couper sans cesse la parole avec tes blagues à dix centimes.

— Allez, mon fils, continue ton histoire d'amour.

— Papa, tu as déjà regardé ce que je fais, dessine ou peins ?

Paul répond d'un air évasif :

— Mais bien sûr, je suis même allé voir, par curiosité, dans ta chambre, j'avoue que tu as un certain talent.

— Tu aurais pu dessiner aussi bien que lui ? l'interroge Sidonie. Ou peindre avec autant de nuances dans les couleurs suivant l'éclairage ?

— Pourquoi ces questions ? dit son père.

— Parce qu'aujourd'hui, c'est le jeu de la vérité. Je ne sais pas si c'est la présence de deux cadavres dans le jardin qui veut ça, mais nous sommes prêts à nous raconter tous nos petits secrets. Non ?

— Puisque c'est ainsi, dit son père, je pensais sincèrement que Cédric, s'il s'était donné la peine et avait eu la volonté de suivre de longues études, aurait pu continuer à peindre à ses moments perdus.

— Eh bien moi, dit Cédric, je n'avais pas de moments à perdre à faire de grandes études qui ne m'intéressaient pas. Tout cela pour uniquement gagner ma vie.

— Arrêtez, dit Antoine. Vous avez eu au moins dix fois cette conversation et vous restez sur vos positions. Vous ne serez jamais d'accord. J'aimerais savoir sincèrement la suite de ta soirée avec Marine.

— Ce soir-là, j'ai découvert que Marine était différente, même à l'opposé des femmes que j'avais jusqu'alors connues. Pour une fois, je n'étais pas tombé sur une fille qui n'avait qu'une idée fixe : faire l'amour avec moi. Nous nous sommes d'abord effleurés, même si j'avais la chair de poule quand elle me touchait. Jamais je n'avais connu de sensations aussi fortes et j'avais le sentiment que ni elle, ni moi, n'avions envie de nous retrouver nus l'un contre l'autre. Elle m'a raconté son histoire : «Je suis née près d'Angers, j'étais la troisième et dernière-née d'une famille d'ouvriers. Mon père travaillait dans une usine de pièces détachées, ma mère, vendeuse dans un hypermarché. Chez mes parents, nous ne manquions de rien. Nous habitions dans un appartement où mes frères partageaient la même chambre. J'ai su plus tard que je n'étais pas prévue, mais quand mon père a su qu'il allait être père d'une fille, il fut comblé de joie. Je n'ai pas vécu une enfance aussi heureuse que la tienne. Nous ne mangions souvent que des pâtes ou des produits que ma mère arrivait à sauver des invendus ou des containers parce que la date de fraîcheur était périmée.

Je n'étais pas très douée pour les études, mais j'ai quand même réussi à décrocher mon bac à dix-huit ans. J'avais envisagé de faire un BTS en communication, c'est ce qui me plaisait le plus mais quand je l'ai annoncé à mes parents ils m'ont carrément dit : "C'est bien Marine, tu as de l'ambition mais, ta mère et moi, nous n'avons pas les moyens de te payer des études. Regarde tes frères, ils ont réussi à décrocher un job." Ma mère a fait des pieds et des mains pour qu'un de mes frères puisse être embauché, comme conditionneur, dans l'hypermarché où elle travaillait. Tu parles d'un boulot ! Obligé de se lever tous les jours à quatre heures du matin pour approvisionner les rayons. Mon autre frangin travaille dans une pizzeria où il se fait arnaquer en beauté. Pour mon père, l'important c'était qu'ils gagnent leur vie sans être à la charge de mes parents. Mais moi, je voulais faire mon BTS et mes profs m'y avaient encouragée. J'avais calculé, avec la bourse que je pouvais obtenir, le peu d'économies que j'avais sur un livret d'épargne, il me fallait seulement trois cents euros par mois venant de leur budget. Ils ont refusé. J'étais révoltée. Mon avenir était foutu parce qu'ils n'étaient pas prêts à consacrer trois cents euros pour leur fille, leur seule fille. J'ai compris à ce moment-là que l'amour parental, si on peut parler d'amour, se résumait à élever leurs enfants jusqu'à la majorité et ensuite basta, débrouillez-vous ! Je me suis quand même inscrite à mon BTS et je me suis débrouillée. J'habitais chez mes parents, je me coltinais une heure de bus ou de marche à pied pour aller au lycée. Pour la bouffe, j'étais démerdarde, même si je ne mangeais pas à ma faim tous les jours. Et l'été, je travaillais comme caissière dans un hyper concurrent de celui de ma mère et le pire, c'était que je gagnais plus qu'elle, car je bossais le dimanche matin. J'ai réussi à obtenir un contrat en alternance où malheureusement je ne suis restée que six mois. Mon patron s'était imaginé qu'il allait me baiser pour continuer à me former. Et j'ai quand même obtenu mon diplôme. Le pire, Cédric, c'est que, lorsque j'ai eu ce BTS, mes parents ont réuni leurs copains à l'appartement et ont sabré le champagne en faisant croire qu'ils avaient tout fait pour que j'obtienne mon diplôme. J'ai trouvé une place dans une agence immobilière qui cherchait une négociatrice. Je me suis remise aux études et j'ai commencé à bien gagner ma vie. Je me suis trouvé un petit studio. Lors d'une vente, j'ai rencontré Gaëtan qui faisait un stage dans une étude de notaire d'Angers. Notre liaison a duré six mois, jusqu'à ce qu'il m'emmène à la soirée chez tes parents. J'ai rompu le lendemain. Nous nous sommes engueulés. Je ne voulais pas d'un type aussi lâche. Il a eu beau me relancer, je ne pouvais admettre son attitude. Je ne suis pas revenue à Royan jusqu'à il y a deux ans, au mois de mai. J'avais envie de passer des vacances là-bas. Ce n'était pourtant pas le moment, l'agence tournait mal, je n'avais pas signé de compromis depuis trois mois. J'avais réservé un studio pour une semaine. En me promenant dans la rue Pierre Loti, je suis tombée sur une annonce : une boutique de prêt-à-porter cherchait une vendeuse. Je me suis dit : pourquoi pas ! J'avais fait deux stages pendant mon BTS dans des boutiques de fringues et je ne m'y étais pas déplu. Et pour moi, vivre au bord de la mer, c'était le pied. J'étais seule, sans obligation. J'ai fait un essai d'une semaine et j'ai été embauchée pour au moins la saison. Je me suis pris une chambre meublée.

Quinze jours après mon embauche, j'ai sympathisé avec une fidèle cliente, une vieille dame de quatre-vingts ans. Elle venait à la boutique pour refaire sa garde-robe. Ma patronne tenait à s'occuper d'elle, mais la vieille voulait surtout mon avis. Elle a dépensé plus de sept cents euros ce jour-là, en se fiant à mon goût. Après avoir payé, elle m'a demandé si j'acceptais de l'aider à amener ses paquets chez elle. Ma patronne a accepté. Tu aurais vu l'appart', face à la mer, au moins cent cinquante mètres carrés avec un grand balcon. Elle y vivait seule. Elle m'a offert un thé, même si ce n'était pas… ma tasse de thé. Elle m'a alors raconté qu'elle avait aussi un petit deux-pièces au dernier étage, qu'elle avait acheté en même temps que son appartement, il y a quarante ans et qui devait servir de chambre de bonne. Elle avait prévu d'y loger ses enfants quand ils viendraient, mais depuis deux ans, il était inoccupé. Elle m'a proposé au bout d'une demi-heure de venir y loger, si cela me tentait. Je l'ai visité. Il n'avait pas la vue sur mer mais était beaucoup plus confortable que la chambre que j'occupais. Elle me proposait un loyer très modéré, à la condition que tous les jours, j'aille lui rendre une petite visite. Au départ, je trouvais cela contraignant, mais ensuite j'y ai pris goût et même un grand plaisir, à tel point que nous avons passé des soirées entières à discuter. C'était une dame très instruite. Elle avait connu Royan avant la guerre. Ses parents habitaient une villa à cet endroit de la plage. En janvier 1945, ils sont partis car ils avaient entendu que la ville allait être bombardée. Ses parents ont pleuré ce jour-là, ils ne pouvaient supporter que, pour des enjeux stratégiques, il faille bombarder la ville. Depuis le débarquement du 6 juin, ils s'attendaient à ce que les Américains viennent libérer la ville, comme ils l'avaient fait à Paris. Pourquoi pas cette région ? La guerre était foutue pour les Allemands. Quand elle est revenue sur les lieux avec ses parents, Royan n'était plus qu'un champ de ruines. Aucune installation, aucune maison n'avait résisté. Il ne restait plus rien de la superbe station balnéaire d'avant-guerre, même l'église n'était qu'un amas de pierres. C'était une ville morte, rayée de la carte, comme Le Havre, en Normandie. Plus aucun repère, plus aucune âme. La ville était libérée, mais plus de vivres, plus de toits. Des camps ont été installés. Les pelleteuses ont remplacé les chars. Il fallait d'abord faire tomber les bâtiments qui menaçaient de s'écrouler. Il fallait aussi sauver les rares habitations qui pouvaient encore abriter des familles, quitte à les réparer à la hâte en attendant que des terrains soient déblayés pour construire des immeubles à bas coûts ; une cité provisoire qui serait rasée dans un avenir meilleur. Ses parents décidèrent de ne plus revenir sur la côte pour voir ce spectacle désolant. Ils restèrent à Paris dans leur appartement de l'avenue Bosquet, jusqu'en 1970 où trois villas avaient fait place à une petite résidence de cinq étages et ils purent emménager dans l'appartement que la vieille dame occupe actuellement avec en surplus le deux-pièces que j'occupe. Quel dédommagement ! Mais ils aimaient tellement la côte atlantique et cette grande plage nettoyée de tous les vestiges de la guerre : plus de barbelés, plus de blockhaus, plus de bunker, mais une grande étendue de sable fin, face à l'océan. Malgré cela, ils regrettaient la tranquillité de leur vie parisienne et devaient supporter les désagréments de la copropriété. Le bâtiment était mal isolé et en juillet-août, le voisinage très bruyant – des soirées sans fin avec musique rock, trémolos de guitare et solos de batterie. Ses parents préféraient venir au printemps ou en arrière-saison. À leur décès, elle avait décidé de vendre l'appartement de Paris et de venir habiter Royan, même si en hiver la capitale lui manquait. Elle avait conservé quelques amies là-bas et y séjournait au moment des fêtes. Elle ne manquait de rien. Elle possédait trois studios à Paris, qui lui permettaient de vivre. Elle avait été institutrice dans une école privée située dans la banlieue parisienne et sa retraite lui permettait de régler ses dépenses ordinaires.

C'est toute cette histoire que la vieille dame m'a racontée au fil des soirées que j'ai passées avec elle. De temps en temps, elle me posait des questions sur ma vie, mais je la questionnais en retour sur sa vie amoureuse. Elle avait connu un seul homme, un violoniste brillant, mais qui a sacrifié son talent en se noyant dans le whisky. Il est décédé à soixante ans d'une cirrhose. Par amour, elle avait supporté ses faiblesses, mais elle s'était juré de ne plus « s'amouracher », comme elle disait, d'un être qui, à court ou moyen terme, allait lui faire supporter ses défauts. Elle préférait sa vie de veuve et son indépendance. Elle avait connu son violoniste lors d'un concert à Pleyel. Elle avait forcé la porte de sa loge. Un an après, elle eut un enfant de lui, Vladimir, dont elle dut s'occuper, la plupart du temps toute seule. »

Et puis, j'ai continué à lui raconter ma vie, continua Cédric ; le soir où, à une exposition dans une salle municipale, un visiteur est tombé en admiration devant une toile et me l'a achetée deux cents euros sans discuter. Il est vrai que j'avais beaucoup préparé cette expo et que j'y avais mis mes meilleures peintures. Du coup, presque toutes mes toiles ont été achetées, grâce à ce mécène. Il m'a encouragé à continuer et je lui dois beaucoup.

— Cédric, dit Véronique, j'admire vraiment ce que tu peins et je pense que nous pourrions envisager d'ouvrir une galerie à Royan.

— Hein ! s'exclame son mari.

— Pourquoi pas, reprend-elle, quand tu vois que de soi-disant artistes exposent et vendent par exemple des carrelets au soleil couchant ou des marines même pas correctement cadrées, je pense que ce serait une excellente expérience à tenter au vu du talent de ton fils... Tu me parles tout le temps de tes placements en assurance-vie, de tes actions et obligations. Fais d'abord une grande action pour ton fils, et même si elle ne te rapporte pas beaucoup financièrement, ce sera une bonne action.

— Très drôle, répond Paul.

— Mais c'est sans obligation de ta part, mon très cher époux.

— Je ne peux qu'approuver ton initiative, acquiesce Cédric, d'autant plus que depuis quelque temps mon activité de restauration de meubles anciens commence à bien tourner, et que je pourrais les exposer dans la galerie. Bon, je continue mon histoire. Marine et moi avons passé un week-end extraordinaire.

Elle croyait en moi. À l'aube, nous avons fait l'amour. Jamais, vous m'entendez, je n'ai éprouvé autant de plaisir. Je vous cache les détails. Nous sommes restés toute la journée dans son appartement tellement nous y étions bien. Nous n'avions pas envie de sortir, nous voulions juste rester tous les deux à nous découvrir, à nous connaître, mais aussi à rire ensemble. Elle m'a avoué que lors de la soirée ici, elle avait déjà tenté de me séduire, mais elle était sous l'emprise de Verdet. Si elle avait eu plus de courage, elle serait restée avec nous, elle s'est sentie lâche. J'ai, à deux reprises, voulu changer de sujet. Elle m'a avoué aussi, plus tard dans la journée, qu'elle était la maîtresse d'un homme de quarante ans qu'elle aimait surtout pour son physique, mais qui n'envisageait pas pour le moment de quitter sa femme. Elle décida ce week-end-là de le quitter définitivement pour moi. Nous avons passé les deux week-ends suivants dans une relation idyllique. Dans la semaine, je peignais, je dessinais du matin au soir. J'ai même réalisé un nu de Marine uniquement de mémoire, tellement je l'admirais. Je pouvais la peindre avec les yeux de la passion.

Pendant plus de deux mois, nous partagions nos week-ends entre Royan et Angoulême, mais j'en désirais plus. Mais quand je parlais d'avenir avec Marine, elle tentait de changer de conversation en me disant qu'il fallait se contenter de vivre au présent. Par contre, de temps à autre, elle évoquait le passé et cette funeste soirée de la disparition d'Alexandra. J'ai toujours soutenu que nous avions appelé les secours et qu'une ambulance était venue la chercher. Marine m'avait cru, ou fait semblant de me croire. Mais, un dimanche matin, celui de la Pentecôte, il pleuvait, nous avons pris un petit déjeuner ensemble. J'ai bien senti qu'elle n'avait pas éprouvé autant de plaisir dans la nuit que les autres nuits. Ce matin-là, je lui ai annoncé que je voulais vivre plus intensément notre liaison et que j'envisageais de quitter Angoulême pour venir m'installer à Royan. Elle m'a répondu qu'elle n'était pas encore prête et qu'elle ne voulait pas que je déménage si rapidement. « Si tu veux que nous continuions à nous voir, tu dois me dire toute la vérité. Une relation durable ne peut être basée sur le mensonge. Que s'est-il réellement passé quand Alexandra a eu ce malaise ? » Je lui ai répondu : « Tu le sais très bien, elle est arrivée dans un état second. Tu n'as pas observé son visage, ses yeux dans le vague, elle était déjà défoncée. — Et qui lui a donné la dose qui l'a foutue en l'air ? — Je ne sais pas, nous n'avions que du shit sur nous, elle devait avoir sa came, nous avons supposé des comprimés... — Et vous ne l'avez pas fouillée avant que les secours arrivent ? D'ailleurs, qui a appelé les secours ? — Édouard. — Alors tu me jures Cédric, qu'Alexandra a été emmenée par une ambulance ?» Elle m'a alors regardé droit dans les yeux. C'est alors que je lui ai raconté la vérité : «Nous n'avons jamais appelé les secours. Édouard avait fait le maximum pour la ranimer. Elle ne respirait plus et son corps avait commencé à changer de couleur. Aussi, lorsque vous êtes partis Gaëtan et toi, nous avons pris la décision avec Édouard de l'enterrer dans le jardin de la villa. Nous avions envisagé de la jeter en mer, mais c'était trop risqué.» C'est à ce moment-là que Marine s'est levée et s'est mise en colère. «Je le savais, je le savais et tu m'as menti depuis le début. Deux semaines après, j'ai vu un avis de recherche dans le journal et j'ai reconnu son visage. Si elle avait été hospitalisée, il n'y aurait pas eu cet avis. Vous êtes dégueulasses, vous ne lui avez laissé aucune chance. Et même si elle était morte, elle n'a même pas eu droit à un enterrement comme tout le monde. — Toi, qu'as-tu fait avec Gaëtan, vous vous êtes tirés !» Elle m'a répondu qu'elle voulait rester, mais que Gaëtan insistait. « Mais tu es partie quand même, en nous laissant tomber » Elle est restée silencieuse puis m'a de nouveau questionné et a voulu savoir si j'avais baisé avec elle cette soirée-là. Je lui ai répondu en lui demandant ses rapports avec Gaëtan. Elle m'a dit alors qu'elle l'avait quitté le lendemain, tellement elle avait trouvé son attitude lâche. Elle se lassait déjà de lui, et cette soirée a été un peu la goutte qui a fait déborder le vase. Au bout de trois mois d'une relation un peu épisodique, elle s'était aperçue qu'il ne pensait qu'à ses études, sa carrière. Pour elle, ce n'était pas le grand amour, mais il la comblait financièrement et était très gentil avec elle.

Paul l'interrompt dans son récit :

— Bien beau tout ça, mais en attendant retournons sur terre.

— Ou sous terre, reprit son épouse.

— Comme tu veux.

— Mais papa, j'ai vécu avec Marine une grande histoire d'amour, la plus belle d'entre toutes.

— Et ta plus grande déception, je suppose.

— Tout cela à cause de cette satanée soirée.

— Mais ce jour-là, tu n'avais d'yeux que pour Alexandra. Tu l'as baisée en plus ?

— Paul, ces mots dans ta bouche, s'indigne Véronique.

— Oh, il faut toujours appeler un chat, un chat et une chatte ou plutôt une petite chatte, une petite chatte.

— Papa ! dit Sidonie.

— Cet après-midi, grand jeu de la vérité. Nous avons juré de tout nous dire, tout nous avouer.

— Je l'ai déjà dit tout à l'heure. Elle a voulu visiter la maison et quand nous sommes montés dans ma chambre, et là elle a retiré son T-shirt et…

— OK, pas besoin d'autres détails, dit son père.

— Tu t'es protégé au moins ?

— Oui.

— Et tu es redescendu avec elle rejoindre votre groupe ?

— Pourquoi cette question, papa ?

— Réponds-moi, si tu t'en souviens encore.

— Non, elle m'a demandé si elle pouvait se rafraîchir. Je lui ai indiqué la salle de bains.

— La tienne ou la nôtre ?

— La vôtre, elle était bien rangée, tandis que dans la mienne, il y avait beaucoup de bazar.

— Eh bien, tu n'aurais pas dû. Dans la nôtre se trouve un placard où il y a beaucoup de médicaments. Elle a pu en prendre.

— Maintenant ça me revient ! répond Véronique. Je ne suis pas arrivée à remettre la main sur un tube de Franzomil. Je prenais de temps en temps, à l'époque, un demi-comprimé avant d'aller me coucher.

— Pourquoi tu ne m'as rien dit ? l'interroge son mari.

— J'ai pensé que c'était un de tes fils qui l'avait embarqué.

— Alors ne cherchez plus, dit Paul. Si Alexandra en a absorbé plusieurs, conjugués avec de la drogue, c'est certainement la cause de sa syncope. En fin de compte, vous avez bien fait de l'enterrer ici. Si elle avait été emmenée à l'hôpital, il y aurait eu une autopsie et ils en auraient conclu que c'étaient les médicaments avalés ici qui étaient la cause de son décès. Je vous laisse imaginer la suite.

— Rien n'aurait prouvé qu'elle s'en soit procurés ici.

— Va-t'en le dire aux flics. En tant que pharmacien, j'aurais pu perdre mon officine et nous nous serions retrouvés, Véronique et moi, au chômage avec une plainte du Conseil de l'ordre. Décidément, nous sommes dans la même galère et nous n'avons pas fini de ramer ! Résumons : il y a deux corps dans le jardin. Le premier caché sous la terrasse est celui de l'assassin de la femme de Franck, le deuxième celui d'Alexandra. Si je vais à la police pour déclarer que nous avons retrouvé un corps dans le jardin, en l'occurrence celui d'Alex, tout de suite ils vont arriver avec la police scientifique qui va déterminer une zone de crime et faire venir les chiens. Je les vois d'ici arriver avec les tractopelles, défoncer tout le terrain et s'apercevoir rapidement qu'il y a un autre corps. D'après toi, Cédric, elle est à quelle profondeur ?

— Soixante-dix, quatre-vingts centimètres tout au plus.

— Vous auriez pu creuser plus !

— Pas possible, nous sommes tombés sur de la pierre. Sinon, nous n'étions pas à dix centimètres près.

— Eh bien, nous sommes dans de beaux draps, renchérit Paul.

— Ou plutôt carrément dans la merde, surenchérit Antoine.

— Et ce n'est pas fini, j'ai encore des choses à dire.

— Ne me dis pas, réagit son père, qu'il y en a un troisième.

— Rassure-toi, papa… ou du moins pas encore. Je reprends mon histoire avec Marine. Elle m'a quittée à cause de cette soirée, comme elle a quitté Gaëtan mais à la différence que moi, j'en ai beaucoup souffert. Je pensais vraiment qu'elle allait me pardonner et que nous allions nous remettre ensemble jusqu'au jour où, il y a quinze jours, j'ai reçu un mail : « S'il te plaît Cédric, peux-tu me rendre un service ? N'essaie pas de me joindre sur mon portable. » Au départ, j'ai cru à une arnaque.

— Oui, je sais, dit Antoine, combien de fois j'en ai reçu.

— Bien évidemment, j'ai appelé aussitôt Marine, content de pouvoir reprendre contact avec elle. Je suis tombé sur son répondeur. Je lui ai laissé un message. Elle ne m'a pas rappelé. Le lendemain après-midi, je faisais mes comptes sur mon PC quand un mail est apparu : « Je suis dans la merde, il faut que tu me dépannes » Il venait de son adresse. « Où es-tu ? répondis-je. — À Cognac. » Tout de suite j'ai pensé, mieux que Marrakech ou Abidjan, comme le font souvent des arnaqueurs.

— Oui, déjà plus sérieux, reprend Antoine.

— Même trop, quand tu vas savoir la suite. Je lui ai demandé de combien elle avait besoin. « Cinquante mille euros » elle m'a répondu !

— Combien ?! s'exclame Paul.

— Oui, j'ai bien dit cinquante mille euros. J'en suis resté abasourdi. Je lui ai répondu : « Tu rigoles, et pour quelle raison je te dépannerais d'une telle somme» À ce moment-là, mon portable a vibré, c'était elle : «Pour répondre à ta question : d'une part, j'en ai besoin et d'autre part, pour acheter mon silence. — Va te faire foutre. Tu me laisses tomber d'un jour à l'autre, tu n'as pas répondu à mes messages et aujourd'hui, tu veux cinquante mille euros pour ne plus entendre parler de toi ? Bye bye Marine.» Je m'apprêtais à raccrocher quand j'ai entendu : «Tu oublies qui est enterré dans le terrain de tes parents.»

— La salope, rebondit Paul. Vraiment Cédric, tu nous as bel et bien foutus dans la merde avec tes conneries.

— Avec nos conneries, réplique Sidonie. Cédric n'était pas tout seul ce soir-là. Nous étions là aussi, Antoine et moi.

— Alors qu'as-tu fait mon fils ?

— J'ai rencontré Marine dans un bar à Cognac. Je lui ai remis cinq mille euros en liquide. C'est tout ce que j'avais de disponible. Après une longue discussion, elle m'a donné un mois pour lui verser le complément soit quarante-cinq mille euros, sinon elle s'arrangerait pour que la police soit au courant.

— C'était quand ? demande Paul.

— Il y a eu quinze jours vendredi.

— Eh bien, nous avons encore quinze jours pour déplacer le corps. Et la police ne trouvera rien.

— C'est une bonne idée, approuve Sidonie, mais qui va s'en charger et où le faire disparaître ?

4

À ce moment-là, la sonnerie du portable de Cédric retentit. Il saisit son appareil :

— Oui, c'est moi… Je suis à Pontaillac… À la villa Neptune, vous connaissez ? Chez mes parents… Non, je ne bouge pas… OK, je vous attends.

Il raccroche :

— Merde, merde.

— Qu'est-ce qu'il y a ?

— Les flics déboulent ici. Ils veulent m'interroger.

— Les enfants, dit Paul. Gardons notre calme. J'espère, Cédric, que tu n'as pas fait de conneries.

— Je te promets, je n'ai rien à me reprocher… à part ce que tu sais.

— Vous voulez un dessert, demande Véronique, j'ai fait une tarte aux pommes.

Et sans attendre la réponse, elle retire les assiettes pour en remettre des propres :

— En plus, cela nous donnera une contenance quand les flics vont arriver. Ne changeons pas notre vie pour eux !

Un quart d'heure plus tard, une Peugeot blanche arrive et se gare directement dans l'allée donnant sur la maison. Deux hommes en sortent. L'un d'eux sonne à la porte. Paul lui ouvre.

— Monsieur Courtois ?

— Paul Courtois, le propriétaire de cette maison.

— Votre fils Cédric est là ?

— Que lui voulez-vous ?

Cédric arrive :

— Je suis Cédric Courtois.

— Nous voudrions vous poser quelques questions dans le cadre d'une enquête que nous menons… mais sans témoins.

— Papa, je peux occuper ton bureau ?

— Bien sûr.

Une fois dans la pièce, le gradé ferme la porte.

— Capitaine Granier et lieutenant Rujon du SRPJ de La Rochelle. D'après ce que nous savons, vous connaissez Marine Varzais ? Quels sont vos rapports avec elle ?

— Il lui est arrivé quelque chose ?

— Vous la connaissez alors ?

— Oui, c'est une de mes amies.

— Vous l'avez vue récemment ?

— Pas depuis quelque temps.

— Plus précisément ?

— Environ trois semaines. Mais pourquoi, que lui est-il arrivé ?

— Monsieur Courtois, que faisiez-vous vendredi dernier en fin d'après-midi ?

— Je suis resté à mon atelier, près d'Angoulême.

— Toute l'après-midi ?

— Oui, je n'ai pas bougé. J'ai repeint un petit buffet.

— Quelle est votre profession ?

— Artiste peintre. Et je me consacre aussi à la mise en valeur de petits meubles que j'achète en bon ou en mauvais état, je les retape, les repeint et je les revends.

— Et vous arrivez à en vivre ?

— Oui, modestement mais honnêtement.

— Quand êtes-vous arrivé à Royan ?

— En fin de matinée, aujourd'hui. Mon père m'avait invité avec ma famille, comme vous avez pu vous en apercevoir. Maintenant, vous pouvez me dire ce qui est arrivé à Marine ?

— Sa propriétaire l'a retrouvée sans vie, dans son appartement, hier midi.

— C'est pas vrai, pas possible.

Il se met à pleurer. Granier le laisse, puis Cédric en sanglotant demande :

— Comment est-elle décédée ?

— Elle a été étranglée. Vous la connaissiez bien ?

— Je l'aimais. Nous avons eu une relation de quelques semaines.

— Je peux savoir pourquoi elle a cessé ?

— Marine s'est lassée de moi et, d'après ce qu'elle m'a avoué, elle n'était pas assez amoureuse pour continuer. Comment avez-vous eu mes coordonnées ? Par son portable ?

— Non, sur une étagère près de son lit, il y avait votre numéro inscrit sur un bloc.

— Seulement le mien ?

— Nous supposons qu'il y en avait d'autres, car des feuillets avaient aussi été arrachés.

— Je suppose que mon numéro figure aussi sur son portable.

— Nous n'avons ni récupéré ni son téléphone, ni un ordinateur, tablette, smartphone. Vous lui connaissez d'autres relations, des amis ?

— Des copains à elle, avec qui nous avons pris des pots le samedi soir, mais j'ignore leur nom de famille.

— Comment avez-vous rencontré mademoiselle Varzais ?

— Un samedi soir, à la terrasse d'un café. Je passais le week-end chez mon père. Elle était assise à la table d'à côté et je l'ai abordée. Nous avons commencé à discuter tous les deux. Dès le départ, elle m'avait tapé dans l'œil. Je l'ai invitée, et nous avons fini la soirée et même la nuit ensemble dans son appartement. Nous nous sommes revus ensuite tous les week-ends.

J'ai envisagé ensuite de venir m'installer dans la propriété de mon père, elle est assez grande pour que j'y installe mon atelier dans le bas du terrain. Quand j'ai parlé à Marine de cette idée, elle m'a répondu de ne pas tout chambouler pour elle. Nous voir les week-ends lui suffisait. Elle n'était pas prête à vivre notre amour au quotidien et m'a demandé au contraire d'espacer nos rencontres. À la fin d'une discussion, elle m'a avoué qu'elle ne tenait plus à me revoir. J'en ai beaucoup souffert. J'ai essayé de la relancer, je lui ai téléphoné souvent, mais elle a tout fait pour me décourager. De toute façon, je suppose que vous retrouverez mes appels sur l'historique de son portable.

— Nous devons attendre quelques jours pour avoir ce document. Vous restez sur Royan ?

— J'avais prévu de repartir demain matin chez moi.

— Vous n'avez pas l'intention de quitter la région ?

— Pas pour le moment, Capitaine. Retrouvez vite le salaud qui a commis ce crime affreux.

— C'est dans notre intérêt aussi. Une dernière chose : avant de repartir demain, pouvez-vous passer au commissariat de Royan pour signer votre déposition, vers neuf heures ? Peut-être aurons-nous du nouveau.

— Pas de problème. Il faut juste que je sois sur Angoulême à quatorze heures.

— Merci de votre collaboration. Nous vous laissons avec votre famille.

Cédric les raccompagne, puis retourne dans le séjour, le regard triste.

— Que s'est-il passé Cédric, demande Paul, tu n'as pas fait de conneries ?

Véronique intervient :

— Tu vois bien qu'il n'est pas dans son assiette.

— Marine a été tuée.

— Ils ont retrouvé son corps ?

— Ben oui. Ils l'ont découverte dans son appart' !

— Au moins une qui n'a pas terminé dans le jardin.

— Paul, comment peux-tu ironiser ainsi ?

— Il y a une heure, Cédric la traitait de salope et maintenant, il la pleure.

— Je l'aimais encore papa, et je ne voulais surtout pas sa mort.

— C'est souvent le sort des maîtres-chanteurs, répond Paul. Jure-moi que ce n'est pas toi qui as fait le coup.

— Papa, je ne suis pas un assassin.

— Attendez. De toutes ces histoires, je ne sais plus où j'en suis. Je vais reprendre mon bloc.

— Toi et ton bloc, soupire Véronique.

— Eh oui, j'en suis accro. Il me faut toujours écrire noir sur blanc toutes mes idées. D'abord, j'aimerais connaître les questions que t'ont posées les policiers. À propos, vous savez à qui ils m'ont fait penser ?

Ils se regardent surpris, mais apparemment aucune idée ne leur traverse la tête.

— À Laurel et Hardy. Le grand maigre et le petit gros.

— Je ne connais pas, répond Sidonie.

— Ce n'est pas le moment de sourire, intervient Véronique. Nous t'écoutons Cédric.

Il résume son entrevue avec les gradés.

— À aucun moment, tu n'as parlé de ce qui s'est passé ici il y a cinq ans ?

— Bien sûr que non, réagit Cédric.

— Si Marine t'a fait chanter, elle a peut-être voulu faire chanter les autres participants. Attention à la chorale ! Tu nous as dit que tu lui avais donné cinq mille euros. Je suppose que c'est en liquide.

— Bien sûr.

— Au moins tu n'auras pas à lui payer les quarante-cinq mille euros qu'elle te demandait.

— De toute façon, je ne vois pas comment j'aurais pu lui donner.

— Tu as dit que les flics avaient retrouvé ta trace grâce à un carnet.

— Oui, en évidence sur une étagère, ils ont retrouvé ce carnet avec des feuillets arrachés. Certainement les noms des autres personnes qu'elle faisait chanter, dont l'assassin, je suppose.

— À moins que ce soit l'assassin qui ait écrit tes coordonnées pour te faire inculper. Si jamais tu es mis en garde à vue, demande une analyse graphologique.

—J'ai une autre suggestion, intervient Antoine. Il faut rapidement se débarrasser du corps de cette malheureuse Alexandra. Si l'assassin se trouve parmi nos copains de cette soirée, il peut à un moment ou à un autre en parler et la piste aboutira ici. S'il n'y a plus de corps, plus de suspect.

— Tu as raison, renchérit Paul, mais comment faire ? Déjà, il nous faudrait assez de courage pour déterrer un cadavre qui se décompose depuis plus de cinq ans et il nous faudrait le transporter ailleurs, mais où ?

Véronique, avec un léger sourire :

— Nous pourrions aller au zoo de la Palmyre comme dans le film *Le Père Noël est une ordure*.

— Véronique, tu peux être sérieuse deux minutes.

— C'est juste pour détendre l'atmosphère.

— Et pourquoi pas s'en débarrasser près de Fort Boyard, à l'endroit où sont enfermés les tigres ?

— Je vais peut-être ressortir une bêtise, reprend Véronique.

— Alors abstiens-toi !

— Dis toujours, reprend Sidonie.

— Il n'y a pas moyen de l'incinérer dans la cheminée.

— Après Gérard Jugnot, Landru ! L'idéal ce serait de le jeter lesté en mer mais je n'ai ni bateau ni permis pour naviguer. Et même si nous le faisions, cette solution comporte des risques, beaucoup de risques. Il faudrait le faire de nuit, sans aucun témoin. Pour moi, ce serait la meilleure solution à approfondir.

— Ou alors puisque tout ceci est un peu de ma faute, dit Cédric, j'emporterai le corps chez moi, je lui fabriquerai un petit cercueil avec des planches que j'ai récupérées dans mon atelier et j'irai l'enterrer dans un endroit tranquille. Je ne sais pas encore où, mais je trouverai.

— À mon avis, rétorque son frère, il faut d'abord qu'aucun soupçon ne pèse sur toi.

Paul saisit son bloc :

— Je reprends : qui participait à cette soirée ? Vous trois, la pauvre Alexandra, Marine… Antoine, tu avais amené une copine, tu l'as revue depuis ?

— Elle s'appelle Amélie. On se contacte assez souvent. D'ailleurs, elle pourrait nous être utile. Elle est avocate maintenant, mariée, deux enfants. Elle habite Poitiers. Il y avait aussi Gaëtan Verdet, qui est donc notaire maintenant, comme tu viens de me dire.

— Oui, je le vois demain à onze heures, rappelle Paul.

— Et pour quelle raison ? l'interroge Véronique.

— Je lui ai demandé de passer pour estimer la villa.

— Sans m'en parler. Et nos deux squatteurs sous terre, qu'en fais-tu ? Tu vas demander à la police de les expulser !

— Véronique, quand cesseras-tu d'être aussi sarcastique ?

— Verdet, reprend Cédric, était présent lors du décès d'Alexandra. Mais il est parti juste après. Marine l'a peut-être fait chanter, lui aussi.

— Je pourrai toujours lui poser la question, intervient Cédric, si je peux être présent à ton rendez-vous demain matin.

— Il peut aussi figurer sur la liste des suspects responsables de la mort de Marine. Avec le couple Tresset, c'est sûr il n'y avait personne. Et lorsque vous avez enterré la pauvre fille, vous n'étiez que cinq, les autres étaient repartis, c'est bien ça ?

— Oui, papa, répond Cédric, mais Marine faisait chanter peut-être aussi d'autres personnes. Quand nous avons commencé à nous connaître, elle sortait avec un homme marié, avec lequel elle a rompu quinze jours après, mais maintenant, je me pose la question : puisque j'étais absent dans la semaine et qu'elle ne tenait pas à vivre avec moi, peut-être avait-elle conservé une liaison avec cet homme ou bien l'a-t-elle fait chanter lui aussi…

— Tu sais qui c'est ? lui demande son frère.

— Elle m'a parlé d'un homme de quarante-huit ans qui avait une bonne réputation à

Royan. C'est tout. Le coupable est peut-être aussi un voisin. Elle habite le dernier étage d'une résidence dans une rue perpendiculaire au boulevard du front de mer. Il y a deux grands appartements qui donnent sur la plage et, de l'autre côté, six petits deux-pièces comme celui de Marine. Quand j'y suis allé, elle m'a dit qu'elle connaissait quatre de ses voisins, mais qu'elle avait sympathisé seulement avec l'un d'eux. Elle m'a raconté que c'était un vieux garçon, un fonctionnaire en retraite qui venait souvent en week-end. Il l'avait, à plusieurs reprises, invitée à prendre un apéro chez lui mais, si j'en crois ce qu'elle m'a dit, elle a plusieurs fois refusé. Il était très sympa, instruit, mais un peu trop collant... Pour l'instant, il vaut mieux laisser la police faire son enquête. Si ça se trouve, Marine a été tuée par une personne à laquelle nous ne pensons pas, et pour un motif tout à fait différent.

— Si nous changions un peu de conversation, suggère Véronique. Depuis ce midi, nous ne parlons que de cadavres et de crimes. Pour m'organiser, j'aimerais savoir si vous mangez avec nous ce soir.

— Attends, dit Paul, nous sortons à peine de table. De toute façon, je vous interdis de reprendre la route ce soir avec tout ce que vous avez picolé.

— Je repartirai tôt demain matin, répond Sidonie. Je n'ai cours qu'à quatorze heures, mais je dois encore réviser un prochain partiel.

— Comme je dois me rendre chez les flics demain matin, je vais rester coucher ici, si vous n'y voyez pas d'inconvénient, répond à son tour Cédric.

— Et moi de même, ajoute Antoine, sauf que je ne vais pas chez les poulets !

— Heureusement que je suis une femme organisée, dit Véronique, j'avais préparé vos lits et acheté un poulet froid pour ce soir.

Elle se retourne :

— Asseyez-vous tous. J'ai une idée.

— À quel propos ?

— De la disparition d'Alexandra. Au cas où, je dis bien « au cas où » des éléments de l'enquête arrivent à démontrer que cette femme était avec vous il y a cinq ans, il suffit que tous ceux qui étaient présents disent qu'à un moment elle a quitté la soirée subitement, sans que personne ne s'en aperçoive, ou que personne ne cherche à la retenir. Elle est partie seule, de son plein gré… Pschitt, volatilisée ! Comme elle avait un peu bu et que vous ne la connaissiez pas beaucoup, vous n'avez pas insisté et vous avez continué votre soirée sans elle.

— Pas con comme idée, répond Cédric. Dès que j'en aurai l'occasion, je préviendrai les copains.

— Tu nous épateras toujours Véronique, renchérit Antoine. J'approuve.

— Je prends note, maman. C'est plus simple comme ça. Alexandra avait déjà des tendances suicidaires. Après tout, elle s'est donné la mort quelques heures plus tard.

Il est près de vingt-trois heures quand toute la famille Courtois décide d'aller se coucher. Les chambres des garçons sont au deuxième étage. En montant l'escalier qui dessert ce niveau, Cédric interpelle son frère à voix basse :

— Antoine, j'ai à te parler.

— Viens dans ma piaule, frangin !

Il referme la porte de sa chambre :

— Antoine, je crois que j'ai fait une connerie, une grosse connerie.

5

Le lendemain matin, Cédric se rend au commissariat. Il a pris le petit déjeuner à la villa avec son père, Véronique et Antoine. Sidonie est repartie tôt ce matin pour la fac de Bordeaux et son frère ne doit reprendre la route que cet après-midi.

Il se présente à l'accueil et attend son tour. Trois personnes veulent déposer plainte pour un pare-brise cassé, des dégradations sur des véhicules en ville et un vol à l'arraché du côté du port de plaisance. Cédric s'annonce, et les mêmes policiers qu'hier viennent à sa rencontre. Il ne peut s'empêcher de penser à ce que lui a dit son père : c'est vrai qu'ils ressemblent à Laurel et Hardy.

Ils lui demandent aussitôt de les suivre dans un bureau, une grande salle impersonnelle avec une grande table au milieu, sur laquelle se trouvent un dossier et un ordinateur portable. Granier referme la porte derrière lui et prie Cédric de s'asseoir.

— Monsieur Courtois, je vais commencer par vous demander votre carte d'identité et, je suppose que vous les avez sur vous, les papiers de votre véhicule.

Cédric est tout de suite surpris par le ton grave du policier. Rien à voir avec celui d'hier après-midi. Sans broncher, il s'exécute et donne les documents dont l'agent commence à inscrire les données sur son ordinateur.

— Vous habitez toujours à Fléac près d'Angoulême, avenue des Plantes.

— Oui, tout à fait.

— Il vous faut combien de temps pour venir jusqu'ici ?

— Environ une heure et demie suivant la circulation.

— Vous avez comme véhicule une « Peugeot, Partner », de quelle couleur ?

— Blanche.

— Je vous pose la question de nouveau : que faisiez-vous vendredi dernier après-midi ?

— Je suis resté chez moi à travailler.

— Faux, monsieur Courtois.

— !?

— Imaginez-vous que le boulevard Frédéric Garnier qui longe la plage est doté de caméras de surveillance et votre véhicule a stationné sur ce boulevard vendredi soir de dix-neuf heures trente à dix-neuf heures quarante-cinq, au niveau de l'avenue des Dunes, où se trouve l'appartement de Marine Varzais. Nous vous y avons vu garer votre véhicule, puis vous diriger vers l'avenue des Dunes et en revenir environ un quart d'heure plus tard. C'est justement à cette heure-là que mademoiselle Varzais a été tuée. Comment expliquez-vous cela, monsieur Courtois ?

— Vous êtes sûr que c'est moi ? Des Peugeot Partner, il en existe des milliers en France.

— La vidéo est assez nette pour apercevoir votre plaque, et la silhouette correspond à la vôtre. Aucun doute. Vous nous avez menti.

— Oui. C'est bien moi. Mais je ne l'ai pas tuée. Je me suis rendu à son appartement et quand je l'ai découverte sans vie, j'ai pris peur et je me suis enfui.

— Pourquoi avoir menti ?

— Pour ne pas être accusé, c'est évident.

— Eh bien, Cédric Courtois, nous sommes le lundi 11 juin 2018. Il est neuf heures trente. Vous êtes en garde à vue pour le meurtre commis sur la personne de Marine Varzais.

— Mais, puisque je vous dis que quand je suis arrivé, elle était déjà décédée. Ce n'est pas moi, je vous le jure et d'ailleurs, pourquoi je l'aurais tuée alors que je l'aimais.

— Vous avez certainement mal vécu votre séparation.

— Et pourquoi, j'aurais laissé mes coordonnées dans son carnet ?

— Vous ne l'avez pas remarqué, quand vous êtes venu. Vous l'avez tuée, vous avez pris peur et vous vous êtes enfui aussitôt.

— C'est absurde, tout à fait absurde.

— Vous avez la possibilité de vous faire assister par un avocat. Vous en connaissez un ?

— Pas un, une, c'est une amie de mon frère Antoine.

— Vous avez ses coordonnées ?

— Je connais juste son prénom, Amélie, et je sais qu'elle exerce à Poitiers. Je peux téléphoner à mon frère ?

— Attention, vous n'avez droit qu'à un coup de fil. Vous n'avez pas de femme, de petite amie ou peut-être préférez-vous téléphoner à vos parents ?

— Je ne suis pas marié, et la seule femme qui comptait pour moi, c'était Marine. Alors laissez-moi téléphoner à mon frère, il m'indiquera alors comment joindre mon avocate. Je peux l'appeler sur mon portable.

— Allez-y mais vous mettez le haut-parleur.

Cédric compose le numéro et :

— Antoine, c'est moi. Je suis au commissariat, en garde à vue. Je suis soupçonné d'avoir tué Marine.

— Je sais bien que tu es innocent, dit son frère.

— Bien sûr. Je n'aurais jamais fait une chose pareille. J'ai besoin d'un avocat, peux-tu me donner les coordonnées d'Amélie ?

Antoine lui indique le numéro et poursuit :

— Il s'agit d'Amélie Vigeois, avocate au barreau de Poitiers. Mais laisse-moi fire, je vais l'appeler. Je te rappelle, ou elle te rappellera directement.

— Préviens aussi papa s'il te plaît.

— De toute façon, je reste à Pontaillac tant que tu n'es pas sorti.

Granier intervient alors :

— Dites à votre frère qu'il peut vous amener un rechange.

— Antoine, j'ai mon sac dans l'entrée. Tu pourras le déposer au commissariat ?

Cédric pose son téléphone sur la table et Granier le récupère aussitôt :

— Nous allons en avoir besoin pour l'enquête. En attendant votre avocate, vous pourriez nous donner votre version des faits ? D'abord, pourquoi nous avoir menti ?

— J'ai bien restauré un petit meuble pour un client qui a insisté pour l'avoir pour ce week-end. Il voulait l'offrir à sa fille pour son anniversaire. C'était un petit coffre que j'avais lasuré en gris et blanc. Il était prêt à dix-sept heures et devait être sec une heure plus tard. Mon client habite à côté de Pons. Je l'ai quitté vers dix-huit heures trente avec quatre cents euros en liquide sur moi. Je me suis dit que j'avais bien gagné ma journée. Mon client était très satisfait de mon travail. Je pouvais m'offrir une soirée de détente. Royan n'étant qu'à trois quarts d'heure de route, j'ai pensé tenter de renouer avec Marine et l'inviter au resto.

— Vous êtes donc arrivé sur le boulevard Frédéric Garnier à dix-neuf heures vingt-sept exactement, d'après la caméra.

— Si vous le dites !

— Et à quelle heure êtes-vous arrivé à l'appartement de mademoiselle Varzais ?

— Je ne sais pas, le temps de prendre l'ascenseur et d'arriver chez elle.

— La porte était fermée ou ouverte ?

— Elle n'était pas fermée à clé. J'ai frappé et comme je n'ai pas eu de réponse, j'ai poussé la clenche et j'ai appelé Marine. C'est là que je l'ai découverte étendue sur le lit, comme vous avez dû la voir. Elle avait les yeux grands ouverts et des marques sur le cou. J'ai crié son prénom, par réflexe, je crois. Je me suis mis à chialer et je lui ai fermé les paupières. Puis, j'ai effacé mes empreintes, j'ai refermé la porte de son appartement et je suis redescendu par l'escalier de service. J'ai récupéré ma voiture et je suis reparti pour Fléac.

— Vous n'avez croisé ni vu personne dans l'immeuble.

— Personne, non. Sinon je ne vous aurais pas menti. J'ai cru que faute de témoin, vous ne pourriez contredire ma version.

— Seulement, il y a eu cette caméra qui vous a trahi. Vous nous avez dit hier que vous connaissiez la victime depuis plusieurs mois.

— Oui, et nous avons vécu des moments merveilleux tous les deux depuis ce week-end où je l'ai rencontrée à la terrasse d'un café. Je l'aimais.

— Et vous n'avez pas supporté votre séparation. Vendredi soir, vous vous êtes rendu chez elle et comme elle ne voulait plus de vous, vous l'avez tuée.

Cédric hausse les épaules. Un moment de silence, puis il reprend :

— Je ne vous dirai plus rien tant que mon avocate ne sera pas arrivée. C'est mon droit.

— Eh bien, en attendant, nous allons passer aux formalités : empreintes digitales, prise d'ADN... Ah, je crois que j'ai un appel pour vous.

Après un court entretien au télépone, il ajoute :

— Vous avez de la chance, elle était chez un client à Rochefort, elle sera là dans une heure. Elle accepte de vous défendre. En plus, vous n'avez pas choisi n'importe qui, je la connais. Elle est très brillante.

— Vous avez déjà eu l'occasion de la rencontrer ? demande Rujon.

— Oui, dans deux affaires. Une grande femme blonde avec de jolis yeux et un visage qui ne laissent pas indifférent. Pas vrai, monsieur Courtois ?

— C'est une amie de mon frère. Il nous l'avait présentée une fois, je ne me souviens plus à quelle occasion mais c'était il y a longtemps, elle était encore étudiante. Maintenant, elle est mariée.

— Dommage pour vous, répond Granier. Avec le physique que vous avez, vous avez dû en séduire des femmes.

— Raison de plus pour ne pas gâcher ma vie pour celles qui ne veulent plus de moi en les supprimant.

Une heure plus tard.

Amélie Vigeois se présente au commissariat de Royan. Le capitaine Granier la rejoint à l'accueil et la conduit dans la salle de réunion. Cédric arrive à son tour amené par deux policiers.

— Je vous laisse une demi-heure, pas plus.

Cédric, malgré les circonstances, tombe en admiration devant la jeune femme. Même si sa beauté ne l'avait pas laissé indifférent il y a cinq ans, aujourd'hui, Amélie paraît encore plus séduisante. Elle s'en aperçoit et semble troublée.

— Nous avons peu de temps, monsieur Courtois. Racontez-moi pourquoi vous êtes en garde à vue.

— Tu peux me tutoyer. Cela me rendra la tâche moins pénible.

— D'accord Cédric, mais pas devant les policiers. Et tu dois tout me dire.

Alors il lui raconte sa rencontre avec Marine, résume leurs moments passés ensemble, puis le chantage qu'elle lui a fait, la remise des cinq mille euros et sa visite de vendredi soir. Elle lui demande alors si quelqu'un a parlé de la funeste soirée d'il y a cinq ans.

— Tu sais, Amélie, il y a toutes les chances pour que le meurtrier soit une victime de son chantage.

— Il ne faut absolument pas, pour le moment, parler de ce chantage. Nous allons dire que Marine t'a appelé parce qu'elle était dans la mouise et qu'elle avait absolument besoin de ces cinq mille euros. Tu lui as prêté parce que tu as encore beaucoup de sentiments pour elle et que tu espérais que votre liaison pouvait reprendre. Ce n'est que le début de l'enquête. D'autres suspects vont peut-être être arrêtés. Tu m'as dit qu'avant de sortir avec toi, elle fréquentait un homme marié. Ça pourrait aussi être lui. Sais-tu si elle a vraiment rompu avec lui ?

— Elle m'avait dit que oui mais maintenant, je n'en suis plus sûr.

— Je vais aiguiller les flics sur cette piste. Et surtout il s'agit de sauver ta peau. La police a un suspect avec un mobile. En plus, il y a eu ton mensonge. Ils vont te malmener, tenter de te faire avouer. N'oublie pas que les journalistes sont déjà au courant de ce crime et qu'ils attendent un coupable. À aucun moment tu ne dois parler de cette triste soirée chez tes parents. Si tu l'évoques, je serai obligée de me retirer et tu chercheras un autre avocat pour te défendre.

Vous en avez parlé à d'autres personnes ?

— Maintenant mon père et son épouse.

— Mais pourquoi ? Antoine et toi, vous ne pouviez pas garder cela secret !

— Mon père a décidé de vendre la villa. Fallait bien ! Et en plus, sa femme nous a avoué qu'Alexandra n'était pas la seule occupante. Il y a un autre corps enterré, mais cette fois-ci, nous n'y sommes pour rien.

— Elle a tué quelqu'un ?

— Rassure-toi. Je vais te raconter.

Cédric lui raconte brièvement l'histoire de Franck. Puis :

— Et le comble, conclut-il, c'est que mon père a rendez-vous ce matin avec Gaëtan Verdet pour faire estimer la propriété.

— C'était lui qui avait amené Marine ce soir-là.

— Bien sûr, c'est comme ça que nous avons fait connaissance, et c'est d'ailleurs à cause d'Alexandra que Marine a rompu.

— Il peut donc lui aussi avoir été victime du même chantage que toi. Intéressant !

— Et toi Amélie, tu n'as jamais parlé de cette soirée à qui que ce soit ?

— Bien sûr que non. Tu oublies que je suis avocate... Chut ! Attention, Laurel et Hardy reviennent.

— Toi aussi, tu leur trouves un air de ressemblance !

— Ça saute aux yeux. Plus de tutoiement maintenant.

— Amélie… Merci d'avoir accepté de me défendre.

— Vous me direz merci après, quand vous sortirez libre de ce commissariat, et n'oubliez pas qu'ils peuvent vous garder vingt-quatre heures.

Les deux fonctionnaires les conduisent dans la salle d'inerrogatoire.

— Alors, monsieur Courtois, êtes-vous prêt maintenant à avouer votre crime ?

— Qu'avez-vous exactement comme preuve contre mon client ? intervient aussitôt Amélie. Il a déclaré qu'il était monté à l'appartement, qu'il avait alors aperçu la victime gisant sur le lit. Elle était déjà décédée. Comme elle avait encore les yeux ouverts, il les a, par décence, refermés et est redescendu. C'est tout. Quant au carnet où figurait le nom de monsieur Courtois, nous aimerions le voir.

Granier lui présente un sac en plastique dans lequel se trouve le précieux document. Il est ouvert à la page où sont inscrites les coordonnées de Cédric.

— C'est bien son écriture, dit-il, non pas écrit mais gravé. Je rigolais souvent avec Marine, elle appuyait son stylo très fort, à tel point que, parfois le papier se déchirait.

— Vous devriez peut-être commissaire, proposa maître Vigeois, analyser plus profondément ce carnet, vous trouverez des inscriptions gravées sur d'autres pages. Vous avez d'autres noms sur ce carnet ?

— Oui, et nous avons effectué des recherches. Beaucoup de relations professionnelles de la victime. Elle devait noter tous ses contacts : coiffeur, manucure, médecin, et celles de votre client. C'est bien la preuve que..

— Qu'il est coupable, ? coupa l'avocate. Un peu gros. Pour nous, c'est bien le contraire. L'assassin a arraché les autres feuillets pour que vous vous intéressiez uniquement à mon client.

— Nous avons notre version, Maître : Cédric Courtois est arrivé dans l'appartement, il voulait se réconcilier avec la victime. Elle n'était pas d'accord. Il l'a approchée. Elle s'est débattue. Pour la faire taire, il l'a étranglée et l'a déposée sur le lit. Allez, Courtois, avouez que notre version est la bonne.

— Faux, entièrement faux !

— C'est odieux ce que vous avez fait. D'après ce que nous savons, Marine Varzais était une femme pleine de vie et elle ne demandait qu'à vivre. Vous l'avez supprimée dans un moment de colère. Vous n'avez pas supporté qu'elle ne veuille plus de vous.

Il lui tend une photo d'elle sur le lit.

— Regardez la vérité en face. Elle est morte à cause de vous.

Cédric examine le cliché pris au grand angulaire :

— Les photos !

— Quelles photos ?

— Il y avait des portraits d'elle accrochés au mur. Marine était un peu narcissique, elle avait décoré sa chambre avec des photos qu'avait prises, d'après ce qu'elle m'avait dit, un copain photographe. Et sur votre document, elles n'y sont plus. Si vous voulez, sur mon portable, j'ai conservé des photos d'elle prises dans sa chambre, vous pouvez comparer.

— C'est vous qui les avez enlevées pour avoir un souvenir d'elle.

— Laissez-moi vous montrer.

Le capitaine se lève, et deux minutes plus tard, revient avec l'appareil.

— C'est quoi votre code pin ?

— Je suppose que je ne peux pas refuser de vous le donner.

— Il nous facilitera les recherches. Rien ne nous arrête. Nous arrivons même à retrouver des documents que vous avez effacés, alors…

— 2583.

— Merci.

En quelques clics, le policier arrive sur les images de Marine. Sur l'une d'elles, elle est allongée sur le dos, juste recouverte d'un drap lui cachant sa poitrine et son bas-ventre. Elle sourit. Juste derrière elle, se trouve le mur où sont bien accrochés des portraits. Granier fait défiler les autres photos en souriant.

— Si je peux me permettre, intervient Cédric, vous vous rincez l'œil ou vous examinez attentivement des pièces à conviction ?

— Je vous signale que cet entretien est enregistré et je ne vous autorise pas ce genre de remarque, effectivement…

— Quoi, effectivement ?

— Effectivement, monsieur Courtois, je suppose en voyant ces clichés que vous n'aviez pas besoin de prendre les portraits au mur pour garder un souvenir. Elle était belle, votre copine. J'en conclus que quelqu'un serait venu dans cet appartement après vous et avant notre arrivée. Il n'était pas fermé à clé.

— L'immeuble est bien sécurisé avec double code et en plus il est au sixième étage.

— C'est peut-être quelqu'un qui habite la résidence, dit Amélie, avez-vous interrogé les voisins ?

— Notamment monsieur Montillec, renchérit Cédric, un voisin de son étage qui d'après Marine était un peu envahissant. Cela ne m'étonnerait pas qu'il soit venu chez elle ce week-end.

— Pas encore. Quand nous avons découvert le corps dimanche matin, nous avons aussitôt frappé à la porte des voisins. Personne ne répondait chez lui. Vous l'avez déjà rencontré ?

— Oui, un petit monsieur d'environ soixante-cinq ans. Il est retraité de l'enseignement, si je me souviens bien. Très bavard, mais aussi très instruit. Quand vous engagiez une conversation avec lui, il était difficile de l'arrêter.

— Il vit seul ?

— Apparemment oui. Il m'a tout l'air d'être un vieux garçon. Nous avions l'impression qu'il avait toujours envie d'engager la conversation car, comme il ne savait pas à qui parler, il profitait de nous voir pour, comment dirais-je, avoir au moins l'impression d'être écouté. Il n'a qu'un petit deux-pièces comme celui de Marine. J'ai eu l'occasion une fois d'y aller. Il voulait me prêter un livre sur la restauration des meubles du XVIIIe mais c'était un tel capharnaüm chez lui qu'il n'a pas réussi à me le trouver. D'après ce que m'avait dit Marine, il possède aussi un appartement à Paris où il se rend très régulièrement.

— Quand vous vous êtes rendu chez lui, avez-vous aperçu des photos, disons, un peu osées ou voire même érotiques ?

— Je n'ai vu que sa salle. Elle était décorée de photos anciennes et de portraits de famille.

— Nous essaierons de le rencontrer rapidement.

— Je vous préviens tout de suite, il n'a pas de portable ni même de ligne fixe d'ailleurs. Il a horreur de cela.

— Nous n'en sommes qu'au début de l'enquête.

— Bon, maintenant je voudrais préciser plusieurs choses, dit Amélie qui commençait à perdre patience. Sincèrement, mon Capitaine, si mon client avait vraiment l'intention de tuer mademoiselle Varzais, vous ne pensez pas qu'il aurait garé son véhicule dans une rue plus éloignée de l'immeuble, ou du moins beaucoup plus discrètement qu'il ne l'a fait.

— Maître, ici c'est moi qui pose les questions. Cependant, d'après notre théorie, votre client n'avait pas l'intention de la supprimer quand il est allé lui rendre visite. Il pensait se réconcilier avec elle. Malheureusement, elle n'était pas d'accord, il n'a pas supporté et l'a tuée… par amour. Vous savez que ce genre de cas, c'est courant.

— Vous me connaissez mal, Capitaine ou mon Capitaine, je ne sais pas, je n'ai jamais fait de mal à qui que ce soit, et surtout pas à elle. La preuve, même si elle a voulu cesser notre relation, je n'ai pas hésité à lui filer cinq mille euros, parce que Marine était dans la panade.

— Et vous savez pourquoi ?

— D'après ce qu'elle m'a dit, sa patronne lui avait réduit ses heures, et elle devait payer un rappel d'impôts.

— Vous lui avez réglé en espèces ou par chèque ?

— Ça l'arrangeait en liquide.

— Vous auriez pu lui envoyer un chèque ?

— Je n'ai pas cherché à savoir, et au contraire, c'était une bonne raison de la revoir.

— Elle devait vous rendre cette somme ?

— Elle me l'avait promis, mais maintenant…

— Elle ne vous a pas signé de reconnaissance de dettes ?

— Non, j'avais confiance en elle.

— Nous n'avons pas encore examiné ses comptes. Nous avons rendez-vous demain avec sa banque. Quand vous avez eu votre liaison avec la victime, vous êtes-vous rendu compte qu'elle était dépensière ?

— Je crois, intervient l'avocate, que ces questions dépassent le cadre de l'enquête.

— Nous cherchons seulement à connaître la personnalité de la victime.

— Je peux répondre, dit Cédric. Je n'y faisais pas attention. Nous réglions nos consommations à tour de rôle. Plusieurs fois je lui ai payé le restaurant et elle savait que je n'avais pas beaucoup de moyens. Elle se contentait du premier menu.

— C'est vrai presque d'amour et d'eau fraîche, dit le lieutenant.

6

La villa Neptune, le même jour, neuf heures et demie.

Paul s'est levé, comme à son habitude, il y a deux heures, a pris juste une tasse de café et est allé faire son footing. Il continue à parcourir tous les jours, excepté les matins de grosse pluie, ses cinq kilomètres rituels. Il s'en veut parfois parce qu'il n'arrive plus à battre ses records sur le parcours qu'il s'est fixé. Quand il court, il éprouve pendant ce moment, du bien-être, il peut réfléchir à la journée qui s'avance et évacuer surtout son stress. Mais aujourd'hui, après les révélations de ses enfants et de sa propre femme, il n'est pas décontracté comme les autres jours. Il doit réfléchir et trouver des solutions. Il descend sur la plage et pour une fois, au lieu de remonter vers Saint

Palais, il s'assied sur les rochers au bord de la conche et observe les vagues qui s'éclatent. Il aime cet endroit quand la mer se découvre. De l'autre côté de la baie, une vingtaine de carrelets ont résisté aux tempêtes saisonnières. Au loin passent des pétroliers, plus près un voilier tente de prendre de la vitesse malgré la défaillance du vent. Paul profite de ces matinées printanières où les rayons de soleil sont déjà généreux. Il voudrait bien pouvoir se dire, comme la semaine dernière : « Encore une belle journée sans beaucoup de choses à faire, et ce que je ne peux pas faire aujourd'hui, je le ferai demain ou après-demain. »

Il a mal dormi depuis qu'il sait que dans son jardin reposent deux corps. Trois fois il s'est levé et a observé la terrasse du chalet et le parterre de rosiers comme si les fantômes d'Alex et d'Alexandra allaient surgir de terre. Il se dit que tout est de la faute de son fils : « Avait-il besoin d'amener cette fille à la villa ? Ne peut-il pas occuper ses pensées à autre chose qu'à draguer tout ce qui bouge ? »

Cependant, malgré son caractère sectaire et borné, il adore ses trois enfants, même s'il leur arrivent de faire les pires conneries. Il fera tout pour les sauver, et il peut compter sur Véronique pour l'aider, à la différence d'Edwige qui laisserait les deux garçons se débrouiller.

Exceptionnellement, ce jour-là, il n'a pas envie de remonter sur le chemin qui mène aux villas opposées, ni de s'aventurer vers Saint Palais. Il reste assis sur son rocher et observe un pêcheur qui répare son filet, sur le ponton d'un carrelet, puis il scrute l'horizon. À ce moment-là, il prend une décision, il va louer un voilier et emporter le plus loin possible le corps de cette fille, Alexandra. Il a fait souvent de la navigation avec un copain en Bretagne et il a encore assez de connaissances, si la houle n'est pas trop forte, pour sortir un douze-mètres du port, parcourir plusieurs nœuds en mer, et le ramener à bon port. Et il peut aussi compter sur son fils Antoine qui, lui aussi, a appris avec un copain du côté d'Arcachon.

Cette décision prise, il revient au pas de course à la villa. Il y trouve Véronique et son fils, dans la cuisine devant une tasse de café :

— Tu n'es pas reparti à Poitiers ? demande-t-il à Antoine.

— Cédric vient de m'appeler. Il est en garde à vue au commissariat. Il est soupçonné d'avoir tué sa copine Marine.

— Oh le con ! Il ne manquait plus que ça. Mon fils assassin !

— Encore un peu tu vas me lancer «*Ah la maledizione* !» comme dans *Rigoletto*, soupire Véronique.

— Alors, si vous êtes d'accord, j'ai décidé de rester ici.

— Je sais que Cédric et toi, vous avez toujours été très proches… même pour faire les pires conneries.

— Cédric est innocent. Franchement, tu le vois toi assassiner sa copine ? Moi non, mais je peux vous le dire maintenant, je redoutais sa garde à vue. Il est allé voir Marine vendredi soir, et quand il est arrivé chez elle, elle était déjà morte. Il s'est sauvé aussitôt. Mais si un témoin l'a vu entrer et sortir de l'immeuble, il va être soupçonné, c'est sûr. Je viens d'appeler Amélie Vigeois, notre amie avocate, elle est d'accord pour le défendre, elle se rend au commissariat.

— C'était elle qui faisait partie de votre petit groupe, il y a cinq ans. C'est parfait, elle connaît bien votre situation. Sinon, je peux appeler un ami, un avocat qui habite Royan, et qui…

— Nous ne sommes pas à l'émission «Qui veut gagner des millions» mon chéri, répond Véronique, laisse faire tes enfants.

— En attendant, reprend Antoine, je vais amener son sac à mon frère et tâcher d'en savoir plus.

— Tu pourras en profiter pour appeler ta mère aussi, c'est un peu à cause d'elle…

— C'est déjà fait papa et arrête de toujours lui mettre sur le dos tous les torts, ce n'est vraiment pas le moment.

— Tu nous tiens au courant, dit Véronique.

Antoine claque la porte.

— Tu veux un café ? reprend-elle en se resservant une tasse.

— Non merci, je vais me chercher une bouteille d'eau. Même si je n'ai pas fait mon parcours habituel, j'ai soif. Et quand je pense qu'hier Cédric envisageait de déterrer sa copine et de la transporter à Fléac, ce n'est vraiment pas le moment !

Il boit au moins un demi-litre d'eau sans s'arrêter, puis :

— Je vais prendre ma douche, j'ai vraiment besoin de me décontracter.

— Tu veux que je te masse, ça te fera du bien ?

— Je te remercie ma chérie, mais n'oublie pas que j'ai rendez-vous avec Gaëtan Verdet à onze heures.

— C'est vrai, je l'avais oublié celui-là, tu aurais dû annuler.

— Au contraire, il tombe à pic.

— En plus, la maison est en désordre.

— Il ne vient pas pour acheter la maison, mais seulement pour qu'il nous donne un aperçu de sa valeur.

Il est onze heures cinq quand Verdet se présente à la villa. Paul a revêtu une chemise et un pantalon en toile, Véronique une veste de jogging et un vieux jean :

— Pendant que tu fais la visite, je vais m'occuper des rosiers. Ils en ont bien besoin.

Paul l'accueille dès son arrivée avec un air grave :

— Entrez, Maître Verdet, je vous ai demandé de venir pour me donner votre avis sur la valeur de cette propriété. Mais j'ai hésité à reporter le rendez-vous, car nous avons un gros problème familial. Vous connaissez mes deux garçons, je crois ?

— Je suis allé au lycée avec Antoine, je l'ai perdu de vue depuis.

— Il est en garde à vue au commissariat. Une femme a été assassinée vendredi soir et il est soupçonné. D'ailleurs il m'a dit hier que vous la connaissiez. Marine Varzais, ça vous dit quelque chose ?

— Marine a été tuée ?

— Vous ne le saviez pas ? Tout Royan est au courant apparemment.

— J'ai passé le week-end dans ma belle-famille à Angers.

Une voiture arrive dans l'allée.

— Justement, voilà mon fils Antoine qui arrive. Il va certainement nous tenir au courant.

Verdet essaie de s'esquiver :

— En effet, notre rendez-vous tombe mal, nous pouvons décaler la visite si vous voulez.

— Ça fait longtemps que vous ne vous êtes pas vu ?

— En effet, très longtemps.

— Un peu plus de cinq ans, d'après ce qu'il m'a dit.

— Vous êtes au courant ?

— De quoi devrais-je être au courant ?

Verdet se sent très gêné et pâlit.

— Vous savez, Maître, nous sommes une famille très unie, nous n'avons aucun secret entre nous.

Antoine arrive alors.

— Je ne fais pas les présentations, tu connais Maître Verdet ?

— C'est vrai, il faut t'appeler maître maintenant. Dis donc, Gaëtan, tu as pris du poids en cinq ans.

— Les repas d'affaire… et ma femme est une excellente cuisinière.

Paul aussitôt s'inquiète pour son fils :

— Alors, comment ça se passe là-bas ?

— L'avocate est arrivée et elle s'est entretenue avec Cédric d'abord. Elle l'assiste actuellement pour l'interrogatoire.

— Tu penses que ton frère va être relâché. ?

— Il est en garde à vue pour vingt-quatre heures. Je pense qu'ils ne vont pas le libérer avant demain matin.

— Mais pourquoi, Bon Dieu, s'insurge Paul, il n'a rien fait ! Il n'était pas à Royan vendredi soir, il n'est arrivé qu'hier midi.

— Non papa, je te l'ai dit hier soir, mais il est allé chez Marine vendredi soir, il me l'a avoué hier soir mais quand il est arrivé, elle était déjà décédée. Il a pris peur et il s'est enfui. Par contre, ce que je ne sais pas, c'est comment ils ont pu le savoir.

— Certainement un témoin qui l'a aperçu. Et toi Gaëtan, tu étais toujours en contact avec Marine ?

— Non, pas depuis belle lurette.

— Qu'est-ce tu appelles belle lurette ?

— Nous nous sommes séparés très peu de temps après la soirée avec vous, et même si je l'ai croisée plusieurs fois en ville, je l'évite. Comme tu as dû l'apprendre, je suis marié maintenant et mon épouse Géraldine est d'un naturel très jaloux... Mais puisque je suis là, monsieur Courtois, pouvons – nous parler de l'objet de ma visite ?

— De toute façon, étant donné que Cédric ne reviendra pas tout de suite, dit Paul, autant nous occuper l'esprit.

— Amélie a promis de m'appeler dès qu'elle peut pour me tenir au courant, reprend Antoine. Tu la connais aussi, Gaëtan ?

— Amélie, Amélie, non je ne vois pas. Comment c'est son nom ?

— Vigeois. Je l'avais amenée à cette fameuse soirée.

— Peut-être, je ne m'en souviens plus.

Puis s'adressant à Paul en le tirant un peu à l'écart :

— Puis-je faire le tour de votre propriété ? Et j'aimerais savoir pourquoi vous avez voulu que je procède à une estimation. Vous souhaitez la vendre ou juste avoir une valeur patrimoniale ?

— Nous envisageons d'acheter un appartement sur le front de mer. Nous ne sommes plus que deux à vivre à plein temps ici et elle commence à peser en entretien.

Le notaire commence à examiner l'état de la façade, des fenêtres et des volets.

— Elle est très bien entretenue, félicitations.

— Oui, mais à quel prix ! Là où elle est placée, je dois régulièrement faire repeindre les fenêtres, les volets, les cache-moineaux, nettoyer les gouttières, sans compter l'entretien du jardin.

— Vous êtes en retraite maintenant et votre épouse aussi.

— Moi oui, mais ma femme continue encore de travailler. Elle fait des remplacements surtout. Elle est préparatrice en pharmacie. Le but est aussi qu'elle puisse s'arrêter de travailler. Et vous, vous êtes marié ?

— Oui, depuis trois ans, et papa d'une petite fille de deux ans.

Ils font le tour du jardin. Paul lui explique comment ils ont acheté le terrain à Franck.

— Vous pourriez vendre en deux lots, reprend le notaire, mais je ne vous le conseille pas. Bien sûr vous pourriez en obtenir un meilleur prix.

— Je n'y tiens pas. La villa a été conçue ainsi à l'origine et si nous l'avons achetée en deux fois c'est parce que notre vendeur voulait revenir ici. C'était à prendre ou à laisser. Je vois mal maintenant une maison sur l'autre parcelle. Non, je veux tout céder en même temps.

— C'est vous qui décidez. Et vous vous donnez combien de temps pour la vendre ?

— Disons, un an. Tout dépendra si nous trouvons un appartement qui nous plaise sur le front de mer. J'en ai vu un la semaine dernière, mais je crains qu'il parte trop facilement à moins que vous ayez un acquéreur potentiel pour cette maison ?

Véronique arrive alors, elle vient de retirer ses gants de jardinage :

— Bonjour Maître. Pardonnez ma tenue mais je profite du soleil pour jardiner. Rien de mieux pour s'occuper l'esprit. On se laisse vite envahir par les mauvaises herbes.

Puis s'adressant à Paul :

— Je viens de nettoyer le parterre de rosiers. Il était rempli de pissenlits. Nous pourrions presque en faire des salades. C'est mieux que de les manger par les racines ! Vous voulez visiter l'intérieur ? Ne faites pas attention au désordre, Maître, mon mari ou Antoine ont dû vous informer des soucis que nous avons.

— Oui, tout à fait, j'ai même proposé à votre mari de reporter ma visite, mais il n'a pas voulu.

— Je tâcherai de faire mieux si nous avons des amateurs pour l'achat. Je vous laisse continuer la visite avec mon mari.

Paul et Gaëtan entrent à l'intérieur de la villa et parcourent chaque pièce et chaque niveau. Quand ils arrivent dans la chambre de Cédric, son père interroge le notaire :

— Je voudrais vous poser une question qui n'a rien à voir avec cette maison, mais à propos de Marine Varzais. Nous sommes tous les deux et je voudrais savoir si vous n'avez pas eu le moindre contact avec elle ces derniers temps.

— Bien sûr que non, mais pourquoi vous me demandez cela ?

— Cédric nous a parlé hier de cette sinistre soirée, il y a environ cinq ans où vous étiez présent ici avec elle. C'était d'ailleurs votre petite amie à l'époque. Mon fils nous a avoué qu'il avait amené une jeune droguée, Alexandra, qui a fait une syncope ici.

— Il nous avait juré que nous devions garder le secret.

— Vous vous souvenez de ce qui est arrivé à cette jeune femme ?

— Lorsqu'elle a eu ce malaise, nous avons essayé de la ranimer avant d'appeler les pompiers. Je dois vous avouer que j'ai été un peu lâche et que je suis parti avant que les secours n'arrivent. Vous comprenez, mes parents sont connus à Royan, et je ne tenais pas à ce que leur réputation soit ternie par cet événement.

— Et vous êtes parti avec Marine ?

— Oui. Monsieur Courtois, je ne tiens pas à ce que cette conversation se prolonge. Je regrette même d'être venu jusqu'ici. J'ai l'impression d'être tombé dans un guet-apens. Je comprendrais très bien que vous passiez par un autre intermédiaire pour vendre votre propriété.

— Une dernière question, Maître Verdet, est-ce que Marine a tenté de vous faire chanter ?

— Bien sûr que non, et pourquoi l'aurait-elle fait ?

— Parce qu'elle a voulu faire chanter Cédric à cause de cette soirée.

— Puisque je vous dis que je n'ai plus eu de contact avec elle depuis cinq ans. Bon. Au revoir monsieur Courtois. Je ne suis pas du tout ravi d'avoir fait votre connaissance et j'espère que nos routes ne se croiseront plus.

— Dommage, car votre étude paraissait sérieuse et que nous aurions pu faire des affaires ensemble.

Sans un mot, Verdet descend l'escalier à toute allure, à tel point qu'il manque une marche et descend les trois dernières en se rattrapant comme il peut à la rampe. Il s'affale sur le carrelage de l'entrée. Il tente de se relever, mais comprend rapidement qu'il n'y arrive pas. Paul le rejoint :

— Il semble que vous ne pouvez me quitter si vite.

Le notaire tente de hausser les épaules :

— Aidez-moi donc à me relever s'il vous plaît. Je crois que je me suis foulé la cheville.

— Décidément, cette maison ne vous réussit pas.

Verdet se relève avec l'aide de Paul.

— Vous voulez que j'appelle les secours ?

— Non merci, je vais essayer de revenir à l'étude tout seul.

Il quitte la maison en boitant et rejoint son véhicule tant bien que mal.

Pendant ce temps, Véronique est restée dans la cuisine et a commencé à préparer le repas en ayant allumé la radio. Elle n'a même pas entendu le notaire tomber. Elle l'aperçoit quittant la maison avec une démarche branlante. Elle rejoint Paul dans l'entrée.

— Que lui est-il arrivé ?

— Il a chu dans l'escalier. Tant pis pour lui. Il n'avait qu'à pas nous fausser compagnie si vite. J'ai rarement vu quelqu'un d'aussi fourbe et d'aussi lâche.

— Et le lâche a chu ! Il t'a donné une idée du prix de la maison ?

— Il ne tient pas à s'occuper de nos affaires.

— Dis plutôt qu'il ne veut pas se mêler de nos affaires.

— Tu as peut-être raison.

— Si tu veux mon avis, même si tu en tiens rarement compte, tu dois surseoir à la vente de notre maison, en attendant que la tempête se calme.

— Et si tu veux mon avis, Verdet ne m'a pas dit toute la vérité.

— Pourquoi ? Tu l'as interrogé sur la fameuse soirée ?

— Je n'ai pas pu m'en empêcher. Et c'est la raison pour laquelle il a mis fin à notre conversation. Nous en parlerons à Cédric, et à son avocate s'il n'est pas libéré rapidement.

Antoine les rejoint à son tour et Paul lui raconte les mêmes choses. Il conclut en demandant :

— J'aimerais bien savoir à quoi elle ressemble cette Marine Varzais. Sa photo n'est pas dans le journal et je n'ai pas envie de fouiller dans les affaires de Cédric.

— Attends papa, je dois avoir une photo d'elle dans mon portable. Cédric m'en avait envoyé quand il était avec elle, et je n'ai pas eu le temps de les supprimer.

Après quelques manipulations sur son téléphone, il trouve un selfie pris par son frère avec Marine. Il l'agrandit avec ses doigts :

— Tiens, regarde.

— Sa tête me dit quelque chose.

— Elle était peut-être cliente de la pharmacie, réagit Véronique, mais moi je ne l'ai jamais vue.

Paul cherche à se souvenir en regardant fixement le selfie.

— Tu n'en as pas d'autres ?

— Non. Mais je suppose que Cédric en a sans doute conservé.

— Je suis sûr et certain de la connaître.

— C'est vrai qu'avec l'âge la mémoire fait parfois défaut. Ton fils nous a dit qu'elle travaillait dans une boutique de prêt-à-porter boulevard Clémenceau.

— Pour femme ou pour homme ?

— Je crois que c'était uniquement pour femme, répond Antoine.

— Alors que veux-tu que j'aille faire dans une boutique de femme sans toi ?

— Pour m'offrir un cadeau ou peut-être avec Sidonie, ou pour quelqu'un d'autre.

— Chaque fois que je vais dans ce genre de magasin c'est uniquement pour t'accompagner. Je me souviens d'être allé avec Sidonie pour la récompenser de son passage en quatrième année. Je l'ai emmenée à La Rochelle. Il lui a fallu plus de trois heures pour trouver une robe et un pull. Jamais plus je ne l'accompagnerai. Vous irez toutes les deux.

— Certainement pas, rétorque Véronique, j'en ai eu aussi ma dose.

— Bon, intervient Antoine, il faudrait peut-être revenir à notre sujet. Alors papa, la mémoire ne te revient pas ?

7

Pendant ce temps, la police scientifique poursuit l'examen de la scène de crime minutieusement et avec toutes les précautions nécessaires afin de ne pas passer à côté du moindre indice, la moindre empreinte qui puisse orienter l'enquête vers un suspect.

Tout à coup, devant l'entrée de l'appartement se présente un petit monsieur d'environ soixante-dix ans, les cheveux bouclés, de grosses lunettes en écaille. Il est en blouson beige et porte un sac à dos. Il frappe à la porte. Aussitôt, un policier se présente à lui, lui ordonnant de ne pas faire un pas.

— Bonjour, pardonnez ma curiosité, mais j'aimerais savoir ce qui se passe ici ?

— Qui êtes-vous ? s'enquiert le policier sur un ton peu aimable.

— Jean Montillec, j'habite cet étage et je viens d'arriver de Paris. Qu'est-il arrivé à ma voisine ?

— Vous la connaissez ?

— Comme ça, bonjour, bonjour, et parfois nous discutons devant la porte quand nous prenons ensemble l'ascenseur. Que lui est-il arrivé ?

— Vous n'êtes pas au courant ?

— Non. Je rentre tout juste de la capitale.

— Elle a été tuée vendredi soir. D'ailleurs nous allons avoir besoin de votre déposition pour l'enquête. Je préviens mon collègue du SRPJ, à moins que vous ne vous rendiez directement au commissariat.

— Elle était si gentille et si sympathique. Comment peut-on faire une chose aussi horrible à une jolie femme comme elle ?

— Hélas, tout arrive malheureusement. Vous n'avez pas répondu à ma question. Que préférez-vous : attendre mon collègue ou aller le voir ?

— Juste le temps de poser mon sac et je file au commissariat. Qui dois-je demander ?

— Ne vous tracassez pas. Je vais vous y conduire.

— Vous permettez que je dépose mon sac à dos ?

— Bien sûr. Vous habitez quel appartement ?

— C'est juste ici.

Il ouvre sa porte et dépose son sac juste à l'entrée.

Un quart d'heure plus tard, ils arrivent au commissariat.

Montillec est aussitôt conduit dans le bureau de Granier.

— Asseyez-vous, merci de vous être rendu aussi disponible.

— Si je peux me rendre utile pour retrouver l'ordure qui a tué cette si gentille femme.

— Avez-vous votre carte d'identité sur vous ?

— Bien sûr, la voilà.

L'officier commence à noter, puis demande :

— Vous êtes bien né à Marseille le 17 juillet 1949 ?

— Comme c'est écrit sur ma carte.

— Vous êtes d'origine marseillaise ?

— Non, pas du tout. Mes parents et mes grands-parents sont bretons, et fiers de l'être. Je suis né à Marseille parce que mon père fut nommé inspecteur d'impôts là-bas. Il avait demandé un poste dans le Midi car il en avait marre de la grisaille du nord de la France et à cause de lui, j'ai vécu les trois premières années de ma vie là-bas. Puis…

— Votre domicile c'est toujours à Paris X^e, 25 rue Beaurepaire ?

— Oui, même si je demeure le plus souvent à Royan.

— Votre profession ?

— Retraité de la FP.

— Vous étiez journaliste ?

— Ah non, pas l'AFP, mais tout simplement ce que vous deviendrez dans quelques années.

— Monsieur Montillec, je n'ai pas le temps de jouer aux devinettes.

— Je suis retraité de la fonction publique.

— Vous avez travaillé dans la police ?

— Non, à Bercy. Au ministère des F.P.

— De la fonction publique ?

— Non, des Finances publiques. Je l'ai quitté il y a maintenant cinq ans. Heureusement d'ailleurs, car j'en avais assez des changements de ministères qui veulent sempiternellement faire des économies en supprimant des postes et en en recréant ailleurs ou supprimer des taxes et en pondre d'autres. Et maintenant, d'après mes anciens collègues, c'est de pire en pire. Imaginez-vous que…

Granier commence à perdre patience :

— Monsieur Montillec, que faisiez-vous vendredi entre dix-huit et vingt-et-une heures ?

— C'est toute une histoire. Imaginez-vous que je devais partir à Paris vendredi au train de dix-huit heures trente-et-une, mais je suis arrivé deux minutes trop tard. Pourtant ce train est rapide puisque cela me faisait arriver à Montparnasse à vint-deux heures cinquante-sept. Je suis donc revenu de la gare juste après. Pour une fois, je n'étais pas chargé, j'avais juste un sac à dos avec un rechange pour le week-end et un bouquin. C'est d'ailleurs à cause de ce livre que je suis arrivé en retard à la gare, vous savez quand je commence à me plonger dans un livre intéressant, j'en oublie tout le reste.

— Vous êtes rentré dans votre appartement juste après ?

— Non, comme il faisait super beau et que mon logement n'a le soleil que le matin, je suis resté sur un banc sur le front de mer à bouquiner et je suis rentré chez moi vers vingt heures, peut-être même un peu plus tard.

— Vous n'avez croisé personne de connaissance ?

— Hélas non ! Vous savez, je vis seul. C'est une situation que je n'ai pas voulue. J'ai peu d'amis, ni même de relations ici. J'ai du mal à m'intégrer. Royan est une ville très agréable mais...

— Essayez de vous souvenir à quelle heure exactement vous êtes arrivé dans votre appartement.

— Je pense qu'il était entre vingt heures quinze et vingt heures trente. En rentrant chez moi, j'ai allumé ma radio et j'ai écouté les nouvelles sur France Info.

— Vous êtes passé devant l'appartement de mademoiselle Varzais. Vous n'avez rien entendu ?

— Je me suis dit qu'elle devait être absente, car quand elle arrive chez elle, elle met aussitôt de la musique, assez fort pour être entendue dans le couloir. À cet étage, les portes palières sont mal insonorisées, et nous devons faire attention à ne pas faire trop de bruit pour ne pas gêner les voisins. Toute l'année nous ne sommes que sept résidents à ce niveau. Il y a les deux propriétaires qui ont de superbes appartements côté mer et sur les six deux-pièces situés derrière, trois seulement sont occupés toute l'année.

— Pour moi, deux plus trois égalent cinq et non sept !

— Non, car les deux grands appartements sont chacun occupés par deux personnes. Donc quatre plus trois égalent sept.

— Et qui est le troisième occupant du deux pièces ? Mes lieutenants ont frappé à toutes les portes, il n'y a que sur la vôtre et celle de la victime qu'il y avait un nom.

— L'appartement juste après le mien. Il est occupé par une vieille dame, je dirais de plus de quatre-vingts ans. Elle vit seule, mais elle a trois enfants qui l'emmènent souvent chez eux pendant une semaine ou deux. Il m'arrive souvent de discuter avec elle mais elle est plutôt du style «T'as mal où». Dès qu'elle a un peu mal à la gorge, elle pense qu'elle a un cancer du poumon et passe tous les examens pour se rassurer. Il ne faut surtout pas lui demander comment elle va, sinon vous en avez pour une demi-heure.

Le policier se dit en lui-même que ces deux voisins bavards doivent avoir soif à la fin de la journée.

— Et pourquoi n'a-t-elle pas son nom sur la porte ?

— Elle a peur de tout le monde et se dit que seuls ses enfants viennent lui rendre visite, et ils connaissent la porte.

— Elle est absente en ce moment ?

— Elle est partie à Toulouse chez son fils aîné. Il est venu la chercher vendredi matin. Elle devrait rentrer peut-être à la fin de la semaine.

— Et comment êtes-vous au courant de ses allées et venues ?

— Pour pas que je m'inquiète. Elle voudrait bien que je vienne la voir tous les matins pour m'enquérir de sa santé. Mais je n'ai pas la vocation de garde-malade, ses enfants n'ont qu'à lui payer une aide à domicile.

— Mais si je comprends bien, reprend Granier, pour vendredi soir vous n'avez pas d'alibi. Vous dites que vous vous êtes promené sur le front de mer mais vous ne pouvez pas le prouver. Il y a bien cette caméra sur le boulevard mais pas de chance pour nous, elle ne couvre que la partie située juste devant l'impasse de la résidence et le front de mer. Si vous êtes arrivé par l'autre côté, personne n'a pu vous voir entrer dans l'immeuble. Et qui nous dit que vous n'êtes pas revenu de la gare directement pour déposer votre sac. En passant vous êtes allé rendre visite à votre voisine Marine et puis…

— Capitaine, vous plaisantez, j'espère !

— Est-ce que j'ai une tête à plaisanter ?

— Pour quelle raison je serais allé la voir ?

— Simplement parce que vous vous sentiez seul et que vous n'aviez pas envie de passer la soirée en tête à tête avec vous-même.

— C'est complètement ridicule.

— En matière d'assassinat, le ridicule peut aussi tuer, comme dit le dicton. D'après un témoin, vos relations avec la victime ne se limitaient pas à un simple bonjour, bonjour ?

— Qui vous a dit cela ?

— Est-ce vrai oui ou non ?

— Vrai. Marine est venue à deux reprises prendre un verre chez moi et elle m'a invitée un soir à prendre un café. Mais qu'est-ce que ça change ?

— Pourquoi ne pas nous avoir dit la vérité ?

— Est-ce un crime pour autant ?

— Et si j'imaginais, je dis bien « imaginer » que vendredi soir, vous avez frappé à sa porte vers dix-neuf heures trente. Vous avez insisté pour vous faire offrir un verre. Elle a refusé et vous n'avez pas supporté…

Jean se lève, outré :

— Capitaine, je suis venu ici de mon plein gré pour vous aider à retrouver l'ordure qui a ôté la vie de ma voisine, et maintenant vous me soupçonnez de meurtre sans aucune preuve ?

— Restez calme, monsieur Montillec. Asseyez-vous. J'ai encore plusieurs questions à vous poser.

Il se rassied :

— À condition que vous ne me soupçonniez pas !

— Nous avons, tous les deux envie de retrouver le coupable, et votre témoignage peut être important car vous êtes pratiquement le seul à habiter au dernier étage de cet immeuble à cette saison. En plus, vous m'avez dit, je crois, que les portes étaient mal insonorisées, et que vous entendiez souvent ce qui se passait chez les voisins. Pouvez-vous m'en dire plus sur les allées et venues à cet étage ?

— Comme vous devez le savoir, dans le couloir il y a huit portes. Côté mer, deux grands appartements qui possèdent, eux, des portes blindées coupe-feu. Pas comme la mienne, de l'autre côté. D'ailleurs j'en ai parlé au syndic qui m'a répondu que c'était à moi de m'en occuper, s'agissant d'une partie privative. Ce à quoi j'ai répondu que s'il y avait le feu dans mon appartement, je le mettrai directement en cause.

— Nous n'en sommes pas là. Et les six autres logements, vous connaissez les occupants ?

— Seulement la vieille dame, Marine et moi, les deux autres ne sont jamais occupés. J'ai l'impression qu'ils servent de greniers. De toute façon, vous pourrez demander au syndic qui vous donnera toutes les informations à ce sujet.

— Mes services comptent bien le faire. Si je résume bien, à votre niveau, ce vendredi soir, il n'y avait que vous deux : la victime et vous.

Votre témoignage est donc capital. Supposons que vous êtes rentré chez vous vers vingt heures trente…

— Ce n'est pas une supposition, c'est la vérité.

— Vous n'avez rien entendu en passant devant l'appartement de mademoiselle Varzais ?

— Non. J'en ai déduit qu'elle n'était pas chez elle. Je suis entré chez moi et j'ai écouté les infos sur mon poste, et ensuite j'ai mis de la musique.

— Vous n'avez pas la télé ?

— Bien sûr, mais je m'en sers uniquement pour regarder parfois un film, une pièce de théâtre ou des reportages, mais je ne suis pas le genre d'individu qui passe son temps devant des absurdités pour avoir juste une présence virtuelle à côté de lui. Pas mon style.

— Et votre voisine ?

— Comment voulez-vous que je sache ce qu'elle regardait à la télé ? En revanche elle écoutait souvent de la musique, qui devait provenir de son portable. Elle chantait même. J'en rigolais quand je passais devant sa porte.

— Et pourquoi ?

— Elle chantait faux… malheureusement, je ne l'entendrai plus.

— Pouvez-vous m'en dire plus sur ses allées et venues ?

— Capitaine, je ne suis pas du genre à écouter aux portes.

— Je vous pose de nouveau la question, uniquement pour tenter de faire avancer notre enquête. D'après vous, est-ce qu'elle recevait beaucoup de monde chez elle ?

— Je suis souvent absent le week-end mais dans la semaine, il y avait un homme qui lui rendait visite le mercredi soir. Il arrivait souvent entre vingt heures trente et vingt-et-une heures, et repartait vers minuit.

— Comment pouvez-vous être aussi précis ?

— Parce que ma voisine n'était pas très discrète. Je l'entendais souvent rire à voix haute et ensuite, ses gémissements, je dois le dire, me faisaient parfois fantasmer. Quand vous êtes tout seul dans votre lit, que vous n'arrivez pas à dormir ou que vous vous ennuyez devant un livre peu intéressant et que vous entendez une femme jouir en poussant de grands cris de plaisir, avouez que vous pouvez laisser votre imagination déborder.

Granier le regarde en fronçant les sourcils :

— Ou devenir jaloux et vous dire : pourquoi lui et pas moi ?

— Là, c'est votre imagination qui déborde : regardez-moi un peu, franchement vous m'auriez vu avec une femme comme elle ?

— Et vous avez eu l'occasion de voir son amant ?

— Non, jamais, juste entraperçu une fois mais je ne pourrais pas vous le décrire. Je n'ai même jamais entendu le son de sa voix.

— Il ne gémissait pas, lui ?

— Pas au point que je puisse l'entendre.

— Vous souvenez-vous de la dernière fois qu'il est venu ?

— La semaine dernière, mais ils ont été beaucoup plus silencieux et il est parti plus tôt et a même claqué la porte en sortant. À mon avis, vous devriez enquêter de ce côté-là, c'est peut-être lui l'assassin.

— Nous ne manquerons pas de le faire. Et à part lui ?

— Je sais qu'elle a eu une relation avec un homme de son âge. Lui, je l'ai croisé plusieurs fois. Il s'appelait Cédric. Même si j'étais absent souvent le week-end, ceux où je restais à Royan, je l'entendais et ils avaient l'air de bien s'entendre tous les deux. Mais apparemment, il ne vient plus. Leur relation a dû durer un mois ou deux.

— Il ne venait que le week-end ? Jamais en semaine ?

— Vous savez, Capitaine, je ne suis pas concierge. Je ne pointe pas les allées et venues de chacun ou chacune. Ce qui m'a étonné, même si ça ne me regardait pas, c'est que Marine continuait de recevoir son amant du mercredi et son copain du week-end.

— Et ce Cédric, vous l'avez entendu ou vu la semaine dernière ?

— Non, mais il aurait pu venir sans que je m'en aperçoive.

8

Pendant ce temps à la villa Neptune, Paul est interrompu dans sa discussion par la sonnerie de son portable. Il lui semble connaître le numéro :

— Oui ?

— C'est moi, Edwige. Antoine m'a appelée. Cédric est en garde à vue ?

— Oui, hélas. Je ne crois pas du tout à sa culpabilité mais…

— Il est important qu'on se voie. Je veux absolument être au courant de tout ce qui se passe. Si tu as des choses à me dire que j'ignore.

— De quel droit ?

— C'est quand même notre fils à nous deux.

— Mais je n'en sais pas plus que toi. Il m'a simplement dit qu'il avait eu une aventure avec la victime et vendredi, d'après ce qu'a affirmé Antoine, il s'est rendu chez elle, malheureusement pour lui, dans le créneau horaire qui correspond au moment où elle est décédée. Pas de chance pour Cédric, il y a eu un témoin qui l'a vu près de l'immeuble à ce moment-là. Même si tu viens à Pontaillac, je ne pourrai pas t'en dire plus.

— Le nom de la victime, c'est bien Marine Varzais. Elle habitait bien, allée des Tilleuls ?

— Je n'en sais rien, je pense que c'était près du boulevard Frédéric Garnier.

— Eh bien, je vais enquêter de mon côté.

Paul hausse les épaules :

— Tu ne changeras pas. Tu te crois plus forte que la police.

— Je vais tout faire pour que Cédric sorte de ce commissariat le plus vite possible.

— Fais ce que tu veux. Tu peux me tenir au courant ou en informer Antoine ? Il est resté à Pontaillac, il a trouvé une amie avocate qui défend Cédric.

Une heure plus tard, Edwige contacte Antoine :

— Tu m'as bien dit que ton frère a été en relation ces jours-ci avec Marine.

— Oui maman, elle lui a demandé de l'argent parce qu'elle était mal financièrement.

— Et ton frère a cédé ?

— Il lui a donné cinq mille euros.

— Mais pourquoi il a fait ça alors qu'il gagne tout juste assez pour vivre ?

— Que veux-tu ! Il l'avait toujours dans la peau. Il a cru qu'il pourrait peut-être renouer avec elle.

— Tu peux garder un secret ?

— Tu me connais, maman !

— La fameuse Marine possède un compte dans ma banque, et j'ai réussi à refaire tout son historique. Beaucoup de gens ne savent pas mais, par les comptes en banque, nous pouvons tout savoir d'un individu. Ses habitudes de consommation, s'il est économe, ou dépensier et, avec les cartes bleues tous les déplacements, les achats ordinaires ou somptuaires. Demain la police aura ces documents, mais je tenais seulement à te dire que Marine n'était pas à court de ressources. Il y a encore trois mois, elle était tous les mois à la limite du découvert, voire même de l'interdit bancaire. Comme par hasard, depuis cette date, elle n'effectuait presque plus de retraits en espèces, beaucoup moins de cartes bleues et son solde est largement créditeur. Bien sûr, tu gardes tout cela pour toi. Je ne comprends vraiment pas pourquoi elle a demandé de l'argent à ton frère.

— Je n'en sais rien maman. Tu pourras lui poser directement la question quand tu le verras.

— De toute façon, j'ai pris une semaine de congé. J'arrive demain à Royan et je vais bien me trouver une chambre meublée pour rester et aider Cédric à sortir de là. Surtout pas un mot à ton père, d'accord ?

— Promis maman.

Il est un peu plus de quatorze heures quand le lieutenant Rujon se présente devant la boutique située en haut de la rue Pierre Loti pour rencontrer madame Champey, la patronne. Elle est en train de passer le balai sur le trottoir juste devant sa vitrine. Rujon se présente à elle, lui montrant sa carte. Elle relève alors la tête, et il s'aperçoit qu'elle a le visage rempli de larmes. Elle s'essuie les yeux :

— Pardonnez-moi inspecteur, mais je viens juste d'apprendre par ma voisine l'atroce nouvelle. Je suppose que vous venez pour me poser des questions sur Marine.

— Oui, je peux entrer ?

Ils pénètrent tous les deux dans la boutique et madame Champey referme à clé derrière elle :

— Les clients attendront. De toute façon, avec la tête que j'ai, je vais plutôt les faire fuir.

— Il y a longtemps que vous employiez Marine Varzais.

— Depuis le printemps de l'année dernière. C'était une excellente employée. Elle me donnait entière satisfaction. Je vais beaucoup la regretter. J'espère que vous avez déjà retrouvé son assassin.

— Pas encore, mais cela ne devrait pas tarder. Dites-m'en plus sur elle. Elle travaillait vendredi dernier ?

— Bien sûr, c'est une de nos plus grosses journées.

— Elle a débauché à quelle heure ?

— Vous voulez dire : à quelle heure elle est partie ?

— Oui. Pardonnez-moi.

— Ça me fait toujours sourire cette expression, moi qui viens de la région parisienne. Marine est partie un peu après dix-neuf heures.

— Seule ?

— Oui, seule. J'étais occupée avec une cliente et il n'y avait plus personne dans la boutique. Elle m'a souhaité un bon week-end, comme d'habitude et…

Elle se met à pleurer :

— Et dire que je ne la reverrai plus.

— Vous étiez proche d'elle ?

— Marine ne me parlait pas beaucoup de sa vie privée. Et c'était aussi bien comme ça. J'ai eu deux vendeuses avant elle qui n'arrêtaient pas de me causer de leurs problèmes de couple. Elle, elle n'était pas très expansive. Elle avait le sourire quand elle avait fait une bonne vente.

— Elle était intéressée au chiffre d'affaires ?

— Oui, je lui versais une prime tous les mois, pas grand-chose mais ça suffisait à la motiver.

— Vous lui connaissiez des relations, un ou une amie ?

— À un moment elle avait un copain qui l'attendait devant la boutique le vendredi soir. Et le samedi, elle avait la mine un peu défaite. Mais je ne lui posais pas de questions. D'ailleurs, je ne sais pas si elle m'aurait répondu.

— Est-ce qu'elle recevait des communications sur son portable ?

— Je suis peut-être un peu vieux jeu mais c'est une condition que j'impose à mes employées. Le portable reste éteint pendant le travail. Sinon on ne s'en sort plus. Quand vous voyez tous ces jeunes qui passent devant la boutique avec la main serrée sur leur smartphone, ça m'horripile. Déjà que j'ai horreur de ces clientes qui interrompent un essayage parce qu'elles doivent passer un coup de fil urgent, alors si mon employée fait la même chose où allons-nous !

— Mademoiselle Varzais était ponctuelle ?

— Je dois reconnaître qu'elle arrivait parfois en retard le matin mais comme elle partait souvent après l'heure, je fermais les yeux. D'autant plus que, en dehors de la pleine saison, nous ne voyions pas grand monde avant onze heures du matin. Son seul petit défaut, c'était d'être parfois de mauvaise humeur, le matin surtout, mais vraiment de très mauvaise humeur. Et, il ne fallait pas que je lui pose de questions, elle me disait de but en blanc que cela ne me regardait pas et que ça allait passer.

— Et sa dernière crise remonte à quel moment ?

— Pas plus tard que la semaine dernière. Vendredi, elle est arrivée furieuse, à tel point que je lui ai fait remarquer, car elle avait répondu beaucoup trop sèchement à mon goût à une bonne cliente. J'en ai remis une couche, car elle a débarqué avec dix minutes de retard, sans s'excuser. Nous ne nous sommes pratiquement pas parlé de la journée. En plus, nous avons eu beaucoup de monde ce jour-là. D'habitude elle est très aimable avec les clients, comme je vous l'ai déjà dit mais ce jour-là, elle a vraiment agi avec juste le minimum d'amabilité. Alors que la veille, elle était radieuse, servant la clientèle avec un grand sourire. Il a dû se passer quelque chose, ce jeudi-là.

— Elle a débauché à quelle heure ? Pardon, elle a quitté la boutique à quelle heure ?

— Dix-neuf heures quinze, comme ses horaires lui imposent.

— Savez-vous si quelqu'un l'attendait dehors ?

— Je n'ai pas cherché à savoir. Mais par contre, mercredi soir elle devait avoir un rendez-vous, car depuis dix-sept heures elle n'arrêtait pas de regarder sa montre.

— D'après vous avec qui ?

— Je pense que c'était avec le jeune homme qui l'attendait de l'autre côté de la rue.

Le policier sort alors de sa poche une photo de Cédric Courtois :

— C'est lui ?

— Ah non, un peu plus jeune. Celui de la photo, cela fait un bout de temps que je ne l'ai pas vu et il ne venait que le week-end. À mon avis, elle avait dû rompre.

— Son copain de mercredi, vous pourriez le reconnaître ou peut-être nous aider à faire un portrait-robot ? Comment était-il ?

— Grand, brun, un beau mec de style méditerranéen, une barbe comme en portent beaucoup de jeunes en ce moment, assez baraqué.

— Vous l'avez aperçu souvent ?

— Une fois c'est tout, ce jour-là. J'ignore depuis combien de temps ils se connaissaient mais, il y a à peu près une quinzaine de jours, je les ai croisés par hasard un matin, près de la gare, il devait être huit heures et demie. Et comme par enchantement Marine, ce jour-là, rayonnait de gaieté. Je me suis même dit : « C'est beau l'amour ». Mais elle ne m'en a pas du tout parlé.

9

Un peu plus tard dans un bureau du commissariat, Granier fait le point avec son lieutenant :

— À mon avis, Cédric Courtois n'est pas coupable. Il s'est fait gruger par la victime. Il était très amoureux d'elle, et je ne le vois pas la tuer. Nous allons attendre les analyses mais nous n'avons pas assez d'éléments pour le déférer devant le juge, et Jean Montillec ne me paraît pas non plus un coupable idéal. C'est un vieux garçon qui a eu, d'après ce que nous savons, une conduite exemplaire dans son administration.

— Le problème c'est que les journalistes sont toujours à l'affût. Il va falloir bientôt leur livrer certains éléments de l'enquête.

Ils sont interrompus par l'arrivée du lieutenant Lecas qui, après avoir frappé à la porte, n'a pas attendu la réponse pour l'ouvrir.

— Alors lieutenant, qu'avez-vous découvert dans l'appartement de la victime ?

— J'ai relevé avec mes hommes pas mal d'empreintes. Apparemment cette femme vivait seule, elle possédait une jolie garde-robe.

— Il ne faut pas oublier qu'elle travaillait dans le prêt-à-porter.

— Son petit appartement était bien rangé et propre. Aucune vaisselle sale ne traînait dans l'évier et elle ne possédait pas de lave-vaisselle. Le réfrigérateur était bien garni. D'après mes déductions, elle est arrivée le vendredi soir, a mis la bouffe dans son frigo. Elle avait retiré la veste qu'elle portait, l'avait accrochée à une patère juste à côté de sa porte d'entrée. Elle a ouvert à son agresseur, à moins qu'elle n'ait laissé sa porte ouverte. La chambre nous a livré un détail très important : sous une latte du parquet, juste en dessous d'un pied de lit, nous avons découvert une enveloppe avec trente mille euros en billets de banque.

— Putain !

— Je ne pense pas qu'elle en soit une !

— Et qui vous le prouve ?

— Pas de fringues sexy, du style sous-vêtements affriolants.

— Il va falloir piocher dans le passé de la victime. Je veux savoir d'où lui vient ce fric. Si elle l'avait gagné régulièrement, elle l'aurait placé sur un compte en banque. On ne garde pas trente mille euros chez soi.

— Et toi, Rujon, tu as fait une enquête de voisinage ?

— Je suis allé voir sa patronne, à la boutique. Elle m'a dit que Marine était une excellente employée qui lui donnait toute satisfaction. Elle s'occupait très bien de ses clientes, les laissait regarder les modèles exposés sans leur sauter dessus, mais restant à leur disposition pour les guider. Parfois sa patronne lui faisait quelques remarques, car Marine disait aux clientes carrément ce qu'elle pensait, qu'une robe n'allait pas avec leur silhouette, ou que ce n'était pas leur style, alors que la cliente était prête à l'acheter. Mais cette technique de vente fonctionnait bien et ce genre de clientes appréciaient et revenaient pour acheter un vêtement plus à leur taille.

— Capitaine, vous allez sans doute me blâmer mais je me suis permis d'entrer dans l'appartement de Jean Montillec.

— Qui vous a permis de le faire ?

— Personne mais ouvrir sa serrure est un jeu d'enfants. J'avais pris des gants et j'ai usé de toutes les précautions possibles pour le fouiller méthodiquement sans qu'il puisse s'en apercevoir, et la chambre nous a appris un élément important : un cliché de la victime caché sous le lit. Marine Varzais est représentée nue à peine voilée d'un drap. Apparemment la photo était accrochée à un mur, car elle portait des traces de punaises. Nous avons trouvé d'autres livres, mais rien de bien méchant. Pas de revues pornographiques ou autres. Je dirais plutôt des ouvrages de nus académiques.

— Si je reprends le procès-verbal de Cédric Courtois, il a déclaré que des photos étaient accrochées dans la chambre. Attendez, je dois les avoir dans mon ordinateur.

En plusieurs clics, il arrive sur le fichier :

— C'est bien l'une de celles-ci ?

— Qu'est-ce qu'elle était mignonne ! Si ce n'est pas malheureux. Affirmatif Capitaine !

— Ce qui signifie que Montillec s'est bien rendu dans l'appartement vendredi soir, lui aussi. Il a dû toutes les décrocher et les emmener à Paris, sauf une qui a pu tomber par inadvertance. Et dire que nous l'avons relâché.

— Et qu'avez-vous fait de la photo ?

— Je l'ai remise à sa place. Par contre, j'en ai fait un cliché ainsi que l'endroit où elle se trouvait.

— Bien joué Lecas car la première chose qu'il va vouloir faire quand il va faire son ménage dans la chambre et la retrouver, c'est se débarrasser de cette photo compromettante ou mieux la dissimuler. J'ai bien envie de le placer en garde à vue et de libérer Cédric Courtois. Au moins nous allons lui prendre ses empreintes digitales, nous saurons si nous les retrouvons sur la victime. D'après le médecin légiste, la victime a été étranglée à l'aide d'une ceinture. Elle s'est débattue, son corps présente des traces de griffures. Or j'ai regardé les mains de Courtois et de Montillec, ils ont tous les deux les ongles très courts, mais ils ont pu les avoir coupés depuis vendredi bien-sûr. J'ai examiné également le torse et les bras de Courtois : aucun bleu, ni griffure, ni trace de coup. Bon, reprenons. Vous m'arrêtez si je me trompe. C'est forcément quelqu'un qu'elle connaît puisqu'elle l'a laissé entrer. Donc, son assassin arrive d'abord dans la pièce principale. Il doit s'ensuivre une discussion houleuse. Il se rapproche d'elle, elle se débat. Il ne faut pas oublier qu'elle était une femme sportive, elle avait un corps assez musclé. Ce qui signifie a priori que son assassin doit lui aussi être assez baraqué pour pouvoir la maîtriser. Il arrive à le faire, l'allonge sur le pavé, nous avons retrouvé des ecchymoses au niveau de ses hanches – il retire sa ceinture et l'étrangle. Elle a dû crier, mais d'après ce que vous m'avez dit, il n'y avait hélas personne de présent à son niveau.

— Sur le sol, nous avons retrouvé pas mal de ses cheveux.

— Ce que je ne comprends pas, c'est que l'assassin l'a ensuite traînée dans la chambre pour l'allonger sur le lit. Il aurait pu la laisser dans le séjour.

— Il a pris son temps, car il savait peut-être qu'il ne serait pas dérangé, ce qui alimente la culpabilité de Montillec. Il faut aussi se souvenir que Courtois a vécu quelques week-ends chez elle donc devait aussi connaître les habitudes des résidents.

— Oui, mais il ignorait si Montillec était présent et ce type est du style à écouter aux portes.

— Mais reste le mobile, il n'avait aucune raison de la tuer et en plus, vous avez vu sa carrure, pas du style à pouvoir mettre à terre la jeune femme.

— Non, je le vois mal comme pilier de rugby. À propos vous avez vu le match samedi soir ?

— Affirmatif ! Ils ont bien joué du début jusqu'à la fin et cet essai à la dernière minute… Bon reprenons, nous en étions à Montillec.

— Nous pourrions penser qu'il a réussi à l'endormir ou la droguer mais l'autopsie n'a rien révélé. Messieurs, je pense qu'il va falloir rechercher quelqu'un d'autre. Laissez partir Montillec en lui demandant de rester à proximité.

— Alors pourquoi a-t-il dérobé les photos ?

— J'imagine qu'il a voulu conserver des souvenirs d'elle ou pour agrémenter sa solitude de vieux garçon, si vous voyez ce que je veux dire.

Nous allons garder Courtois jusqu'à demain matin. Ça devrait apaiser les journalistes et d'ici là, nous aurons les relevés de banque de la victime ainsi que tout l'historique de son téléphone. Ce qui nous donnera certainement d'autres pistes.

— Notamment celle d'un homme qui était un autre petit ami de la victime.

— On peut dire qu'elle était plutôt volage. Le week-end avec Courtois, le mercredi soir avec un autre et maintenant un troisième. Tu peux m'en dire plus ?

— Sa patronne m'a raconté qu'elle avait aperçu à deux reprises un homme avec elle et que mercredi soir, il l'attendait sur le trottoir d'en face. Je lui ai demandé de passer pour établir un portrait-robot. Mais elle n'en sait pas plus.

— Demande-lui de venir au commissariat demain. Il faut absolument retrouver ce type.

Pendant ce temps-là, à la villa Neptune, Paul est angoissé et trépigne dans la maison. Soudain, il aperçoit le véhicule d'Antoine suivi par un coupé Peugeot. Aussitôt, Paul vient à leur rencontre en descendant les quelques marches qui mènent du perron à l'allée.

— Papa, je te présente Amélie Vigeois, l'avocate qui a accepté de défendre Cédric.

— Enchanté de faire votre connaissance, Antoine m'a souvent parlé de vous.

— Ah bon, s'étonne la jeune femme. En bien, j'espère ?

— Que des éloges ! Et j'espérais que Cédric soit avec vous.

— Malheureusement non, répond Amélie, je pense que les policiers vont le libérer seulement à la fin de sa garde à vue. Mais rassurez-vous, d'après ce que j'ai pu apprendre, ils n'ont pas assez de preuves contre lui pour le retenir plus longtemps. Il n'a pas de mobile et franchement vous le voyez assassiner Marine alors qu'il l'aimait beaucoup malgré les crasses qu'elle lui avait faites.

— Vous êtes au courant ? s'étonne Paul.

— Bien sûr, votre fils a joué franc-jeu avec moi.

— Ne restons pas ici, les murs peuvent avoir des oreilles. Venez vous désaltérer à l'intérieur.

— Très rapidement, car je ne comptais pas passer autant de temps à Royan aujourd'hui.

— Maître, sachez que de toute façon, je prendrai en charge vos honoraires, dit Paul. Alors acceptez mon invitation !

Ils entrent dans la villa, Véronique les rejoint et Paul les dirige vers le salon et les fait asseoir pendant que son épouse s'enquiert de ce qu'ils veulent boire.

— Bien, dit Paul d'un ton cérémonieux, savez-vous Maître…

— Appelez-moi Amélie, ce sera plus simple.

— Alors savez-vous Amélie, où en est l'enquête ?

— Ils ont entendu un autre suspect, le voisin de palier de Marine mais ils l'ont relâché.

— Et pourquoi n'ont-ils pas relâché mon fils ?

— Je pense qu'ils veulent garder la tête haute vis-à-vis des journalistes.

— Pour la suite de notre conversation, reprend Paul, il est important que vous sachiez que ma femme et moi sommes au courant du chantage de Marine suite à ce qui s'est passé ici, il y a cinq ans.

— Cédric vous a raconté ?

— Nous lui avons tout dit hier, reprend Antoine.

— Alors, monsieur Courtois, je vous répète ce que j'ai dit à vos enfants. Comme j'étais présente aussi, vous comprendrez très bien que si Cédric prend l'initiative d'en parler, je me retirerai bien évidemment et vous chercherez quelqu'un d'autre pour le défendre. C'est bien compris ?

— Oui, maître !

— Nous savons maintenant que Marine était une maître-chanteuse ou maîtresse-chanteuse, comme vous voulez. Si elle a voulu soutirer de l'argent à Cédric, elle a pu aussi le faire aux autres invités de cette soirée. Comme la police l'ignore, nous avons de l'avance sur eux. Toute la difficulté réside à ce qu'ils puissent enquêter sur ces suspects sans que nous ne les mettions au courant. D'abord, je vous promets que, de mon côté, je n'ai plus eu aucune nouvelle d'elle depuis cinq ans et j'en suis très contente d'ailleurs.

Paul saisit son bloc-notes :

— Il reste alors cinq personnes : Gaëtan Verdet, j'ai voulu lui tirer les vers du nez ce matin, mais bien sûr il ne m'a rien dit ; mais il me paraît tellement fourbe qu'il pourrait être notre coupable.

— Amusant, sourit Véronique, Verdet vers du nez !

— Les policiers attendent avec impatience l'historique du portable de Marine, qui bien sûr a disparu ainsi que son ordinateur. Si Gaëtan a eu des conversations avec elle, il va être interrogé, à moins qu'elle lui ait téléphoné d'un autre poste.

— Il reste aussi Édouard et Marie Tresset. Vous avez des contacts avec eux ?

— Non, répond Amélie, et je dois vous avouer que nous avons tous essayé d'oublier cette soirée.

— Oui, seulement, rétorque Paul, vous m'avez laissé un sacré souvenir et de ce fait nous ne pouvons pas vendre la propriété avec une locataire aussi encombrante.

— Ce que j'ai appris, dit Amélie, ce sont les circonstances dans lesquelles Marine a été tuée. Elle a d'abord été immobilisée au sol et étranglée. Cédric m'a montré des photos d'elle, elle avait une allure assez sportive, athlétique. Elle pratiquait la natation.

— Ça y est, annonce Paul avec un air triomphant, ça me revient. Je l'ai rencontrée à la piscine.

— Eh bien, tu vois quand tu veux, plaisante Véronique.

Paul hausse les épaules :

— Je m'y rends tous les mercredis soir et à plusieurs reprises, j'ai eu l'occasion de nager avec elle. Elle n'était pas là régulièrement. J'ai eu l'impression qu'elle ne venait pas là pour s'entraîner mais plutôt pour y faire des rencontres. Elle nageait très bien, surtout le crawl et la brasse papillon. Elle était plutôt aguichante.

— Tu t'es laissé tenter ? demande son épouse.

Il hausse les épaules :

— Chérie, voyons ! Je reconnais que Marine était séduisante. Je comprends qu'elle ait pu plaire à Cédric. Par contre, je me rappelle qu'elle a séduit un type qui venait s'entraîner avec nous. Ils faisaient souvent des longueurs tous les deux et quittaient la piscine ensemble.

— Cela ne veut rien dire, rétorque son épouse.

— Sauf qu'une fois je les ai surpris à la sortie des vestiaires en train de se rouler une pelle. Ils ont été gênés d'ailleurs. Comme par hasard, on ne les a plus revus ensuite que sporadiquement.

— Sport quoi ? demande Véronique.

— Que très rarement, épisodiquement, si tu préfères.

— Et vous savez comment il s'appelle ?

— Non, je ne connais que son prénom, Christian. Nous conversons rarement dans les vestiaires, et je ne suis pas du style à prolonger la soirée en passant par le bar.

— Ah bon ? reprend avec un sourire Véronique.

— Eh oui, j'ai plus hâte de te retrouver que de prendre une bière avec des copains.

— C'est gentil ce que tu dis là.

— Ce qui serait bien, dit l'avocate, c'est que votre témoignage soit pris en compte par les policiers. Cédric m'a dit que Marine avait eu une aventure avec un homme marié avec qui elle avait peut-être rompu quand elle a connu votre fils. Je dis bien peut-être, car il n'en a jamais eu la preuve et, connaissant la victime, paix à son âme, elle ne devait pas être très gênée d'avoir deux relations en même temps.

— Mais vous me voyez aller voir les flics et leur balancer l'information. Ce Christian n'a peut-être rien fait et…

— Papa, lance Antoine, il a peut-être tué Marine. Elle a peut-être essayé de le faire chanter lui aussi.

— Je peux, si ça vous arrange, lancer les policiers sur cette piste. Leur dire que je me suis renseignée, et que j'ai appris que Marine fréquentait un club de natation le mercredi soir et qu'elle avait sympathisé avec des membres. Aux enquêteurs de trouver et, dans ce cas, vous serez amené à témoigner. Ils connaîtront le nom de ce fameux Christian et l'interrogeront.

Paul réagit aussitôt :

— J'ai un moyen de savoir qui c'est.

Il saisit son téléphone et va dans la cuisine. Il revient quelques minutes plus tard, triomphant :

— Il s'appelle Christian Cassagnes, il habite dans une propriété dans le quartier du parc. Il est marié, a deux enfants, quarante-huit ans et travaille comme cadre commercial dans une entreprise de mobilier près de là.

— Comment tu sais tout ça ?

— Par un copain commun qui nage aussi le mercredi soir. Il le soupçonne aussi d'avoir eu une liaison avec Marine.

— Eh bien voilà ! conclut l'avocate. Je vais me rendre au commissariat pour avoir des informations sur la mise en liberté de Cédric et je vais tâcher d'orienter l'enquête sur ce Cassagnes. Je vais en profiter pour réserver une chambre d'hôtel pour cette nuit. J'ai annulé mes rendez-vous jusqu'à demain midi. Je veux absolument défendre Cédric jusqu'à sa remise en liberté.

— Il n'en est pas question, rétorque Paul.

— Quoi, vous ne voulez pas que je le défende ?

— Non, vous n'allez pas dormir à l'hôtel alors que nous avons de quoi vous loger ici… enfin, si vous acceptez.

— Vous m'avez fait peur ! J'accepte bien volontiers mais je ne veux pas vous déranger.

— Après tout ce que vous faites pour nous. Nous avons une chambre d'amis au deuxième étage. Et ce soir, que diriez-vous d'un hachis parmentier ? Vous n'avez rien contre ? C'est ma spécialité.

— Parce que tu sais cuisiner autre chose ? répond ironiquement Véronique.

— Bien sûr : grillades, brochettes de viande, gambas.

— Oui, tout ce qui se cuit au barbecue.

— J'adore le hachis parmentier, réplique Amélie.

— Et je sais que mes enfants aussi. Si seulement Cédric pouvait être des nôtres.

— Je t'accompagne au commissariat, reprend Antoine.

Ils prennent sa voiture pour s'y rendre.

— Je ne veux pas vous créer de fausses joies. Même s'ils n'ont pas beaucoup d'éléments pour le garder, ils vont attendre demain matin puisque la loi le leur permet.

— Je te remercie de t'occuper de sa défense.

— Pas tous les jours que j'ai à m'occuper d'une affaire criminelle. Mon quotidien se résume souvent à des divorces, des affaires civiles avec parfois de gros enjeux, mais des crimes, pas souvent ou alors le coupable est retrouvé rapidement : un mari jaloux, des gens qui se bagarrent dans un accès de violence dû à l'alcool. Et en plus, j'ai ainsi l'occasion de te revoir. Ça fait si longtemps.

— Dommage que la vie nous ait séparé. Tu es mariée, tu as des enfants, moi aussi.

— Plusieurs fois, je me suis dit que c'était bête, j'ai pensé à vous inviter pour passer un week-end à la maison et le temps a passé.

— Moi aussi j'ai eu cette idée, mais nos conjoints respectifs n'auraient pas eu grand-chose à se dire, alors que nous…

— Tu te rends compte que nous nous connaissons depuis plus de quinze ans maintenant, depuis cette journée d'été où tu étais venue avec une copine sur la plage. Comment elle s'appelait déjà ?

— Caroline.

— Oui, ça me revient. Avec Cédric, nous vous avions repérées. Et comme à son habitude, il s'est mis à vous draguer. Il est sorti avec elle le temps d'un week-end et nous deux, nous avons causé.

— J'aurais bien flirté avec toi si tu avais insisté, mais comme tu ne l'as pas fait… Tu me plaisais bien.

— Et aujourd'hui ?

— Je dois avouer que tu me plais toujours. Tu ne t'es jamais demandé pourquoi j'avais accepté de venir à cette funeste soirée, il y a cinq ans ? J'avais une petite idée derrière la tête. Il n'y aurait pas eu cette connerie avec Alexandra... Mais maintenant, je suis mariée avec Tanguy.

— Tu l'aimes ?

Elle se met à rigoler :

— Bien sûr je l'aime. Nous nous entendons bien. Et lui, il est toujours fou de moi.

Il est dix-sept heures trente quand Amélie se présente à l'accueil du commissariat. Antoine est resté à l'extérieur et va l'attendre dans un café situé un peu plus loin. Elle demande à être reçue par un des lieutenants du SRPJ : elle a des éléments nouveaux à apporter à l'enquête. Rujon arrive dix minutes plus tard.

— Alors Maître, qu'avez-vous à nous apprendre que nous ne sachions déjà ?

— J'ai une piste pour vous, et qui pourrait innocenter mon client.

— Dites toujours.

— Vous savez que mademoiselle Varzais avait une liaison avec un homme marié ?

— Son nom ?

— Christian Cassagnes.

— Nous attendons impatiemment le relevé téléphonique du portable de la victime. Nous supposons que le numéro de ce Cassagnes y figurera. En attendant, vous avez des informations sur lui ?

— Marine Varzais aimait nager. Elle s'entraînait épisodiquement le mercredi soir à la piscine. Cassagnes a fait connaissance avec elle là-bas. Le prétexte de la piscine lui permettait d'avoir deux heures de libre sans que son épouse s'en inquiète. Elle a peut-être voulu rompre avec lui et il n'a pas supporté.

— Merci du renseignement. Nous allons enquêter du côté de la piscine. J'envoie tout de suite une équipe sur place.

— Quand comptez-vous libérer mon client ?

— Vous savez combien de temps dure une garde à vue ?

— Bien sûr.

— Alors attendez demain matin. S'il n'a pas avoué d'ici là…

— Il n'a rien à avouer puisqu'il est innocent.

— Notre entretien s'arrête là, Maître.

10

Amélie sort du commissariat. Elle est assaillie par quatre journalistes. Ils lui posent tous la même question : Cédric est-il coupable ? Elle leur répond bien évidemment qu'il est innocent et qu'il n'y a aucune preuve contre lui. La police ne l'a même pas vu entrer dans l'immeuble. Ils le garde à défaut de piste plus sérieuse.

Aussitôt après, une Peugeot blanche sort du parking du commissariat et fonce vers le centre nautique. Par l'intermédiaire d'un maître-nageur, le lieutenant Lecas apprend l'adresse de Cassagnes. Il lui téléphone sur sa ligne fixe mais tombe sur son répondeur. Ils se rendent à son domicile, avenue de l'Atlantique. Une maison des années cinquante dont le ravalement a été effectué récemment. À la différence des autres, ses volets sont ouverts et, dans le jardin, du mobilier prouve qu'elle est habitée en ce moment. Deux hommes descendent du véhicule et pénètrent dans le jardin. Ils sonnent à la porte d'entrée. Une jeune fille d'environ dix-huit ans leur ouvre la porte. Ses parents ne sont pas encore rentrés du travail. De toute façon, le père ne sera pas là ce soir, il est en déplacement et ne reviendra que mercredi. Elle leur donne son numéro de portable. Ils prennent congé et aussitôt Lecas compose le numéro. Après deux sonneries, l'homme répond :

— Christian Cassagnes ?

— Lui-même.

— Lieutenant Lecas du SRPJ de La Rochelle. Je peux vous parler ?

— Je suis en voiture. Attendez, je m'arrête.

Quelques secondes plus tard :

— Allez-y.

— Vous connaissez Marine Varzais ?

— Oui, je la connaissais. J'ai appris hier la triste nouvelle. Vous avez arrêté son assassin ?

— Où êtes-vous actuellement ?

— Dans la banlieue de Bordeaux, en clientèle. J'y séjourne pendant trois jours.

— Que faisiez-vous vendredi dernier entre dix-neuf heures et vingt-et-une heures ?

— J'étais chez moi.

— Seul ?

— Non, avec mon épouse et ma fille.

— Elles pourraient témoigner ?

— Bien sûr !

— À quelle heure êtes-vous arrivé à votre domicile ?

— Vers dix-neuf heures trente, je pense.

— Vous pensez ou vous êtes sûr ?

— Attendez ! Pourquoi toutes ces questions ? Vous me soupçonnez ?

— Vous connaissiez bien la victime ?

— Une amie, juste une amie.

— Et quand l'avez-vous vue pour la dernière fois ?

— Mercredi soir dernier à la piscine. Nous nous y entraînons généralement tous les mercredis.

— Rien de plus ?

— Qu'osez-vous insinuer ?

— Quand rentrez-vous à Royan ?

— Mercredi dans l'après-midi, je ne sais pas encore à quelle heure.

— Vous pourrez passer au commissariat dès votre retour pour que nous prenions votre déposition ?

— Que voulez-vous savoir de plus ?

— Tout ce qui peut nous aider à retrouver l'assassin de mademoiselle Varzais.

— Vous avez déjà arrêté un suspect ?

— Nous sommes sur une piste. Encore une question ? Est-ce que mademoiselle Varzais vous a, à un moment ou un autre, demandé de l'argent.

— Pourquoi l'aurait-elle fait ?

— Disons, pour subvenir à ses besoins.

— Non, jamais.

— À mercredi, monsieur Cassagnes.

Aussitôt après, Lecas retourne au domicile de Cassagnes. La jeune fille lui ouvre à nouveau.

— J'ai juste une question à vous poser, mademoiselle.

— Entrez, si vous voulez.

— Je voudrais savoir ce que vous faisiez vendredi soir dernier.

— Je suis arrivée ici vers dix-huit heures et j'ai commencé à préparer un devoir corrigé dans ma chambre jusqu'à l'arrivée de mes parents.

— Très bien, et vous vous souvenez à quelle heure ils sont rentrés ?

— Ma mère vers dix-neuf heures, mon père une heure après.

— Vous êtes sûre ?

— Pour ma mère, je peux me tromper de quelques minutes mais pour mon père, j'en suis certaine, nous commencions à regarder le journal télévisé et il est arrivé juste au moment des titres.

La villa Neptune. Dix-neuf heures.

Paul accueille Amélie et Antoine qui viennent d'arriver. Il s'enquiert aussitôt des dernières nouvelles de l'affaire. L'avocate le rassure en lui promettant qu'il verra son fils libre dès le début de la matinée.

Après qu'elle est montée dans sa chambre, elle redescend pour le dîner une demi-heure plus tard. Elle devait passer un coup de fil à Tanguy, son mari, pour qu'il la mette au courant du suivi des dossiers de la journée.

Le dîner se déroule dans une atmosphère sympathique et les quatre convives semblent apprécier le hachis parmentier. Paul a posé beaucoup de questions à Amélie, il est intrigué par le parcours de cette jeune femme très brillante. Il a appris qu'elle vivait avec Tanguy Valtier et qu'ils avaient deux enfants ensemble. Elle avait fait un stage chez cet avocat lors de ses études et il avait apprécié ses compétences lors d'un procès difficile à gagner. Ensuite ils se sont aperçus qu'ils éprouvaient l'un pour l'autre des sentiments plus profonds et ils décidèrent de vivre ensemble. Une fois le stage réalisé, Tanguy lui proposa de rester dans le cabinet et plus tard de s'associer avec lui. Il est spécialisé en droit des sociétés et commence à avoir comme clients, d'importantes entreprises de la région, Amélie, elle, a de nombreuses affaires civiles et pénales avec deux de ses collègues.

Le hachis parmentier a vite été englouti.

— Sous le sceau de la confidentialité, dit Antoine, j'ai appris par ma mère que Marine avait eu des difficultés avec sa banque et que depuis peu, elle faisait face à ses obligations et, comme par hasard, ne tirait que très peu d'argent aux distributeurs. Elle devait même régler beaucoup de ses dépenses en espèces, car auparavant elle était plutôt accro à la carte de crédit.

— Ce qui prouve, renchérit son père, qu'elle agrémentait son train de vie par les sommes qu'elle extorquait à ses victimes.

— Pas de conclusion hâtive, Monsieur Courtois, rétorque l'avocate. Elle a peut-être eu d'autres ressources que nous ignorons.

— Vous pouvez m'appeler Paul et me tutoyer. Comment se fait-il que ces recettes ne figurent pas sur ses relevés bancaires alors ?

— Demain la police aura les relevés de tous ses comptes en banque. Ils vont enquêter de leur côté. On peut supposer aussi que son amant l'entretenait.

— Nous avons de notre côté une longueur d'avance sur la police, reprend Paul. Nous savons qui a assisté à la soirée d'il y a cinq ans. Toi, par exemple, est-ce qu'elle t'a contactée ?

— Jamais eu de ses nouvelles depuis cinq ans. Il faut dire que, même pendant cette soirée, nous ne nous sommes pas beaucoup adressé la parole. Elle n'avait d'yeux que pour Gaëtan. Et moi, je la trouvais hautaine, imbue de sa personne, et se mettant tout le temps en avant de la scène.

Pendant qu'ils bavardent, Véronique est allée chercher une tarte aux fraises qu'elle a faite l'après-midi.

— Il ne reste plus que quatre suspects, relance Paul.

— On se croirait en plein roman d'Agatha Christie, répond Véronique. J'aurais dû faire une tarte aux poireaux plutôt qu'une aux fraises. Blague dans le coin, la police trouvera peut-être dans la vie un peu dissolue de Marine, d'autres pistes que nous, nous ignorons. J'ai cependant une idée, nous pourrions nous enquérir de l'emploi du temps des autres participants de cette soirée.

— Comme tu parles bien, réagit Antoine.

— Ma tendre et chère épouse se fait un honneur de placer dans la conversation des termes, disons, un peu anciens.

— Il est vrai, répond-elle, que certains mots sont tombés en désuétude et que j'aime enrichir mon vocabulaire. Avec mon tendre et très cher époux, comme il dit, nous utilisions beaucoup plus de noms de médicaments ou de termes médicaux pour nous exprimer que les trésors de notre langue française. Par exemple, je préfère m'exprimer en paraphrases que de parler du paracétamol.

— Demain, je vais tenter de joindre Édouard Tresset.

— Tu pourrais prendre comme prétexte, reprend Paul, que nous projetons, Véronique et moi, de revoir l'aménagement du jardin. Nous pourrions lui souffler deux mots pour nous aider à nous débarrasser du corps qui s'y trouve. J'ai pris de mon côté contact avec la société de location de voiliers. J'ai l'intention d'en louer un une semaine pour plonger la dépouille d'Alexandra, bien lestée, dans l'Atlantique à plusieurs miles de la côte. J'aurai cependant besoin de bras pour pouvoir m'aider, au moins ceux de mes fils. Mais comme le dit Véronique, il vaut mieux « surseoir » à ce projet en attendant que les nuages se dissipent sur le ciel assombri par les perturbations que nous connaissons depuis hier.

— Tu as raison, dit sa femme, pas de précipitation ! Le baromètre n'est pas au beau fixe en ce moment et vous pourriez être surpris par un journaliste curieux.

— Excellente, ta tarte aux fraises, Véronique, dit Amélie. Même si je suis en bonne compagnie, je ne vais pas tarder à vous quitter. Mon ordinateur m'appelle. J'ai encore des affaires à régler avec lui, trois dossiers que je dois mettre au point avant de me coucher.

— Je te prépare un café ? demande Antoine.

— Bien volontiers.

Deux heures après, Antoine rejoint sa chambre. En passant, il aperçoit un rai de lumière sous la porte de celle de sa voisine. Elle ne dort pas. Il se met au lit avec un livre. Il a beaucoup de mal à se concentrer. Soudain il entend frapper à sa porte. Il n'a pas le temps d'acquiescer qu'elle s'entrouvre. Amélie murmure :

— Je peux entrer.

Il fait signe de la tête. Elle est juste vêtue d'un soutien-gorge et d'un shorty.

— Pardonne-moi, je n'ai pas pris de pyjama… et j'ai froid.

Elle se dirige vers le lit :

— Je peux dormir avec toi cette nuit ?

— Amélie, voyons !

— Chut ! Ça restera entre nous. Ne dis rien et laisse-moi me blottir contre toi. Après tout, ce sera encore un secret entre nous.

— Un peu de douceur dans ce monde de brutes, en quelque sorte.

— Et ton mari ?

— Mon mari est toujours très amoureux de moi mais parfois il m'étouffe. Il n'en saura rien, je te le jure.

11

Le lendemain. Commissariat de Royan. Huit heures trente.

Les hommes du SRPJ sont déjà en pleine effervescence. Le lieutenant Lecas est arrivé dès six heures du matin. Il attendait avec impatience le relevé téléphonique du portable de Marine Varzais et il l'a obtenu en ouvrant sa boîte mail. Il a examiné en détail les appels reçus et émis depuis les quinze derniers jours. Un vrai travail de fourmi. Bien évidemment, il a procédé à reculons en consultant ceux du jour de son décès. Il a constaté qu'elle n'utilisait pas son portable pendant qu'elle travaillait. Par contre, il y avait beaucoup d'appels de sa part aux heures des repas. Il a vu que Cassagnes l'avait appelé juste à la sortie de la boutique, il était dix-neuf heures cinq. Deux autres également l'ont appelée également, mais il n'a pas réussi à savoir d'où venaient les appels, certainement d'une carte prépayée. Aucun appel, par contre, de Cédric Courtois. Son numéro s'affiche cependant plusieurs fois en appel sortant ou entrant pendant les jours qui précèdent le crime. Elle n'interrogeait pas sa boîte mail depuis son téléphone mais devait le faire depuis son ordinateur. Malheureusement, celui-là a disparu. Et durant ces quinze jours, elle a appelé presque quotidiennement un numéro provenant de cartes prépayées.

C'est peut-être lui le coupable. Mais pour le retrouver, ça ne va pas être très évident.

Le capitaine Granier a réuni ses hommes dans son bureau :

— Messieurs, j'ai l'intention de libérer Courtois. Sa garde à vue prend fin et, au vu de l'enquête, nous n'avons pas de preuves suffisantes pour l'envoyer chez le proc'. Et son avocate va me talonner avec une horde de journalistes. Sa famille est respectable sur Royan, ses parents sont d'honnêtes pharmaciens en retraite et le proc' m'a fait savoir que le maire et le député soutenaient la famille. Je voudrais cependant avoir votre avis.

— J'aimerais bien savoir, répond Lecas, avant que vous ne le relâchiez, quels a été l'objet de leurs conversations téléphoniques la semaine dernière. Il n'a pas appelé vendredi, ni cherché à la joindre. Donc il n'avait pas rendez-vous avec elle.

— Et, de mon côté, reprend Rujon, j'ai fait analyser le carnet retrouvé dans le tiroir. Courtois a raison, Marine n'écrivait pas, elle gravait. Nous avons pu nous apercevoir que, sur la page précédente, il devait être écrit un nom : la première lettre est vraisemblablement un « T » majuscule, suivi de six ou sept lettres et terminé par un « t » minuscule. Peut-être que Courtois pourra nous en dire plus.

— Alors faites le venir dans la salle d'interrogatoire et nous allons le questionner.

Il est neuf heures quand Cédric pénètre dans la salle.

Granier s'adresse au policier qui l'a amené :

— Vous pouvez lui retirer les menottes.

Puis :

— Asseyez-vous, monsieur Courtois. Prenez patience, nous allons vous libérer mais avant, encore quelques questions dans le cadre de notre enquête. Nous avons su que vous aviez échangé des conversations au téléphone avec la victime. Quel en a été l'objet ?

— Comme je vous l'ai déjà dit, Marine m'avait demandé de la dépanner. D'après ce qu'elle m'a dit, elle était à court de fric et devait de l'argent aux impôts et à d'autres personnes. En même temps, elle tenait à me revoir. Je n'y croyais pas trop mais, comme je n'avais pas perdu tout espoir de me rabibocher avec elle, je pensais que…

— Savez-vous si elle se droguait ?

— Je ne l'ai jamais vu fumer, ni se défoncer.

— Est-ce qu'elle jouait au casino ou ailleurs ? Était-elle accro aux jeux de tirage, de grattage ?

— Pas que je sache.

— C'est bizarre parce qu'elle vous a demandé de l'argent alors que son compte était bien approvisionné et qu'en plus, nous avons retrouvé chez elle de l'argent liquide. Bizarre, vous ne trouvez pas ?

— À vous de le découvrir.

— Est-ce qu'elle vous aurait fait chanter par hasard ?

Cédric se met à sourire :

— Et pour quelle raison ?

— Nous ne savons pas, mais nous trouverons sûrement pourquoi elle vous a soutiré cette somme.

— Je peux peut-être récupérer ce que je lui ai versé.

— Combien ?

— Cinq mille euros.

— Vous avez une reconnaissance de dettes, un papier de sa part ?

— Euh non…

— Alors tant pis pour vous. Estimez-vous déjà heureux que nous vous libérions maintenant.

— Je peux rentrer chez moi ?

— Ne soyez pas si pressé. Une dernière question : dans le carnet de mademoiselle Varzais, devait figurer juste après la page où était inscrit votre nom, un autre d'environ six ou huit lettres commençant par un « T » majuscule et terminant par un « t » minuscule, quelque chose comme Tremblet ou Tronnit. Auriez-vous une idée, parmi les relations qu'elle connaissait ?

— Euh… Non. Je ne vois pas.

— Si ça vous revenait, pourriez-vous nous le faire savoir, afin de coincer le salaud qui l'a tuée ?

— Bien sûr. Et maintenant ?

— Et, « maintenant, tu peux t'en aller », comme dirait la chanson. Pendant quelque temps, il faudra que vous nous disiez où vous allez. Vous n'avez pas l'intention de quitter la France dans les semaines qui suivent ?

— Non. Mes seuls déplacements se situent toujours en Nouvelle-Aquitaine, la Charente-Maritime, la Charente ou la Gironde.

Dès qu'il sort de la salle, il retrouve Amélie qui était venu le défendre dans le cas où la garde à vue aurait été prolongée. Elle se permet de demander à Granier de sortir du commissariat sans passer par la porte principale où quatre journalistes les attendent. Il leur montre une issue de secours à l'arrière du bâtiment. Ils s'esquivent et courent tous les deux jusqu'à une petite rue. De là, Amélie téléphone à Antoine qui vient aussitôt les chercher.

— Comme ça me fait plaisir de te revoir, frangin ! Je connais un petit bistrot pas loin, où tu vas pouvoir prendre un bon petit déj'.

— Pas trop longtemps, car je dois regagner Poitiers. J'ai encore beaucoup d'affaires à régler, réagit Amélie.

Ils arrivent dans le café où deux tables seulement sont occupées. Ils se mettent le plus loin possible et commandent trois cafés et des croissants.

À voix basse, après avoir mastiqué un morceau de croissant, Cédric parvient à s'exprimer :

— Apparemment, les flics n'ont pas de pistes sérieuses. Il y a un bien l'amant de Marine.

— Oui, celui qu'elle a rencontré au club nautique.

— Comment tu sais ça, toi ?

— Papa l'a reconnue. Il y va souvent s'entraîner le mercredi soir. Et qui d'autre ?

— Son voisin, Jean Montillec. Ils ont voulu savoir ce que je pouvais leur apprendre sur ce type.

— Ils l'ont interrogé hier après-midi, dit Amélie, mais ils l'ont relâché en fin de journée.

— Ce matin, Granier m'a appris que dans le carnet où figuraient mes coordonnées, des pages avaient été arrachées. Mais comme Marine, quand elle écrivait, appuyait très fort sur son stylo, elle laissait une trace sur la page d'après. Il m'a dit qu'il devait s'agir d'un nom de six à huit lettres commençant et finissant par « t ». Ce pourrait être Tresset.

— Les flics ont retrouvé, cachée dans sa chambre une somme d'argent en liquide. Vous vous rendez compte, c'était une sacrée !

— Oui, mais dans quel but agissait-elle ainsi ? demande Antoine.

— À ma connaissance, elle ne se droguait pas, ne jouait pas, elle cache quelque chose. J'aimerais bien savoir si elle a fait chanter Édouard.

— Papa va essayer de savoir, il va lui demander de passer à la villa.

— Alors, si papa s'en mêle aussi.

— Et attends, tu ne connais pas la meilleure, il a décidé de louer un voilier pour emmener Alexandra et la faire disparaître dans l'Atlantique. Il se sent coupable parce qu'il est persuadé que ce sont les médicaments qu'elle a trouvés à la maison qui sont la cause de sa mort.

— Je pense qu'il va falloir attendre un peu. Les journalistes sont partout et il en suffit d'un, un peu plus curieux qui fouine autour de la villa…

— Sans compter les policiers, reprend Amélie. Ils peuvent surveiller la maison.

Elle se lève :

— Il faut vraiment que j'y aille maintenant. Si tu as encore besoin de moi, Cédric, n'hésite pas à m'appeler.

— Et pour tes honoraires ?

— Ton père m'a demandé de lui envoyer directement la note.

— Sous son air autoritaire et un peu bourru, c'est vraiment un chic type, papa. Tu vois je ne le croyais pas comme ça. J'ai eu peur un moment, qu'il me laisse tomber en me disant que je me suis foutu dans la merde tout seul et que je n'ai qu'à me débrouiller.

Amélie embrasse Cédric sur les deux joues et s'apprête à faire de même avec Antoine mais comme personne ne la voit, elle l'embrasse sur la bouche.

— Ah bon ! s'exclame Cédric.

— Chut, dit son frère. Un secret de plus à partager tous les trois.

Un quart d'heure plus tard les deux frères reviennent à la villa Neptune. Ils sont étonnés de voir le portail de la propriété ouverte avec un pick-up dans l'allée. Ils aperçoivent leur père, accompagné de Véronique, en grande discussion avec un homme qu'ils reconnaissent rapidement : Édouard Tresset. Ils viennent à leur rencontre :

— Je ne vous présente pas, dit Paul, je crois que vous vous connaissez ?

— Bien sûr, Édouard, comment vas-tu ? demande Antoine. Longtemps que l'on ne s'est pas vus.

Édouard paraît gêné. Paul s'en rend compte. Il change de la conversation :

— Alors Cédric, ils t'ont enfin relâché ?

— Oui. Et je ne souhaite à personne d'être mis en garde à vue.

— Ils ont arrêté quelqu'un d'autre ?

— Ils ont interrogé le voisin de Marine pendant deux heures mais ils ont fini par le relâcher aussi. Mais, tu sais, papa, j'ai pas cherché à en savoir plus.

— Il faut dire que tu as une excellente avocate. Pas vrai, Antoine ? fait-il avec un clin d'œil. Bon, revenons à nos moutons : j'ai téléphoné à l'entreprise pour qu'elle passe, car je souhaiterais réaménager le jardin. Et j'ai eu de la chance, monsieur Tresset était justement dans le coin, il s'est proposé de venir dans la demi-heure.

— Et quels sont tes projets, papa ?

— Depuis le temps que je veux le faire, je voudrais supprimer la haie qui sépare les deux terrains et... Je ne dis rien, je voudrais avoir les idées du spécialiste. Je dois vous dire en préambule que nous avons acheté cette propriété en deux temps.

Il explique alors les deux étapes de cette acquisition, tout en se déplaçant sur les deux parcelles.

Édouard, un bloc dans les mains, prend des notes, puis :

— Où souhaiteriez-vous faire l'entrée principale de la propriété, par l'accès actuel ou par celui du terrain, là.

— Pourquoi pas, réagit Paul. Ainsi nos visiteurs pourraient arriver en admirant le parc.

— Pourquoi faire compliqué quand on peut rester simple, s'interpose Véronique.

— Laisse parler monsieur Tresset, s'insurge son mari.

— Nous pourrions imaginer, reprend Édouard, de poser un portail un peu plus grand que celui-là et faire sinuer une allée de desserte qui amènerait au pied de la maison.

En même temps, il commence à dessiner sur son bloc.

— Je verrais bien des massifs bordant l'allée. Je vous présenterai un catalogue de plantations qui pourraient fleurir tout au long de l'année. Et le chalet, vous comptez le conserver ?

— À vrai dire, nous ne nous sommes pas encore posé la question ? Imaginez toujours votre esquisse sans lui.

— De toute manière, nous ne pourrons rien faire avant le mois d'octobre, planter en ce moment serait de la folie. Vous avez le temps d'y réfléchir.

— Pour être franc, pour le moment nous avons une urgence, dit Paul. Mais je préférerais que nous en parlions à l'intérieur. Venez.

Le groupe se dirige vers la maison, et Paul fait asseoir Édouard dans un fauteuil du salon.

— Avant d'aménager le jardin, nous aurions besoin de vous pour le nettoyer… de ce qui s'y trouve.

Véronique et les deux fils Courtois observent le comportement d'Édouard qui, étonné, répond :

— Il est très bien entretenu, votre jardin !

— Sous le massif de rosiers…

— Ah ! Je comprends, elle y est toujours ? Et vous, monsieur Courtois vous avez été mis au courant ?

— Cédric a craché le morceau dimanche dernier.

— Un peu de respect pour une défunte, s'exclame Véronique.

Paul hausse les épaules :

— Elle y est toujours et nous avons pensé à vous pour nous aider à la transporter.

— Où ça ?

— Je vais louer dans les jours qui viennent un voilier pour une semaine et nous l'emmènerons au large pour la jeter par-dessus bord.

— A priori, dit Édouard, je ne suis pas contre vous aider. Mais il faudrait que cette opération se fasse en même temps que des travaux sur votre terrain, par exemple si vous me confiez la suppression de la haie entre les deux parcelles. Ainsi, je pourrais amener sur la partie arrière un camion qui cachera la vue des passants.

— Une question que j'aimerais te poser, demande Cédric. Tu es certainement au courant du meurtre de Marine Varzais.

— Comment ne pas l'être ! Même la télé en a parlé dimanche soir.

— Je sors d'une garde à vue. J'ai eu le tort d'abord de sortir avec elle et de me rendre chez elle juste après son agression. Ce que la police ne sait pas c'est qu'elle m'a fait chanter à cause de ce qui s'est passé ici, il y a cinq ans. Ne te tracasse pas, tout le monde ici présent est au courant. Et nous nous demandons si Marine ne t'a pas fait chanter, toi aussi ?

— Paix à son âme, mais c'était une belle salope. Elle m'a escroqué de trente mille euros et d'après elle, ce n'était que la moitié de ce que je lui devais.

— Et quand lui as-tu versé ?

— Lundi, il y a quinze jours. Nous avions convenu d'un rendez-vous sur le parking du Supermarket de Saujon. Je lui avais préparé la somme dans une enveloppe. Elle exigeait soixante mille euros. Je ne lui en ai donné que la moitié.

— À moi, elle m'a fait un prix d'ami, seulement cinquante mille.

— Et tu lui as versé ?

— Comment veux-tu que je les trouve ? Je lui ai filé un acompte de cinq mille. Et elle t'a recontacté depuis ?

— Elle m'avait donné un mois pour lui verser le solde. En fin de compte, tu t'en tires mieux que moi. Tu as moins perdu.

— Vingt-quatre heures en garde à vue. Je ne souhaite à personne ce genre de traitement.

— Et je mettrais ma main au feu, ajoute Paul, qu'elle a voulu faire chanter Gaëtan Verdet. Je l'ai vu hier matin et y a pas plus faux-jeton que lui.

— Et tu as un alibi pour vendredi soir ? demande Cédric.

— Pourquoi tu me demandes ça ? Tu ne me crois quand même pas capable de l'avoir supprimée ?

— Moi non, mais la police pourquoi pas ! J'ai bien été repéré par la caméra de surveillance située sur la plage !

— T'en fais pas pour moi, j'étais dans mon atelier jusqu'à dix-neuf heures vendredi soir et ensuite, je suis allé manger avec des copains dans un resto près de Saintes, après être passé chez moi pour me changer. Ils pourront témoigner au cas où. Mais si vous ne me croyez pas, depuis le temps que nous nous connaissons, autant en rester là.

— Bien sûr que nous te croyons, affirme Cédric. Autre chose, Marine avait un carnet sur lequel figurait mon nom et d'après les inspecteurs, sur une page précédente qui avait été arrachée figurait un autre nom commençant et finissant par « T », ce pourrait être le tien. Les flics m'ont interrogé pour savoir si je connaissais quelqu'un.

— Merde, dit Édouard. J'espère que votre villa n'est pas surveillée, sinon ils vont faire le rapprochement.

— Puisque tu as un alibi, tu n'as rien à craindre et le motif de ta visite est professionnel puisque mon père t'a demandé de venir.

— Cela dit, nous sommes tous dans la même galère, dit Paul, puisque nous avons la chance d'avoir ce cadavre dans notre jardin. Je vous suggère, sauf imprévu, que nous attendions le début de la semaine prochaine, mettons lundi pour passer à l'acte.

— OK, ça roule, répond Édouard. Je viendrai avec un employé pour retirer les pieds de troènes. Il viendra avec son véhicule personnel et moi avec un petit camion. Comme nous en avons pour la journée, je m'arrangerai pour qu'il parte à dix-sept heures, c'est l'heure à laquelle il débauche habituellement. Qui pourra me donner un coup de main ?

— Y a pas de problème, je serai là, répond Cédric.

— Nous laisserons le camion juste devant le parterre de rosiers et nous nous occuperons de sortir Alexandra de son trou. Je prendrai deux grands sacs, ceux qui me servent à mettre des gravats. Je pourrai les dissimuler sous les pieds de troènes.

— Pendant que vous y êtes, intervient Véronique, vous ne....

Elle se reprend :

— Non, ce n'est pas une bonne idée, l'interrompt son mari.

— De quoi ? interroge Édouard.

— Je suppose que ma chère épouse voulait en profiter pour remplir votre camion d'autres détritus qui encombrent le jardin.

Puis s'adressant à Véronique en fronçant les sourcils et en lui faisant un clin d'œil :

— C'est bien cela, ma chérie.

— Euh oui...

— Chaque chose en son temps et pour tes ordures, tu peux surseoir. C'est peut-être incongru en ce moment.

— Un con quoi ?

— Tu vois que je manie la langue française aussi bien que toi.

Paul se redresse :

— Je vais tout faire pour louer le bateau dès samedi.

— Pas la peine, rétorque Édouard, j'en ai un. Il est amarré au port de plaisance de Meschers. Un petit bateau à moteur que j'ai acheté l'année dernière, une occasion que j'ai eue. Je m'en suis servi quelques fois cet hiver, mais depuis le début de la saison, j'ai pas eu le temps.

— Pourquoi n'est-il pas amarré à Royan ? demande Cédric.

— Quand j'ai voulu y réserver une place, il n'y en avait plus. Et en saison, c'est aussi facile pour moi de m'y rendre. En plus, pour ce que nous avons à y faire, ce sera plus discret.

— Il possède une cabine, ton yacht ?

— Bien sûr. Juste assez grande pour pouvoir dormir dedans. J'ai jamais eu l'occasion de le faire, mais avec Marie, nous l'avons quand même testé si vous voyez ce que je veux dire. Si le temps le permet, dès la nuit tombée, nous chargerons Alexandra, c'est bien ainsi qu'elle se prénommait ?

— Affirmatif, répond Cédric.

— Je vois que ta journée chez les flics a déteint sur ton langage. Le lendemain dès l'aube, nous quitterons la côte…

— À l'heure où blanchit la campagne, ne peut s'empêcher de conclure Véronique. C'est dommage, si Paul avait loué le voilier nous aurions pu en profiter pour naviguer entre les îles.

Édouard consulte son portable, puis :

— Impeccable ! La marée haute sera à onze heures. Et l'écluse sera ouverte une heure avant. Tu pourras te libérer aussi, Cédric ?

— Bien évidemment, même si j'ai le mal de mer.

— Il faudra t'armer de courage, car les deux sacs que nous transporterons… J'te dis pas l'odeur, depuis cinq ans. Faudra certainement désinfecter complètement la cabine après.

— En tout cas, je te remercie vraiment pour ton aide, Édouard. En espérant que les flics ne seront pas là pour nous surveiller, ou des journalistes mal intentionnés.

— Ou des voisins trop curieux.

— C'est un risque à prendre, mais il est quand même urgent de se débarrasser d'un corps devenu vraiment trop encombrant.

12

Mardi après-midi.

Madame Champey s'est rendue au commissariat dès treize heures trente pour tenter de faire un portrait-robot de l'homme qu'elle avait aperçu en compagnie de Marine : la trentaine, environ un mètre quatre-vingts, une stature athlétique, des cheveux bruns assez longs. Elle s'est rappelée qu'ils étaient retenus par une sorte de catogan, une barbe comme en portent les hommes actuellement, un visage de type méditerranéen, plutôt beau gosse, des yeux foncés, des traits réguliers.

Elle ressort deux heures après, satisfaite d'avoir collaboré un tant soit peu à l'enquête, même si sa boutique a ouvert avec deux heures de retard. Elle a beaucoup moins de courage pour la tenir, d'autant plus que des journalistes veulent l'interroger, prendre des photos, ce qui rebute sa clientèle habituelle. Et pourtant elle doit continuer pour le moment à s'en occuper seule. Elle n'a personne pour venir l'aider. Elle attendra la semaine prochaine pour passer une annonce, à moins qu'elle ne soit sollicitée directement par une demandeuse d'emploi.

Rujon a examiné le fichier des personnes recherchées mais personne ne correspond à la description du portrait. Il semble inconnu des services de police.

Le mercredi. Quinze heures dix.

Christian Cassagnes se présente au commissariat. Il vient tout juste de rentrer de la région bordelaise et souhaite s'entretenir avec un gradé, comme on l'a prié de le faire. Il a prévenu son directeur qu'il ne serait à son bureau qu'en fin d'après-midi. Il ne tient surtout pas à ce que sa relation avec Marine soit ébruitée. Déjà que des policiers se sont rendus à son domicile ! Il va lui falloir répondre aux questions de son épouse.

Il est reçu par Granier, accompagné d'un autre officier de police qui l'invite à s'asseoir dans un petit bureau.

Le capitaine a en face de lui un homme abattu. Malgré sa tenue chic – il est vêtu d'un costume gris foncé ajusté à ses larges épaules, une chemise blanche surmontée d'une cravate bleu ciel –, il a le regard triste et humide et de petits cernes sous les yeux. Granier est un peu jaloux, lui qui fait plutôt figure de fil de fer, avec des épaules tombantes et un corps rachitique. Même les sandwichs, qui sont sa nourriture quasi quotidienne, ne le font pas grossir. Il se redresse puis s'adosse à sa chaise.

— Vous avez votre carte d'identité ? demande Granier.

L'homme la sort de son portefeuille et lui tend.

Le capitaine commence à inscrire les données sur son ordinateur puis :

— Votre profession ?

— Cadre commercial chez Multihome, une entreprise spécialisée dans les mobil-home mais aussi cabanes de chantier ou même les carrelets. Ce qui explique que je suis souvent en déplacement. Par exemple, je suis parti lundi matin de bonne heure pour visiter les clients de la région de Bordeaux. J'avais rendez-vous avec plusieurs directeurs de chantiers et si je n'étais pas ici, je serais au siège de l'entreprise pour exploiter mes données et commencer à passer mes commandes.

— Vous êtes assez libre dans vos déplacements ?

— Mon patron me fait confiance et je lui envoie tous mes rapports par mail. Beaucoup plus simple qu'avant. Mais je pense que je ne suis pas là pour vous raconter ma vie professionnelle.

— Vous êtes né au Touquet. Vos parents étaient originaires du Pas-de-Calais ?

— Non mais ils avaient une résidence secondaire là-bas. Vous connaissez ?

— De nom, comme tout le monde. C'est une jolie ville, il paraît ?

— Oui, très agréable malgré le climat. J'y ai séjourné souvent pendant mon enfance. Mes parents m'emmenaient y passer de longs week-ends. Mais je n'y suis pas retourné depuis plusieurs années. Quand on a goûté le climat d'ici ! En réalité, je devais naître à Paris mais j'ai devancé l'appel contre toute attente. Ma mère a dû accoucher en catastrophe là-bas après sept mois et demi de grossesse.

— Le 15 août 1970. Vous avez donc quarante-huit ans.

— Quarante-sept. Venez-en au fait, si vous voulez bien.

— Nous avons tout notre temps. Je suis chargé d'enquêter sur le meurtre de Marine Varzais. Vous la connaissiez ?

— Je croyais que vous aviez arrêté le coupable, le salaud qui l'a tuée ?

— Nous sommes sur plusieurs pistes. Veuillez répondre à ma question, monsieur Cassagnes. Vous connaissiez la victime.

— Oui.

— Dites m'en plus.

— Je la voyais régulièrement au bassin nautique où nous avions l'habitude de nous rendre tous les mercredis soir. Il nous arrivait ensuite d'aller prendre un verre. C'est tout.

— Quand l'avez-vous revue pour la dernière fois ?

— Mercredi dernier.

— C'est tout ?

— Quoi, c'est tout ?

— Il ne s'est rien passé entre vous ?

— Pourquoi ? Qu'est-ce que vous insinuez ? Marine était d'une agréable compagnie et j'ai de la peine à penser que quelqu'un l'ait assassinée. Je pense qu'elle aurait bien voulu avoir une aventure avec moi mais je suis marié, j'ai une famille et…

— Vous alliez à la piscine tous les mercredis soir ?

— Pratiquement. Même si nous n'avons pas de compétition, j'en éprouve le besoin pour évacuer tout le stress de ma vie professionnelle.

— Et Mademoiselle Varzais était aussi régulière que vous ?

— Oui.

— Bon, monsieur Cassagnes, maintenant vous allez nous dire la vérité, toute la vérité.

— Je ne fais que cela depuis le début !

— Nous avons recueilli des témoignages de nageurs qui, eux, fréquentent tous les mercredis le bassin de natation, ainsi que du personnel de la piscine. Vous vous êtes absenté pendant deux mois. Vous êtes revenu une fois il y a un mois environ et vous avez écourté votre séance en même temps que mademoiselle Varzais. Et vous y étiez aussi mercredi dernier mais vous avez eu une crampe. Et Marine vous a pratiquement couru après. Un témoin vous a surpris aussi dans une attitude sans équivoque avec elle. Alors cessez de nier : Avez-vou, oui ou non, eu des rapports avec la victime ?

Cassagnes desserre sa cravate, retire sa veste, et après avoir repris sa respiration :

— Je voudrais avoir l'assurance que ce que je vais vous raconter ne sorte pas d'ici.

— Nous enquêtons sur un meurtre et, pour le moment, je dis bien pour le moment, vous êtes ici entendu comme témoin.

— Oui, j'ai eu une relation avec Marine Varzais. Elle a duré trois mois. Comme je vous l'ai dit, il nous est arrivé d'aller prendre un verre après l'entraînement et un soir elle m'a carrément montré que je lui plaisais. Je n'ai pas résisté malgré notre différence d'âge. Et c'est toujours flatteur pour un homme qui approche de la cinquantaine de savoir qu'il peut plaire encore à une jeune femme que je trouvais très belle. Alors, au lieu d'aller à la piscine, nous nous retrouvions chez elle, le plus souvent possible, le mercredi soir. Mais bien vite elle a voulu me voir plus souvent et moi, je n'étais pas prêt à quitter femme et enfants pour vivre avec elle. Il y a trois semaines, je lui ai téléphoné pour lui annoncer que je ne viendrais pas le mercredi suivant. La rupture ne fut pas facile mais je n'avais pas d'autre choix. Là où j'ai eu tort c'est que j'ai voulu retourner m'entraîner mercredi dernier. Elle y était aussi. J'ai évité de nager avec elle, j'ai fait des longueurs dans le couloir opposé mais, tout à coup, j'ai été pris d'une crampe.

Il se met à sourire :

— Mes longues absences du bassin m'ont rappelé à l'ordre. Nous ne pratiquions pas le même sport tous les deux. J'ai dû arrêter de nager. Elle m'a rattrapé juste avant que j'aille à la douche. Elle m'a demandé si on se retrouvait après. Je lui ai dit que non. Elle est partie furieuse.

Granier semble attendre la suite. Il reste silencieux puis :

— C'est tout ?

— Oui, c'est tout. J'ai pris ma douche, je me suis rhabillé rapidement et je suis rentré chez moi. Je ne l'ai plus revue ensuite.

— Monsieur Cassagnes, vous pouvez me donner votre emploi du temps de vendredi de dix-huit à vingt-et-une heures.

— Puisque je vous dis que je n'ai plus revu mademoiselle Varzais après.

— Je vous répète ma question : qu'avez-vous fait, vendredi soir entre dix – huit et vingt et une heures ?

— Comme je l'ai dit lundi au téléphone, j'ai quitté mon bureau vers dix-neuf heures et je suis rentré chez moi ensuite aussitôt. Ma femme et ma fille peuvent en témoigner.

— Quel itinéraire prenez-vous ?

— Comme d'habitude. L'avenue de Rochefort et ensuite, je passe par les petites routes, avenue du Québec, le boulevard Lamy, l'avenue de la Libération, l'avenue Aliénor d'Aquitaine et l'avenue de l'Atlantique.

— Rien ne vous empêche de passer par le front de mer.

— Pourquoi j'irais m'enquiquiner à passer par là, alors qu'à cette heure-là, avec le retour de plage, on est cul à cul pour avancer ?

— Justement pour aller rendre visite à mademoiselle Varzais.

— Qu'est-ce que vous insinuez, Capitaine ? Vous me soupçonnez ?

— Je ne fais que mon travail. Continuez. Vous êtes arrivé à quelle heure à votre domicile ?

— Il devait être dix-neuf heures trente, peut-être un peu plus tard.

— Vous n'avez pas un petit indice qui pourrait vous rappeler plus d'exactitude ?

— Hélas non. Je ne me souviens plus exactement. Je ne m'attendais pas non plus à devoir justifier mon emploi du temps.

— Comment se prénomme votre fille ?

— Maëlle.

— Et quel âge a-t-elle ?

— Dix-huit ans.

— Et que fait-elle dans la vie ?

— Elle est étudiante à l'IFSI de Rochefort.

— L'IF quoi ?

— Pardon, l'institut de formation des soins infirmiers.

— Oui, une école d'infirmières pour parler simplement.

— En quoi cela vous intéresse-t-il ?

— Votre fille nous a affirmé lundi soir que vendredi vous étiez rentré à vingt heures. Elle a été formelle.

— Elle s'est trompée.

— Non. Elle a été affirmative, juste après les titres du journal télévisé.

— Puisque je vous dis qu'elle s'est trompée ? Je l'ai eue au téléphone mardi soir et elle a confondu le jeudi et le vendredi.

— Attention, monsieur Cassagnes. Maëlle a dix-huit ans. Si elle a fait un faux témoignage, cela peut lui coûter cher même si c'est pour sauver son père. Et à part elle, personne ne peut prouver cet horaire, un petit détail, quelqu'un qui vous aurait vu ?

— Non, hélas. Je suis parti le dernier de l'entreprise et je n'ai croisé personne de connaissance jusqu'à mon arrivée chez moi.

— Nous avons épluché ses relevés téléphoniques. Mademoiselle Varzais vous a appelé vendredi dernier vers huit heures quarante-cinq, quel a été le but de son appel ?

— Elle a mal supporté notre séparation et voulait que l'on se revoie. Je lui ai répondu que j'avais décidé de tourner la page.

— Votre épouse était au courant de votre liaison ?

— Bien sûr que non.

— Et elle n'a pas cherché à savoir quand mon collègue est venu chez vous lundi soir ? Je suppose que vous vous êtes entretenus au téléphone après sa visite.

— Oui, je lui ai dit que nous allions régulièrement nager ensemble le mercredi soir et qu'il nous arrivait parfois avec les copains du club d'aller prendre un verre. J'ai justifié la venue de votre collègue en disant que la police interrogeait tous ceux qui avaient côtoyé la victime, une enquête de routine.

— C'est cela, oui ! Une enquête de routine sauf qu'il n'y a pas eu de meurtre aussi abominable à Royan depuis plusieurs années. Bon, assez joué au chat et à la souris, nous allons devoir vous garder plus longtemps que vous ne l'avez cru.

— Et pourquoi ?

— Histoire de vérifier certains points de votre déposition.

Le policier regarde par la fenêtre :

— Vous êtes garé où ?

— Pourquoi cette question ?

— Vous êtes garé où ?

— Dans une rue à proximité.

— Quel le type de votre véhicule ?

— Un Crossover Nissan.

— Vous avez sa carte grise ? De quelle couleur est-elle ?

— Noire.

— Si vous êtes passé par le boulevard Garnier vendredi soir, nous allons pouvoir le vérifier. Nous avons récupéré les vidéos de la caméra de surveillance. Dans l'affirmative, nous pourrons supposer que vous vous êtes arrêté chez Marine Varzais pour la supprimer.

— C'est honteux ce que vous dites. Vous accusez sans preuves. Je veux prendre un avocat.

— Monsieur Cassagnes, il est quinze heures treize. Vous êtes placé en garde à vue pour le meurtre de Marine Varzais.

— Mais vous n'avez aucune preuve.

— Nous allons peut-être en avoir très rapidement.

13

Le commissariat, le même jour. Dix-sept heures.

Le major Bonnet est au standard du commissariat quand il reçoit un appel :

— Allô, ici Betty Ernée de Saujon. Je crois savoir qui est l'homme qui correspondrait à votre portrait-robot. Depuis à peu près un mois, il fait ses courses à notre magasin, le Supermarket, là où je travaille.

— Très intéressant ce que vous me dites. Vous êtes sûre que c'est lui ?

— Il ressemble beaucoup à votre portrait. J'en ai parlé à mes collègues et à ma chef, car je ne savais pas quoi faire. Et quand j'ai montré le journal, ma collègue Suzie l'a reconnu aussi. Et tenez-vous bien, votre homme, là, eh bien il est venu faire un plein lundi il y a quinze jours avec une femme. Je jurerais que c'est la pauvre dame qui a été tuée ce week-end chez vous à Royan. C'est même elle qui a réglé. Je m'en souviens, car il avait insisté pour payer et elle a sorti de son portefeuille trois billets de cinquante euros. Je me suis même dit : « c'est pas à moi que ça arriverait ! » C'est pour ça que je m'en souviens.

Aussitôt Bonnet cherche à joindre le capitaine Granier mais il n'est pas disponible. Il vient d'entrer dans la salle de réunion pour interroger Cassagnes.

Son avocat, Gabriel Arzano, vient de s'entretenir avec son client. Ils reviennent tous les deux dans la salle d'audition où les attendent Granier et Rujon ainsi que le major Vallègue.

— Nous avons de nouveaux éléments à vous apporter, commence le capitaine. Vous soutenez toujours, monsieur Cassagnes, que vous êtes arrivé chez vous vers dix-neuf heures trente en passant par l'itinéraire que vous nous avez indiqué ?

— Bien sûr. Pourquoi aurais-je changé d'avis ?

— Vous n'avez pas pris le boulevard Garnier ?

— Peut-être. Je ne m'en souviens pas. Qu'est-ce-que cela change ?

— Si vous aviez pris ce boulevard, vous auriez pu apercevoir mademoiselle Varzais puisqu'elle emprunte cette voie pour rentrer chez elle et d'après ce que l'on sait, elle ne prend jamais sa voiture pour aller travailler. Ou vous auriez pu aussi avoir été tenté de vous rendre chez elle entre dix-neuf heures trente et dix-neuf heures cinquante, ce qui collerait avec le premier témoignage de votre fille.

— Ce ne sont que des hypothèses, des suppositions, intervient maître Arzano.

— Oui, mais, sauf preuve contraire, ce pourrait être la réalité, d'autant plus que nous avons visionné les vidéos des caméras de surveillance placées sur ce boulevard et que votre véhicule a bien été vu à dix-neuf heures vingt-cinq. Malheureusement pour nous, la caméra est située juste avant l'allée des Marronniers. Nous ne pouvons donc savoir si vous vous êtes arrêté après. Pourquoi nous avoir menti ?

— Il m'arrive de prendre cet itinéraire plutôt que celui que je vous ai décrit précédemment. Si je ne l'ai pas dit avant, c'est uniquement pour éloigner tout soupçon.

— Et vous avez d'autres éléments pour accuser mon client, qui je vous le rappelle, a son domicile situé à environ un kilomètre de l'allée des Marronniers ? Il n'a donc pas fait un grand détour, et passer par le boulevard Garnier en longeant la côte est loin d'être déplaisant. Quant au mobile ?

— Justement, venons-en au mobile. Monsieur Cassagnes, répondez franchement à cette question : est-ce que Marine Varzais a tenté de vous faire chanter ?

Il reste silencieux, regarde son avocat puis, d'une voix à peine perceptible :

— Oui. Il y a quinze jours, elle m'a appelé, me disant qu'elle était dans la panade et qu'elle avait besoin que je la dépanne. J'ai cru qu'elle avait juste besoin de mille ou deux mille euros. Elle m'a demandé dix mille euros, à lui verser dans la semaine qui suivait sinon elle téléphonait à ma femme.

— Le voilà le mobile : vous l'avez tuée pour la faire taire.

— Non, pas du tout, j'ai négocié avec elle : cinq mille euros à verser tout de suite, le reste aurait dû se faire cette semaine.

— Si je comprends bien, son décès vous fait économiser cinq mille euros.

— Mais si vous me gardez, je suppose que mon épouse va me demander pourquoi je suis soupçonné du décès de Marine. Je ne crois pas que j'y gagne au change.

— Vous savez monsieur Cassagnes, avoir une maîtresse présente certains risques.

— C'est bien la raison pour laquelle j'ai voulu rompre avec Marine, considérant cette aventure comme terminée.

— Et votre femme ne vous aurait pas pardonné, si vous lui aviez avoué ?

— Non. Pour tout vous dire, j'ai déjà eu il y a trois ans environ un écart et j'avais promis à Corinne que je ne recommencerai plus. Mais le cœur a ses raisons que la raison ignore.

— Comme c'est bien dit, soupire Vallègue. Disons plutôt, de façon plus crue, que vous ne pouvez pas vous empêcher de « queuter » quand vous en avez l'occasion !

— Je ne vous permets pas ! s'insurge Cassagnes.

— Est-ce qu'on peut en revenir aux faits ? demande maître Arzano. Avez-vous, oui ou non, des preuves de la présence de mon client sur les lieux du crime au moment où il a été commis ?

— Oh, oh, Maître, chaque chose en son temps, répond Granier. Nous avons le mobile. La victime faisait chanter votre client. Et faire cesser ce chantage, le meilleur moyen c'est de la faire taire à jamais.

— J'ai été d'accord pour lui verser dix mille euros. Elle ne m'en a pas demandé plus. Je pense que si elle l'avait fait, j'aurais préféré en parler quand même à ma femme plutôt que de continuer à payer. Mais je n'ai jamais envisagé de supprimer Marine.

— En attendant, déclare Granier, vous n'avez pas d'alibi valable.

— Je repose ma question, dit Arzano.

— Ce n'est pas la peine, l'interrompt le Capitaine, Non, nous n'avons pas retrouvé d'empreintes mais votre client aurait pu les effacer un maximum. Aussi, je préfère garder monsieur Cassagnes encore quelques heures, comme m'y autorise la loi.

Jeudi 14 juin, neuf heures

Gendarmerie de Saujon.

Un homme d'une trentaine d'années, en jean et chemise bleue avec un pull sur les épaules, gare sa voiture sur le parking. Il se présente à l'accueil.

— Vous désirez ?

— C'est peut-être à moi de vous poser la question. J'ai reconnu mon portrait-robot dans le journal d'hier. Vous me recherchez, j'aimerais savoir pourquoi ?

— Un instant, je vais voir si quelqu'un peut vous recevoir.

Cinq minutes passent et un gradé arrive, le lieutenant Cheylard, qui le dirige vers un bureau.

Aussitôt assis, il lui demande sa carte d'identité :

— Comme vous pouvez le voir, je m'appelle Tiphaine Saguini, j'ai vingt-neuf ans et je n'ai rien à me reprocher.

— Nous sommes chargés d'enquêter sur le meurtre d'une jeune femme qui se nommait Marine Varzais. Vous la connaissiez ?

L'homme ne cache pas son émotion et se met à pleurer :

— Bien sûr. Et vous n'avez pas encore chopé le salopard qui l'a assassinée ?

— Mes collègues de Royan ont arrêté un suspect hier mais il n'a pas encore avoué. Je vois sur votre carte d'identité que vous habitez à Paris XIIIe, rue de Tolbiac, c'est toujours votre domicile ?

— Oui, j'occupe un petit studio là-bas.

— Et que faites-vous alors en Charente Maritime ?

— Je suis comédien et je tourne dans une reconstitution historique au château de La Roche Courbon depuis plus d'un mois maintenant. La production nous a trouvé un grand gîte pas loin d'ici et nous y logeons à une quinzaine. Pas un quatre étoiles mais faut faire avec.

— Comment avez-vous fait la connaissance de mademoiselle Varzais ?

— C'était le samedi 12 mai, vers dix-huit heures. J'avais tourné le matin et je ne devais reprendre que le lundi. Je ne connaissais pas Royan. Je me suis dit que c'était l'occasion de visiter un peu la ville. Je me suis baladé toute l'après-midi et j'ai abouti dans la boutique où Marine travaillait. Je cherchais un vêtement pour ma mère, pour son anniversaire. Je suis entré et tout de suite ce fut le coup de foudre, réciproque d'ailleurs. Elle m'a montré plusieurs modèles de chemisiers ou de vestes qui pourraient convenir à une femme de cinquante-cinq ans. Je suis resté presque une demi-heure dans la boutique. Lorsque j'ai eu réglé mon achat, je lui ai demandé ce qu'elle faisait après son travail. Je me suis dit que je ne risquais pas grand-chose à lui poser la question. Elle m'a répondu qu'elle n'avait rien de prévu, que personne ne l'attendait. Je lui ai proposé un resto. Elle a accepté, nous avons terminé la soirée dans son studio.

Le lundi suivant, elle ne travaillait pas, je lui ai proposé de me rejoindre sur les lieux du tournage. Elle était emballée, même si je n'ai pas pu la voir beaucoup.

À ce moment, un homme s'introduit dans le bureau. Il se présente aussitôt :

— Lieutenant Rujon du SRPJ de La Rochelle, j'ai été prévenu de votre arrivée et je tenais absolument à vous rencontrer.

Il se penche sur l'écran de l'ordinateur, s'aperçoit qu'il n'y figure que les coordonnées de Saguini.

— Alors lieutenant, où en êtes-vous ?

— Monsieur Saguini me racontait comment il avait fait la connaissance de Marine Varzais.

— Vous avez du nouveau à m'apprendre ? demande Tiphaine. Il a été arrêté le salaud ? Vous comprenez, je commençais à vivre avec Marine une grande histoire et quand j'ai appris dimanche son décès... C'est de la faute à Monica Rubiji si tout cela est arrivé.

— Vous avez bien dit Monica Rubiji, l'actrice ? Qu'est-ce qu'elle vient faire dans cette affaire ?

— J'ai tourné dans une scène avec elle vendredi. Nous devions avoir terminé pour dix-huit heures. J'avais prévu de rejoindre Marine après. Mais madame Rubiji n'avait pas correctement appris son texte, la pauvre, elle était exténuée. On ne fait pas ce boulot-là, surtout au prix qu'elle est payée, pour retarder un tournage. Il a fallu recommencer plus de dix fois la prise, faire une pause de deux heures pour que la star finisse par jouer correctement. Nous avons terminé à plus de minuit. Je n'avais aucune possibilité de joindre Marine, j'ai dû rester sur le plateau et mon portable était dans ma loge. J'ai essayé de la joindre quand je l'ai récupéré mais je suis tombé sur sa messagerie. Et comme le tournage a repris le dimanche à midi, je n'ai pas eu le temps de passer à Royan.

— Vous pourriez me parler du film.

— Une reconstitution historique qui se déroule au XVIIIe siècle. Je ne peux pas vous dévoiler l'intrigue, à moins qu'elle n'intéresse votre enquête. J'ai juste un petit rôle avec quelques répliques mais je dois être souvent présent sur les lieux du tournage. Et c'est en plus mon premier long métrage pour le cinéma.

— Il y a longtemps que vous êtes comédien professionnel ?

— À peu près trois ans. J'ai joué beaucoup de petits rôles au théâtre.

— Et vous gagnez correctement votre vie ?

— Ça dépend des moments.

— Et justement en ce moment ?

— Pourquoi me posez-vous cette question ?

— Un témoin vous a reconnu avec Marine Varzais, à la caisse du supermarché de Saujon et elle a tenu à payer le contenu de votre caddie. Vous ne pouviez pas le régler ?

Tiphaine est gêné, il garde quelques secondes le silence, puis :

— Je lui avais offert le restaurant la veille.

— Vous avez réglé en espèces ou en carte bancaire ?

— En espèces.

— Quel restaurant ?

— L'Auberge du Moulin à Saujon.

— Et vous avez bien mangé ?

— Super et le décor est très agréable.

— Nous vérifierons.

— En quoi ça vous regarde, puisque vous avez la preuve que je n'ai pas vu Marine ce soir-là. D'ailleurs, j'ai perdu la femme que j'aimais. Nous nous entendions à merveille tous les deux.

— Vous aviez commencé à avoir des projets ensemble ?

D'une voix chevrotante, il répond :

— Oui, je suis encore au château pour trois semaines. Je devais rentrer sur Paris après et elle ne voulait pas me quitter, elle projetait de tout quitter pour me rejoindre à la capitale tellement elle était amoureuse de moi… et c'était réciproque.

Il se met à sangloter :

— Vous avez encore d'autres questions à me poser ? Votre interrogatoire m'est très pénible.

— Oui, encore une : est-ce que mademoiselle Varzais vous a remis de l'argent ?

— Pourquoi l'aurait-elle fait ? Vous savez, ce tournage va me rapporter une belle somme qui va me permettre de tenir un certain temps.

— Et vous avez reçu une avance ?

— Pas encore, seulement à la fin du mois.

— Je vous remercie monsieur Saguini. Vous ne quittez pas la région avant trois semaines, m'avez-vous dit ? Au cas où nous aurions besoin encore de votre témoignage pour confondre l'assassin de mademoiselle Varzais, nous pourrons donc encore faire appel à vous ?

— Trouvez-le au plus vite, cette ordure, ce salaud.

Commissariat de Royan. Dix-sept heures.

Le capitaine Granier a réuni ses troupes pour un briefing :

— Messieurs, nous n'avançons pas beaucoup et malgré les auditions de témoins plus ou moins suspects, nous n'avons pas encore de coupable. Je pense qu'il faut se concentrer sur la personnalité de la victime et ses relations avec les hommes.

— Un peu volage cette jeune femme, constate Rujon. Elle a d'abord vécu le grand amour avec Cédric Courtois, cela a commencé en mars mais en même temps, elle continuait à avoir une relation avec Christian Cassagnes. Puis, le 12 mai, elle fait la connaissance du bellâtre Thiphaine Saguini. Elle rompt alors avec Courtois et ne revoit plus non plus Cassagnes.

— J'ai commencé à éplucher ses relevés téléphoniques. Elle continuait à appeler Courtois et recevait aussi des appels de Cassagnes auxquels elle ne répondait pas toujours.

— Et au niveau de son ou de ses comptes en banque, Lecas, tu as découvert quelque chose ?

— Il y a un mois, Marine Varzais avait du mal à boucler ses fins de mois. Elle usait beaucoup de sa carte bleue et faisait des retraits en liquide jusqu'à ce qu'il n'y ait plus d'argent sur son compte. Elle n'avait qu'une source de revenus, son salaire de vendeuse. Je me suis permis d'appeler sa propriétaire. Elle avait trois mois de loyers en retard qu'elle a réglé le mois dernier en liquide. J'en conclus qu'elle a dû toucher une bonne somme d'argent, d'autant plus que nous avons retrouvé cinquante mille euros chez elle. Si elle avait reçu un héritage ou si elle avait gagné au loto, elle aurait reçu cette somme par chèque. Elle ne se droguait pas, le médecin légiste est formel, on peut en conclure qu'elle ne dealait pas. Elle est inconnue d'ailleurs de nos fichiers. Son casier est vierge alors qu'elle, par contre…

Reste la prostitution. Elle était séduisante et aurait pu vivre de ses charmes.

— Pourquoi pas, reprend Granier, mais nous n'avons retrouvé chez elle aucun vêtement coquin, aucune tenue affriolante.

— Et d'après ses relevés téléphoniques, pas beaucoup de correspondants. J'ai constaté cependant qu'elle avait eu des contacts avec un téléphone à carte prépayée trois fois la semaine dernière. Elle a appelé le lundi à dix-huit heures dix-sept, l'appel a duré vingt-deux minutes. Son correspondant l'a rappelée mercredi à dix-neuf heures trente-sept pendant quatorze minutes, et le dernier qu'elle a reçu était le jour de son décès à treize heures dix pendant trois minutes. C'est peut-être ce correspondant l'assassin. Je ne vois pas pourquoi les trois suspects l'auraient appelée d'un autre numéro de portable que ceux qu'ils utilisaient habituellement. De plus, vous n'ignorez pas que depuis deux ans il est très difficile d'avoir une carte téléphonique prépayée.

— Difficile ne veut pas dire impossible, reprend Granier. Pour le moment, nous allons garder Cassagnes. Débrouillez-vous pour me trouver le coupable. Les journalistes sont aux aguets et le proc' me téléphone sans arrêt.

Une heure après, Lecas frappe à la porte de Granier :

— Capitaine, j'ai peut-être une piste. Je me suis penché sur les comptes de Tiphaine Saguini et ils sont loin d'être clairs. Il est gérant d'une société dont l'activité est l'organisation de spectacles. J'ai réussi à joindre le directeur de la banque où cette société a son compte. Il y a un mois il avait convoqué Saguini, car le compte était dans le rouge de plus de quinze mille euros et des chèques devaient être encore à régler pour un montant de…

Lecas consulte ses notes et :

— 4756 euros exactement. Comme par hasard, la semaine dernière le compte a été renfloué par un versement de dix mille euros en liquide effectué à l'agence de Royan, alors que tous les versements effectués jusqu'ici sur ce compte étaient faits par chèque ou par virement.

— Il faut absolument convoquer de nouveau ce Saguini. Il se peut que ce soit de l'argent prêté par de la famille ou un ami mais de toute façon, il devra nous donner des explications. Il n'est pas légal pour une société, quelle qu'elle soit, de recevoir des fonds en espèces. Et ce banquier n'a pas demandé de justificatif ?

— À mon avis, il est déjà content que le compte ne soit plus à découvert. Mais il avait rendez-vous avec son client lundi dernier. Saguini avait promis de renflouer ce compte par un versement de vingt mille euros.

— Et je mettrais ma main à couper qu'il ne l'a pas fait.

— Non, il a simplement téléphoné qu'il était retenu sur le tournage mais qu'il s'arrangerait pour venir dès qu'il le pourrait.

— Ce qui accrédite notre thèse. Marine Varzais devait lui filer cette somme qu'elle avait planquée chez elle. Il nous faut obtenir l'aveu de son copain. Ce que nous savons c'est qu'elle disposait encore d'une bonne cagnotte, elle a reçu cinq mille euros de Courtois, dix mille de Cassagnes, nous sommes encore loin du compte. Elle devait faire chanter d'autres personnes.

— Une vraie professionnelle du genre, répond Lecas.

— Pas tant que ça, puisqu'à trop vouloir jouer avec le feu, elle s'y est brûlée et a perdu la vie. Il faut fouiller encore plus, interroger de nouveau son voisin de palier, examiner à la loupe les vidéos de la caméra placée sur le boulevard même s'il faut relever toutes les plaques d'immatriculation des véhicules qui sont passés ou étaient stationnés à partir de dix-huit heures jusqu'à vingt et une heures.

— Mais c'est un véritable travail de fourmi que vous nous demandez là.

— Eh oui ! Il faut se montrer plus intelligent que l'assassin. Je vais demander du renfort au procureur mais j'aurais préféré ne pas avoir à le faire.

Granier se lève :

–Allez au travail, je rencontre le procureur demain midi et je voudrais lui apporter des nouvelles positives.

— Autrement dit Capitaine, on n'est pas couchés, répond Rujon.

— Vous savez, tant qu'un assassin se promène dans la nature et pourrait récidiver, j'ai beaucoup de mal à dormir, pas vous ? Nous referons le point demain vers onze heures à moins que vous n'ayez un élément capital à m'apporter.

14

Pendant ce temps-là, à la villa Neptune.

Véronique a passé sa matinée à remettre de l'ordre dans la maison et a profité d'un après-midi calme et ensoleillé pour se rendre sur la plage de Pontaillac et aller se baigner. Les vacanciers étaient nombreux. Elle comptait rester sur le sable à lire et à rêvasser mais, au bout d'une demi-heure, elle a abandonné. Les mètres carrés libres autour de sa serviette se réduisaient de minute en minute. Elle a renoncé à rester plus longtemps. Si le vent ne se levait pas en fin d'après-midi, elle y reviendrait avec Paul, juste pour piquer une tête dans l'Atlantique, si son mari était partant.

Mais vers dix-huit heures, alors qu'elle sirote un jus de fruit, la sonnerie de son portable l'interpelle. Un numéro qu'elle ne connaît pas.

— Madame Courtois ? Véronique Courtois ?

Avec tous les événements qui se sont bousculés depuis dimanche, elle s'attend au pire.

— Oui, c'est moi-même.

— Je m'appelle Jeanne Manzat, mon nom ne vous dit pas grand-chose, mais si je vous dis que je suis infirmière dans une maison de retraite à proximité de Brive où a séjourné Franck Altricht, je pense que vous vous rappellerez un peu de moi. Nous nous sommes croisées à l'hôpital quand il y a séjourné et malheureusement à son inhumation.

— Peut-être, peut-être.

— Monsieur Altricht a passé la dernière année de sa vie dans cette maison et nous avons eu le temps de sympathiser. J'ai eu beaucoup de peine quand il est parti.

— Je dois avouer que moi aussi. C'était un homme très sympathique, très spirituel aussi.

— J'ai un petit service à vous demander, madame Courtois.

Véronique reste sur ses gardes après tout ce que lui a raconté Franck :

— Dites toujours.

— Voilà, avec mon mari, nous avons loué un bungalow pour deux semaines à Saint Palais et je voudrais profiter de mon séjour ici pour visiter, si cela ne vous dérange pas, votre propriété, là où monsieur Altricht a vécu.

— Vous savez, nous avons, mon mari et moi, tout chamboulé l'intérieur.

— Et son chalet, il existe toujours ?

— Oui, nous l'avons repeint mais il est toujours là.

— Tant mieux. Alors, vous acceptez… en souvenir de lui ?

— Si ça peut vous faire plaisir.

— Il n'y a pas un jour où monsieur Altricht n'évoquait pas les années qu'il avait passées à Royan, alors j'aimerais connaître.

–Vous souhaiteriez venir quand ?

— Vous savez, je suis en vacances alors…

— Alors, venez demain vers quinze heures mais je préfèrerais que vous soyez seule.

— Je l'entendais bien comme ça et je ne vous dérangerai pas longtemps, à moins que nous n'évoquions un peu plus la vie de Franck.

— À demain, madame ?

— Manzat, Jeanne Manzat.

Véronique est abasourdie, elle ne sait pas quoi penser de cette conversation. Elle s'allonge sur un transat et se remémore tous ces instants vécus avec Franck, tous les entretiens qu'elle a eus et ses sentiments pour lui. Elle a toujours ressenti beaucoup de sympathie pour ce petit bonhomme jovial, ses yeux pétillants et sa façon de passer tout à coup d'un humour parfois grinçant à des propos si émouvants qu'il en avait les larmes aux yeux. Parfois sa tête changeait tout à coup de couleur et de forme. On aurait dit que c'était un autre personnage, le regard sombre. Véronique se sentait mal à l'aise quand il prenait cette attitude qui ne semblait pas correspondre à ce qu'il était réellement.

« Mais, après tout, se dit-elle, est-ce que je le connaissais vraiment, puisque je n'ai partagé que très peu de moments avec lui ? Justement, si je pouvais profiter de la visite de cette femme pour en savoir plus… »

— Tu parles à qui ?

— Je parlais ?

— Mais, oui, ma chère épouse, tu parlais. Tu n'as pas ton téléphone branché ? Tu n'es pas en conversation avec un correspondant quelconque ?

— Excuse-moi, je pensais si fort que je me parlais toute seule.

— C'est le meilleur moyen de n'être pas contredite.

— Paul, il faut que je te narre ce qui vient de m'arriver.

— C'est narrant au moins ?

— Ah ah. Non pas drôle du tout.

— Alors vas-y narre, je te suis tout ouïe.

— Figure-toi que je viens de recevoir un appel.

Elle lui raconte alors toute la conversation qu'elle a eue.

Paul réagit violemment :

— Je n'aime pas ça, pas du tout. Nous avons acquis cette maison il y a plus de vingt-cinq ans. Rappelle-toi... Non, tu ne peux pas te rappeler, nous nous sommes connus seulement au moment de la fin des travaux. Je peux cependant t'affirmer qu'elle ne correspond plus du tout à celle qu'habitait Altricht. Qu'est-ce que cela va lui donner à ta madame Manzat de venir ici ? Peut-être repérer les lieux pour s'introduire chez nous en nous piquant tout ce que nous avons de valeur ?

— Je ne pense pas, mais on ne sait jamais. Elle a surtout insisté pour le chalet.

— Et si on imaginait qu'elle était plutôt en relation avec le type qui est enterré sous la terrasse ? Après tout, la police et ses proches doivent toujours le rechercher. Eh bien, nous ne sommes pas au bout de nos peines. Elle vient seule ou avec d'autres personnes ?

— Seule, j'ai insisté.

— Tant mieux et pas question qu'elle vienne accompagnée. J'ai entendu parler de cas où un visiteur détourne l'attention du propriétaire tandis qu'un autre en profite pour fouiner et emporter des bijoux ou autres objets de valeur.

— Demain matin, je vais mettre à l'abri tous les bijoux que tu m'as offerts.

— Et je tiens à être présent au moins au début de la visite.

Elle se lève de son transat et se rapproche de lui :

— Dis donc, toi, tu seras aussi méfiant quand une agence fera visiter la propriété à des inconnus, ou encore pire si nous tentons de traiter de particulier à particulier. Il faudra bien faire venir des inconnus dans toutes les pièces. Rien que de penser qu'ils voudront sans doute ouvrir les placards, les penderies…

— Pour l'instant nous avons plus urgent.

— Ah bon, tu as renoncé à la mettre en vente ?

— Je n'ai pas dit ça mais inutile de la faire visiter tant que nos problèmes ne seront pas réglés.

— Si un jour ils le sont. À mon avis ce n'est pas demain la veille. À propos tu as des nouvelles du meurtrier de Marine Varzais ?

— D'après ce que j'ai entendu, il s'agirait peut-être de Christian Cassagnes et je m'en veux un peu d'avoir mis les flics sur sa piste.

— Tu l'as fait surtout pour libérer ton fils. Et puis, si c'est Cassagnes qui a fait le coup, au moins les flics vont s'éloigner du chantage que Marine faisait à propos de celle qui est enterrée ici.

— Et nous pourrons faire nos travaux tranquillement la semaine prochaine sans avoir de journalistes malveillants ou de flics en train de rôder auprès de la propriété.

Le lendemain à quinze heures. Villa Neptune.

Comme prévu, Jeanne Manzat se présente au portillon de la villa. C'est une femme assez grande, la cinquantaine, les cheveux foncés courts, habillée d'une robe beige qui s'arrête au-dessus du genou, avec de légers motifs. Véronique va à sa rencontre et la reconnaît aussitôt. Elles s'étaient rencontrées juste après l'inhumation de Franck dans un restaurant où son fils avait voulu réunir une dernière fois les proches du défunt. Elles avaient échangé quelques mots, évoqué des souvenirs. Véronique s'était rendu compte que Jeanne était très affectée par la disparition de son patient.

Paul est sur le perron et les accueille, les invitant à pénétrer dans la maison. Jeanne veut surtout voir le séjour, Franck ayant souvent évoqué la vue qu'il avait de cette pièce. Bien évidemment la décoration et les tentures murales ont changé mais la clarté de la pièce, sa vue restent toujours aussi belles.

— Franck me disait souvent qu'il restait des heures à contempler la mer et ses couleurs changeant au gré de la journée et des saisons.

— Nous avons changé les fenêtres, dit Paul, mais nous avons gardé l'esprit authentique de la villa par des huisseries en bois. Pas question de la défigurer par du PVC, même si c'est meilleur marché. Vous voulez boire quelque chose ?

— Non merci, je sors de table. Mon mari et moi avons mangé dans le restaurant où Franck se rendait souvent à Meschers. Excellent d'ailleurs.

— C'est exact, nous y allons de temps en temps, reprend Véronique. C'est un peu un pèlerinage aujourd'hui.

— Franck se confiait beaucoup à moi et il était très bavard. Il avait toujours quelque chose à me raconter et j'étais très souvent obligée de l'interrompre, vous comprendrez que je n'avais pas que lui à m'occuper. Je m'arrangeais souvent pour qu'il soit mon dernier patient. Si je faisais des heures supplémentaires, personne ne pouvait me le reprocher. Malheureusement les derniers mois son esprit s'égarait et il m'était parfois difficile de cerner le vrai du faux. Il commençait à me raconter une anecdote de sa vie que je connaissais déjà et ensuite son imagination prenait le dessus. Je ne voulais pas le contredire, et c'était parfois difficile de le ramener à la réalité… Mais je vous ennuie avec mes souvenirs.

— Pas du tout, répond Véronique, moi aussi quand il venait ici, j'adorais discuter avec lui ou plutôt le laisser raconter sa vie. Je suppose qu'il vous parlait souvent de sa femme.

— Tout le temps. Ils avaient passé, d'après lui des moments merveilleux tous les deux.

— Et son fils, vous le connaissez ?

— Luc, oui ! Il est venu deux fois passer une semaine à Brive. Pendant son séjour, il rendait visite à son père et mangeait avec lui. Mais, apparemment ils avaient tous les deux leur tempérament et une fois, je les ai entendu se disputer. D'ailleurs Franck m'avait confié que si son fils venait, c'était surtout pour l'héritage. Il lui avait suggéré de vendre l'appartement de Brive, son père lui avait répondu que Luc devait attendre qu'il ferme les yeux pour le mettre en vente. Il espérait peut-être pouvoir revenir un jour dedans.

Elle se tourne vers la fenêtre :

— Si cela ne vous dérange pas, j'aimerais descendre dans le jardin, voir son chalet.

Ils y arrivent tous les trois :

— Il est resté tel quel, dit Paul, nous avons juste remis un coup de vernis pour ne pas détériorer le bois. J'espérais qu'il serve de cabane à nos nombreux petits enfants, mais pour l'instant nous n'en avons qu'un.

— Et la terrasse, vous n'y avez pas touché ?

— Non. Pourquoi nous posez-vous cette question ?

— Franck m'a dit, quelques jours avant qu'il ne décède, que l'assassin de sa femme était enterré là.

— Tu te rends compte Véronique ! Quel assassin ?

— Il me racontait souvent la même histoire. Qu'il avait retrouvé celui qui avait tué sa femme, s'était arrangé pour le faire venir ici et qu'il l'avait tué et enterré. Mais quand je lui posais des questions plus précises par exemple sur la manière dont il l'avait amené dans son jardin, comment il l'avait tué, il me répondait évasivement du style « Je ne me rappelle plus », « Ça ne vous regarde pas » ou « Peu importe, mais je lui ai fait la peau à cette ordure. » À vrai dire, j'ai un doute. Et plus les jours passaient, moins Franck avait de moments de clairvoyance.

— Et il n'a pas réussi à vous dire comment il l'avait tué ?

— Une fois il m'a parlé d'un copain qui l'aurait reconnu et qui l'aurait empoisonné.

— Et vous y croyez ?

— Pas vraiment. Voilà vous savez tout. Il ne me reste plus qu'à vous remercier de m'avoir reçue. J'espère que je n'ai pas trop perturbé votre après-midi.

— Une petite question, avant que vous ne partiez, intervient Paul, vous n'avez pas eu affaire aux flics du vivant de Franck ?

Elle se sent offusquée :

— Bien sûr que non, monsieur Courtois, je suis et j'ai toujours été une femme honnête.

— Je n'en doute pas une seule seconde. Je me suis mal exprimé. Je voulais savoir si la police avait donné des nouvelles de l'enquête à Franck. Les flics auraient pu avoir retrouvé l'assassin de sa femme ou du moins être venu l'interroger là où il séjournait.

— Pas que je sache. Et vous savez, je n'étais pas toujours de service et j'ai beaucoup de résidents à m'occuper.

Ils remontent près de la maison et elle prend congé.

Dès que sa voiture s'est éloignée :

— J'ai une idée, dit Véronique, si nous creusions sous la terrasse du chalet, nous pourrions réellement savoir si un corps y est enterré ?

— Et si c'est le cas, qu'en feras-tu ? Tu vas alerter les flics qui arriveront avec la police scientifique et qui dévasteront le jardin pour ensuite déterrer l'autre corps qui s'y trouve ? Je crois que ce n'est pas une très bonne idée.

— Alors, je veux en avoir le cœur net, je vais tâcher de trouver le copain de Franck, celui qui tient le bar de Surgères.

— À mon avis, tu n'obtiendras rien de lui. Tu penses bien qu'il ne va pas te dire comme ça : « Oui c'est vrai, j'ai aidé Altricht à supprimer ce type, je me suis même débarrassé de sa moto. » Tu crois encore au Père Noël. Déjà, comment vas-tu amener la conversation sur lui ?

— Tu ne me connais pas. Je vais user de mon charme, dit-elle en souriant. Ça ne coûte rien d'essayer. Ça te dit de m'accompagner ?

— D'abord je n'ai pas ton charme, ensuite je ne vais pas me taper plus de deux heures de route pour uniquement prendre un verre à Surgères. Je préfère jardiner ici.

— OK, je file et je te tiens au courant.

Une heure et demie plus tard, Véronique arrive à garer sa voiture sur la place de l'Europe située dans le centre-ville de Surgères et s'installe à la terrasse du Café de la Paix. Deux couples s'y trouvent, sirotant une pression. Elle a jeté un œil à l'intérieur, seulement deux hommes s'occupent des clients. Elle semble reconnaître l'homme affairé derrière le comptoir, il était venu à Brive à l'enterrement de Franck.

Lorsqu'elle est sortie de son véhicule, Véronique a été surprise par la chaleur qui règne dans la ville. Heureusement, elle s'est vêtue d'une robe légère à manches courtes, qui remonte un peu au-dessus du genou. À Royan, il y a toujours cette petite brise qui rend l'atmosphère beaucoup plus respirable, même les jours de canicule mais ici, à l'intérieur des terres, pas un souffle d'air. Elle s'attend à ce que ce soit le serveur qui vienne à sa rencontre, mais elle voit arriver le patron :

— Qu'est-ce qui vous ferait plaisir, madame ?

— Un Perrier-rondelle, s'il vous plaît. J'ai une de ces soifs !

— C'est vrai qu'il fait chaud aujourd'hui. J'arrive.

— Monsieur !?

— Vous désirez autre chose ?

— Oui. Vous vous appelez bien Jacky ?

— C'est exact. Vous venez souvent ici ?

— Non, c'est la première fois. Vous connaissiez Franck Altricht ?

L'homme retire le fauteuil de l'autre côté de la table et sans demander la permission, s'assoit en face de Véronique :

— Franck Altricht de Royan ?

— Oui, celui qui tenait le Café du Commerce.

— Bien sûr. J'ai travaillé longtemps chez lui, pendant plus de dix ans. Ensuite je me suis installé ici. Et vous, comment le connaissiez-vous ?

— Nous lui avons acheté sa maison et son terrain. C'était vraiment un chic type.

— Oui. S'il n'y avait pas eu ce drame dans sa vie.

— Vous voulez parler de l'accident qui a tué son épouse ? Il m'a tout raconté.

— Attendez. Maintenant que vous me le dites, vous étiez à son inhumation à Brive. Je vous reconnais maintenant et contrairement au titre du film, je trouve que le noir ne vous allait pas. Avez-vous connu son épouse ?

— Hélas non !

— Suis-je bête. Si elle était encore de ce monde, il n'aurait pas vendu sa propriété.

— Il a cependant voulu garder un morceau de terrain. J'ai appris à le connaître quand il séjournait dans son chalet. Toujours un mot gentil, une attention. Il était très bavard et nous avons beaucoup discuté tous les deux.

— Permettez que j'aille vous chercher votre Perrier et que je parle un peu avec vous ?

— Bien sûr, j'ai tout mon temps.

— Beaucoup de clients viennent ici boire un verre avant d'aller chercher quelqu'un à la gare. Ce n'est pas votre cas ?

— Non. Disons que j'avais envie de me balader.

Il revient cinq minutes plus tard avec le Perrier mais aussi une bière :

— Vous avez connu sa femme ? demande aussitôt Véronique. Comment était-elle ?

— C'était elle qui faisait tourner la boîte. Autant Franck me considérait un peu comme son ami, autant elle gardait ses distances. Cela dit, jamais je ne me suis engueulé avec. Franck la laissait agir et elle le menait par le bout du nez. Quand elle est décédée, il a été complètement perdu. Il l'aimait beaucoup.

— Franck m'a raconté qu'elle avait été tuée par un motard qui a voulu lui arracher son sac. C'est vrai ?

— Bien sûr que c'est vrai !

— Et la police a retrouvé son agresseur ?

— Oui, il y a trois ans. Un dénommé Alex Limoux. Un peu grâce à moi. Bien content qu'il ait été arrêté !

Véronique qui venait de boire une gorgée d'eau gazeuse s'étouffe avec et la recrache :

— Il est en prison actuellement ?

— En principe oui !

— Pourquoi « en principe » ?

— Avec ce qu'il a fait, il a dû être condamné à pas mal d'années de taule.

— Pourquoi avez-vous dit que c'était un peu grâce à vous ?

— Il s'était arrêté prendre un verre ici avec des potes à lui et j'ai trouvé son comportement un peu louche, j'ai relevé la plaque d'immatriculation de sa bécane. Trois jours après, deux gendarmes sont venus me demander si je le connaissais en me montrant un portrait de lui. Il avait changé de look par rapport à la photo mais je l'ai reconnu quand même. J'ai appris ensuite par l'un des motards qu'il avait été arrêté et qu'il avait été inculpé pour coups et blessures ayant entraîné la mort sur la personne de Lydie Altricht. Je cause bien, hein ?

— Je crois que ce sont les bons termes mais je n'ai pas fait d'études juridiques. Et vous ?

— J'avais commencé des études pour être éducateur quand j'étais plus jeune et je devais suivre des cours de droit mais à vrai dire, je n'avais pas la vocation. Et comme il fallait bien que je gagne ma croûte, j'ai préféré être barman. Remarquez, c'est un peu le même job, beaucoup de relations avec des gens souvent mal dans leur peau, un peu paumés, qui viennent dans un bar pour trouver un peu de chaleur humaine. Mais je vous embête avec mes histoires !

— Pas du tout.

— Et vous, vous étiez proche de Franck ?

— Comme des voisins. Il avait gardé un morceau de terrain, y avait fait construire son chalet. Nous conversions souvent quand il venait à Royan et il m'invitait à prendre un verre de temps à autre… Et il était très bavard et il avait toujours quelque chose à me raconter. Et vous, vous le voyiez souvent ?

— Épisodiquement. Vous savez, avec mon affaire ici, je ne peux pas beaucoup m'absenter. J'ai quand même fait un saut à Brive dans sa maison de retraite. Qu'est-ce qu'il avait changé ! Il avait maigri, il tenait à peine sur ses jambes et il commençait à perdre la tête. Il m'a raconté des trucs qui soi-disant s'étaient passés à la brasserie. Il partait dans des histoires incroyables. Je le laissais dire mais j'en étais malheureux pour lui. Lui qui était si vaillant, si robuste, finir comme ça.

Il se lève :

— Et dire qu'on vieillira peut-être de cette façon-là. Mieux vaut ne pas y penser.

— Vous pouvez me redonner le nom de l'agresseur de Lydie ?

— Oui, Alex Limoux et c'était pas un mou.

Véronique termine son verre :

— Combien je vous dois ?

— Laissez. Bien content de vous avoir revue et vous serez toujours la bienvenue ici.

Véronique remonte dans sa voiture, perplexe. Aussitôt, elle note le nom : Alex Limoux, pour ne surtout pas oublier le nom du type qui serait enterré dans la propriété. « Qui a raison ? pense-telle. Franck ou Jacky ? » Elle est un peu soulagée de se dire qu'il n'y a sans doute pas de cadavre dans le jardin.

Elle démarre son véhicule et est pressée de tout raconter à son mari.

Sur le trajet elle pense à ce qu'elle va faire rapidement : regarder sur internet si elle peut trouver un article sur Alex, Limoux son arrestation ou son procès. Il doit bien y avoir eu des articles quand il a été arrêté ou quand il a été jugé. Quelqu'un doit savoir ce qu'il est devenu ? Bien sûr le meilleur moyen serait de creuser sous la terrasse du chalet mais, comme le dit bien justement son mari, s'ils trouvent son cadavre, que vont-ils en faire ? Mais aussi pourquoi Franck lui a-t-il versé les cinquante mille euros pour la dédommager ? Si vraiment il n'avait plus toute sa raison, il aurait été placé sous tutelle et ses fonds consignés. Or, ni le notaire, ni les impôts n'ont trouvé ce versement suspect. Une veine pour elle, car Luc Altricht aurait pu s'interroger aussi. Bien sûr, il a hérité certainement de beaucoup de biens, ou au moins de l'appartement de Brive et de placements que Franck a dû faire quand il a vendu son fonds de commerce et la villa Neptune, mais une somme de cinquante mille euros ne passe pas inaperçue.

Elle n'arrive à Pontaillac qu'une heure et demie plus tard. Elle s'attend à trouver son mari dans la propriété mais la maison est vide, entièrement fermée et le signal d'alarme actif. Elle descend dans le jardin et découvre avec stupeur que la terrasse en bois devant le chalet a été retirée et remise sans être vissée. Un amas de terre jonche le sol. Elle tente d'appeler son mari sur son portable mais il ne répond pas et elle tombe sur sa messagerie.

Elle qui aurait tant voulu qu'il soit présent à son retour. Elle remonte dans la maison, espérant trouver un mot de Paul sur la table de la cuisine, mais rien. Habituellement il lui dit toujours où il va ou garde son téléphone près de lui. Il a dû partir précipitamment. Elle commence à s'inquiéter. Tous les événements depuis dimanche ébranlent sa petite vie tranquille.

Pour tenter de trouver une occupation, elle allume son ordinateur. Elle veut rechercher des informations sur Alex Limoux, comme elle avait prévu de le faire quand elle avait quitté Surgères. Elle tape le nom et le prénom sur son moteur de recherche mais ne trouve rien d'autre que des sites sur une commune de l'Aude – elle ignorait qu'il y avait un village qui porte ce nom. Pourtant il a dû y avoir des articles ou des comptes-rendus quand il a été arrêté ou jugé. Elle interroge le site des journaux locaux ou régionaux mais elle ne trouve rien. Elle consulte aussi les réseaux sociaux mais personne ne correspond à ce nom à l'exception de deux personnes visiblement beaucoup plus jeunes que cet homme, qui à l'époque des faits, devait avoir entre trente et cinquante ans. Il est vrai que cette affaire remonte… à moins qu'il n'ait jamais été arrêté et que, contrairement à ce que lui a affirmé Jacky, il soit bien enterré dans le jardin. Elle se demande qui pourrait la renseigner.

Soudain elle entend du bruit à l'extérieur. Elle se précipite dans le hall d'entrée, ouvre la porte et a le plaisir de trouver son mari sur sa bicyclette. Elle court vers lui :

— Paul, mon chéri, où étais-tu passé ?

— J'avais prévu de creuser sous la terrasse du chalet mais comme il faisait trop chaud, j'ai décidé d'aller me baigner.

— Tu aurais pu me prévenir, m'envoyer un SMS ou laisser un mot dans la cuisine. Pourquoi tu n'as pas pris ton portable ?

— Je n'allais pas nager avec, voyons ! Je ne pensais pas que tu allais t'inquiéter comme ça !

— Tu as raison mais je me sens vraiment angoissée en ce moment avec tous ces événements.

— J'avoue que j'ai du mal à te reconnaître. Mais promis, je ne le referai plus. Qu'a donné ton périple à Surgères ?

— Pas grand-chose.

— Alors si tu veux bien, je vais aller prendre une douche et tu me raconteras après.

— J'en aurais bien besoin aussi, il fait si chaud aujourd'hui.

— J'ai entendu des gens sur la plage qui parlaient d'un orage pour ce soir. D'ailleurs le ciel se couvre. Allez, je monte.

Elle le retient :

— Moi, la première !

Il se retourne et l'embrasse :

— Je te demande pardon pour t'avoir inquiétée comme ça.

— Et si nous prenions notre douche ensemble. Il y a longtemps que cela ne nous est pas arrivé.

— Eh ! Pourquoi pas ma chère et tendre épouse…

Une heure après, ils se retrouvent tous les deux dans le salon. Véronique, vêtue juste d'un déshabillé coloré, observe par la fenêtre le ciel qui s'obscurcit. Elle se met à reprendre à sa façon la chanson de Michel Sardou :

— Des nuages noirs qui viennent du nord colorent le ciel, l'océan et l'estuaire, c'est le décor… que nous avons sous nos fenêtres.

Puis elle se tourne vers Paul :

— Cette douche m'a fait un bien fou. J'ai envie de prolonger ce plaisir en me prenant un bon verre de vin blanc. Pas toi ?

— Pour moi, ce sera juste un Schweppes. J'ai compris, tu voudrais que je m'en occupe ?

— S'il te plaît mon chéri.

— Tu fais de moi ton esclave, soumis, et à tes ordres.

— C'est parce que je le vaux bien.

Paul revient avec un plateau et les boissons. Il saisit un verre et le tend à Véronique qui ne se lasse pas de contempler le paysage changeant d'une minute à l'autre.

— Trinquons à notre amour et aux doux moments que nous passons tous les deux.

— Tchin, répond-elle, mais le ciel est comme notre vie actuellement, un peu trop chargé de nuages noirs qui nous empêchent de voir le soleil. Par exemple cette terrasse devant le chalet, tu ne m'as pas dit ce que tu as trouvé.

— J'ai retiré toutes les planches du caillebotis et j'ai commencé à creuser. Il n'y avait qu'une faible épaisseur de terre, environ une vingtaine de centimètres et je suis tombé sur une dalle de béton. Il faudrait un marteau piqueur pour la casser. J'ignore ce qu'a trafiqué Franck, mais apparemment il n'a pas fait ça tout seul. Et toi, tu as avancé dans tes recherches ?

Elle lui raconte alors son entretien avec Jacky et conclut :

— Qui croire maintenant ? Est-ce que Franck a imaginé toute cette histoire ? Il aurait sans doute été fier s'il avait lui-même supprimé l'assassin de Lydie et l'avait fait disparaître dans le jardin. J'ai regardé sur le Net. Aucune trace de cet Alex Limoux, ni de son arrestation, ni d'un procès. Il faut dire que tout cela s'est déroulé il y a plus de vingt-cinq ans maintenant.

— Alors, faisons comme si nous n'étions au courant de rien. Après tout, nous ne sommes pas censés être au courant.

— J'aurais tant voulu être soulagée de ce côté-là au moins, plutôt que d'imaginer un cadavre qui se décompose sous cette dalle.

— De toute façon, il y a prescription et personne ne peut nous accuser de ce meurtre. Le seul coupable est Franck, jamais nous n'avons été ses complices.

15

Vendredi neuf heures. Commissariat de Royan.

La garde à vue de Christian Cassagnes a été prolongée de vingt-quatre heures mais les charges contre lui sont toujours aussi faibles. Même si son alibi ne tient pas, même s'il est possible qu'il ait fait un détour vendredi soir pour se rendre chez Marine, même si l'hypothèse du chantage peut être le mobile du crime, sans son aveu, Granier ne peut le déférer devant le juge et son avocat insiste pour qu'il soit libéré.

Le capitaine est dans son bureau, quand le téléphone sonne :

— Capitaine, Il y a une femme à l'accueil qui demande à parler à quelqu'un au sujet de l'enquête. Je peux la faire monter dans votre bureau ?

— Oui, au point où nous en sommes.

Quelques instants après, une femme d'une cinquantaine d'années, très élégante, arrive dans le bureau :

— Vous me reconnaissez, Commissaire, je m'appelle Myriam Champey, je tiens la boutique où Marine Varzais travaillait.

— Je ne suis pas commissaire mais peu importe.

— D'abord, avez-vous retrouvé son assassin ? J'ai entendu dire que vous aviez arrêté un homme.

— Oui, il est dans nos murs, mais pour le moment, je ne peux pas vous en dire plus. Alors, qu'avez-vous à me dire ?

— Il y a quinze jours, ou plutôt seize, c'était le mardi vers dix-sept heures. J'étais dans le petit bureau juste derrière la boutique. Je m'occupais de la comptabilité. Un homme est entré dans le magasin et a commencé à discuter à voix basse avec Marine. Ma porte était entrouverte et je n'ai pas pu suivre leur conversation. Ce que les clients ne savent pas, c'est que cette porte possède un miroir sans tain, vous savez comme dans vos salles d'interrogatoire, si bien que je pouvais le voir mais lui ne me voyait pas. C'est amusant d'ailleurs, car les clientes se regardent dans la glace en faisant souvent des mimiques et ne se doutent pas que je les observe. Malheureusement ce jour-là, je n'ai pas pu beaucoup voir cet homme, car il me tournait souvent le dos. Il ignorait ma présence. La seule chose que j'ai pu entendre, ce sont ses dernières paroles car il a haussé le ton : « En tout cas, ça ne va pas se passer comme ça ! » Il paraissait furieux et il est sorti.

Aussitôt après, je me suis levée de mon bureau et j'ai demandé à Marine ce qui s'était passé. Elle était rouge de colère et tremblait. Elle a hésité pour parler, elle s'est mise à soupirer puis m'a sorti : « Ce n'est rien, une histoire personnelle, ne vous en faites pas. Rien à voir avec le magasin. »

— Est-ce que vous pouvez me le décrire ?

— De ce que je me rappelle : grand, un corps assez athlétique, un peu plus que la quarantaine, des cheveux foncés. Il portait un costume gris assez foncé, une chemise... blanche, je crois... et une cravate. Très élégant. Et c'était un bel homme, il ressemblait un peu à un acteur, mais vous savez, mon mari me reproche souvent de trouver toujours une ressemblance avec des gens qu'on connaît.

— Et quel acteur ?

— Attendez, ça va me revenir... Un acteur qui joue souvent dans des films policiers mais aussi dans d'autres. Un acteur français. Mince… Ça y est… *Richard Berry*, vous voyez qui c'est ?

— Oui bien sûr, mais il doit avoir plus de soixante ans maintenant !

— Vous savez, tous ces acteurs, ils ont l'âge de leurs films et quand on les voit dans des interviews on se dit toujours qu'ils ont pris un coup de vieux. Ça vous donne pas la même impression ?

— Peut-être mais vous êtes sûre de son âge ? Il pouvait peut-être avoir dix ans de plus ?

— Inspecteur !

— Pas inspecteur, je suis capitaine.

— Capitaine, je sais différencier, à l'âge que j'ai, un homme de quarante ans et un de cinquante. Il avait peut-être un ou deux ans de plus mais il était encore jeune. Un bel homme en tout cas.

— Vous l'aviez déjà vu auparavant ? Je suppose que vous connaissez beaucoup de monde à Royan.

— Non jamais. J'ai essayé cependant d'en savoir plus, car Marine semblait être bouleversée par cette entrevue. Je lui ai dit en plaisantant : « Encore un séducteur qui ne supporte pas que vous le remballiez ?! » Elle a haussé les épaules. Une femme est arrivée alors dans la boutique. Je pensais que Marine allait s'en occuper. Eh bien non, elle a pris un carton et est allée dans la réserve. J'ai dû rester avec la cliente, alors que j'estime que c'était son rôle et non le mien. Elle n'a plus dit un mot jusqu'à la fin de l'après-midi. Peut-être que cela n'a rien à voir avec cette affaire mais vous m'aviez bien dit que si un détail me revenait, je devais vous en parler.

— Vous êtes sûre du jour où ça s'est passé ?

— Absolument. Pour tout vous dire, ce jour-là c'était mon anniversaire, je suis née un 29 mai, je me suis absentée de la boutique juste avant que ce monsieur arrive, pour aller chercher le gâteau chez le pâtissier d'à côté. J'avais invité ma fille le soir à dîner chez moi.

— Puis-je vous montrer madame, quelques photos d'hommes que Marine Varzais connaissait et vous me direz si l'un d'eux ressemble à celui que vous avez vu ce jour-là ?

— Bien sûr, je voudrais tellement voir l'assassin de Marine sous les verrous.

Il ouvre son ordinateur et sélectionne des photos.

— Celui-là par exemple ne vous dit rien ?

— Si bien sûr !

— C'est cet homme dont nous parlions il y a quelques instants ?

— Non, sa femme est une cliente du magasin et il l'accompagne souvent. Tiens ! Il y a longtemps que je ne l'ai pas vue d'ailleurs.

Granier aurait tant voulu que ce soit lui. « Ce n'est pas mon jour de chance », se dit-il.

— Et celui-là ?

— Non plus. Beaucoup trop jeune, à peine quarante ans. Mais je le connais, il est venu rôder près de la boutique le mois dernier, il devait attendre Marine. Attendez, ça me revient maintenant, juste après la sortie de l'homme de la boutique, une voiture est passée en trombes et a failli renverser un piéton et je suis sûr que c'était ce *Richard Berry* au volant.

— Intéressant ce que vous me dites là ! Vous pouvez me dire quel genre de véhicule il avait.

— Vous savez, moi, les voitures…

— Une grosse, une petite ?

— Une grosse, je me souviens de la couleur, elle était noire.

— Si je vous en montre, vous pourrez sans doute être plus précise.

Et sans attendre il tape sur le clavier de son ordinateur et sélectionne quelques modèles.

— Non, ce n'était pas un 4 x 4, plutôt une grosse berline, c'est comme ça qu'on dit ?

— Attendez… De ce style-là ?

Il lui montre une Peugeot de grosse cylindrée :

— Non, pas du tout.

Il clique alors sur différents modèles de véhicules. Elle l'arrête :

— Peut-être de cette allure-là.

— Ah ! Un SUV.

— Si vous le dites. C'est quoi un SUV ?

— Ça vient de l'anglais : Sport Utility Vehicle, répond le capitaine en prenant soin de bien prononcer les mots avec l'accent.

— Vous vous y connaissez mieux que moi.

— Je suis sûr que la moitié de la population ne connaît pas la définition.

— Alors montrez-moi différentes sortes de « SUV » !

Il fait encore défiler des photos de véhicules :

— Celui-là, j'en suis pratiquement sûre.

— Une Peugeot 3008, de couleur noire, vous confirmez ?

— « Affirmatif » comme vous dites, vous les gendarmes.

— Eh bien madame, je vous remercie. Je vais prendre votre déposition et vous libérer, à moins que d'autres détails ne vous reviennent.

Pendant ce temps à la villa Neptune, Véronique et Paul prennent leur petit déjeuner. Ils se sont endormis tard hier soir, ayant recommencé avec beaucoup de plaisir ce qu'ils avaient fait dans la salle de bain. L'orage a finalement éclaté vers vingt-deux heures et ne s'est définitivement apaisé que deux heures plus tard. Ce matin, le vent est reparti à l'ouest et la température extérieure a chuté de presque dix degrés.

— Tu sais ce que nous pourrions faire ? dit Véronique.

— Non, mais tu vas certainement me le dire.

— J'ai envie de téléphoner à Amélie Vigeois, je pense qu'elle aura plus d'accès pour savoir ce qu'est devenu cet Alex Limoux, qu'en penses-tu ?

— Pourquoi pas, mais tu ne vas pas lui dire qu'il peut être enterré dans le jardin ?

— Non, bien sûr. Simple curiosité de ma part, savoir s'il a payé pour le meurtre qu'il a commis, s'il est en prison ou s'il a été libéré. Les avocats peuvent obtenir des renseignements sur les casiers judiciaires que nous ne pouvons pas avoir, je suppose.

— Tu peux toujours essayer.

— Je dois avoir son numéro de portable dans mon répertoire. Ça y est, je l'ai.

Sans perdre une minute, elle tente de l'appeler mais tombe sur sa messagerie. Elle lui demande alors de la rappeler.

— Moi j'ai une autre idée mais pour le moment je ne t'en dis pas plus. Je vais aller en ville. Je ramène de quoi manger ce midi ?

— Tout à fait d'accord. Avec ce temps, je n'ai pas envie de sortir.

Paul revient deux heures plus tard. Véronique est en train de nettoyer les vitres de la salle qui ont été salies par l'orage de la nuit.

Il s'approche d'elle et la saisit par la taille :

— Il va faire beau aujourd'hui, les oies sont perchées.

— Surtout quand les dindons les regardent, réplique-t-elle du tac au tac.

— Est-ce qu'Amélie a rappelé ?

— Non, il suffit qu'elle soit en audience ou qu'elle enchaîne les rendez-vous…

— Eh bien moi, j'ai une grande nouvelle à t'annoncer. Nous n'avons pas besoin de sa réponse. Je me suis rendu au service urbanisme de la mairie de Royan. Je voulais connaître l'historique de notre maison et du terrain. Ils m'ont orienté vers un vieux monsieur très féru d'histoire et qui m'a montré des plans datant de la Seconde Guerre mondiale. Avant la villa Neptune, il y avait une grande propriété qui fut réquisitionnée par les Allemands. Elle a été très abîmée lors du bombardement de janvier 1945 et n'a pu être sauvée. Ce qui est très important pour nous, tiens-toi bien.

— Je m'assieds alors et je te suis tout ouïe.

— À l'endroit où est construit le chalet et la terrasse, les Allemands avaient réalisé une dalle en béton pour y installer une grosse mitrailleuse. Tu ne sais peut-être pas que depuis la tentative de débarquement de Dieppe, en août 1942, craignant que les alliés ne débarquent sur nos côtes, ils avaient construit le mur de l'Atlantique, avec de nombreux blockhaus et des mitrailleuses un peu partout. Eh bien, la dalle dans le jardin date de cette époque, j'ai pu obtenir un plan, ce qui signifie qu'Alex Limoux n'a pas pu être enterré là où l'a dit Franck. Donc, pas la peine d'employer un marteau piqueur.

— D'après toi, il aurait inventé toute cette histoire, sortie uniquement de son imagination ?

— Quand il te l'a racontée, il était comment ?

— Il fermait souvent les yeux. J'ai cru qu'il était très fatigué et qu'il voulait se concentrer sur son récit. Il parlait en petites phrases, reprenait souvent sa respiration.

— C'est quand même dommage que nous ayons eu connaissance de l'état du terrain seulement maintenant. Imagine que nous ayons voulu construire sur cette parcelle. Avec cette dalle et le sol graniteux, nous n'aurions pas pu faire de sous-sol et il aurait fallu casser cette dalle.

— Pas étonnant que Franck nous ait fait un prix. Il devait être au courant.

— En tout cas, j'aimerais bien savoir ce qu'est devenu Alex Limoux.

— Attendons qu'Amélie nous rappelle.

Au commissariat.

Granier a convoqué ses troupes après son entrevue avec Myriam Champey.

— Messieurs, j'ai du nouveau, un nouveau suspect. Le sosie de *Richard Berry*.

Il leur explique les termes de l'entretien et conclut :

— Rien ne signifie que cet homme, d'environ quarante à quarante-cinq ans et possédant un SUV de marque Peugeot de couleur noire, soit l'assassin, mais il faut concentrer nos recherches sur ce type. Madame Champey a été formelle, il ne s'agit pas de Cassagnes, dont la femme est une cliente de sa boutique. Et selon ce qu'elle m'a dit de sa façon de s'habiller, il doit s'agir d'un notable. Garder un costume cravate en cette saison, ou il revenait d'un enterrement ou sa profession exige un certain standing, du style représentant de commerce, ou encore profession libérale comme notaire, comptable, expert ou avocat.

Regardez d'abord dans les PV de stationnement, ce serait une chance. D'après notre témoin, il était garé à proximité de la boutique, certainement dans la rue Pierre Loti, vérifiez également auprès de vos collègues si, par hasard, une 2008 ou une 3008 noire n'a pas été flashée sur les routes conduisant à Royan. Enquêtez aussi auprès des stations-service du secteur, elles sont équipées de caméras de surveillance et peuvent avoir filmé notre homme. Je ne vais pas vous apprendre votre métier mais grouillez-vous. Pour le moment, nous gardons toujours Cassagnes au chaud, j'ai demandé au procureur une prolongation de sa garde à vue jusqu'à demain seize heures. Alors on s'y met !

16

Concession Peugeot de Niort. Midi.

Antoine Courtois vient de vérifier le planning des réparations à effectuer pour la journée. Il est dans les temps. Cela fait plus de deux heures qu'il n'arrête pas de regarder sa montre.

Hier soir, il venait de quitter le garage quand il a reçu un appel d'Amélie Vigeois sur son portable,. Elle devait se rendre à Niort pour différents dossiers et voulait profiter de l'occasion pour le voir, s'il était disponible pour déjeuner avec elle. Antoine ne demandait pas mieux.

Ils s'étaient donné rendez-vous dans un restaurant près de la place de la République, un peu à l'écart, où les clients peuvent tranquillement discuter sans que leurs voisins de table puissent entendre leur conversation.

Ils se retrouvent donc à midi et quart devant la Brasserie du Palais. Dès qu'ils se voient, ils se mettent à sourire :

— Je crois, dit Antoine, que nous avons eu la même idée. Ça te va bien cette nouvelle couleur de cheveux et cette coupe.

— J'avais envie de changer de tête. Et toi aussi, la boule à zéro.

— Quand je me suis vu dans la glace hier matin, j'ai découvert que j'avais de plus en plus de cheveux blancs et que je me dégarnissais. Et avec la chaleur, j'ai pris cette décision. Tu aimes ?

— Tu n'as pas à me plaire. Mais j'avoue que j'apprécie beaucoup ton nouveau look.

— J'ai réservé une table à l'intérieur. On rentre ?

La Brasserie du Palais a conservé le cadre ancien avec des fauteuils de velours bleu nuit, des tables en bois foncé, sur les murs juste une couleur bleue assortie à celle des fauteuils. De petits lustres en cuivre éclairent les tables quand le soir tombe.

Ils s'asseyent à une table au fond de la salle. Il n'y a que six autres clients, tous à distance les uns des autres. Ils vont pouvoir discuter tranquillement.

— J'ai une envie folle de te prendre la main, dit Amélie inclinant sa tête sur le côté.

— N'oublie pas que je suis marié, toi aussi et qu'ici beaucoup de gens me connaissent. Niort est une petite ville.

Il tient rapidement à changer de conversation.

— As-tu des nouvelles de notre affaire ?

— Je sais qu'ils ont arrêté un suspect, le type qui fait la connaissance de Marine à la piscine. Mais apparemment il n'a pas avoué. Ce qui importe c'est que ton frère soit hors de cause… pour le moment.

— Pourquoi dis-tu pour le moment ?

Elle reprend à voix basse en faisant attention à ce que personne ne puisse l'écouter.

— Depuis mardi, j'ai la frousse, je dors très mal. Si Marine a fait chanter ton frère et Verdet, elle a sans doute conservé des photos de cette fameuse soirée, des documents qu'elle pouvait transmettre à la police. Te souviens-tu si elle s'est servie ce jour-là de son portable pour prendre des photos ?

— Pas à ma connaissance mais, j'avoue aussi que je n'y faisais pas attention. Et toi ?

— J'ai revu plusieurs fois dans ma tête le film de cette soirée et je me suis souvenu, qu'au moment du dessert, quelqu'un a sorti un appareil photo mais impossible de me rappeler qui. Je n'avais pas non plus l'esprit très clair, nous avions tous abusé de la sangria.

— Et ton mari, il est au courant de cette soirée ?

— Tanguy ? Non, jamais je ne lui en ai parlé. J'ai toujours craint sa réaction. Tu sais que nous ne sommes pas mariés tous les deux.

— Non, je l'ignorais. Et pourquoi ?

— Nous n'avons pas trouvé nécessaire de le faire. Et c'est plus simple que nous conservions nos deux noms. Tanguy est un acharné du travail, son métier passe avant tout, même s'il est toujours amoureux de moi. Il est parfois parti plusieurs jours quand il doit plaider mais tous les soirs il m'appelle, quand ce n'est pas deux fois par jour. En plus, Tanguy fait tout pour devenir le prochain bâtonnier, il a de grandes chances comme il est apprécié de ses confrères… Ce n'est pas le moment que je lui avoue que je suis mêlée, même de loin, au meurtre de Marine.

— Et, elle ne t'a jamais contactée ?

— Tu m'as déjà posé la question. Non, jamais, je n'ai pas eu de ses nouvelles depuis la soirée chez tes parents. Tant mieux pour moi. Elle n'a certainement pas retrouvé ma trace. Peut-être que si elle était encore en vie, j'aurais pu être la prochaine victime de son chantage.

Un serveur arrive alors avec les deux plats du jour qu'ils ont commandé : deux ailes de raie à l'échalote assorties de petits légumes.

— Ça m'a l'air fameux, reprend Amélie, et ça change de l'éternelle raie aux câpres.

— Goûtez et vous allez m'en dire des nouvelles, répond le serveur. Bonne dégustation. Dommage que vous ne l'agrémentiez pas d'un bon verre de vin blanc.

— Merci mais je dois avoir l'esprit clair cet après-midi.

— Je n'insiste pas.

Le serveur s'éloigne. Amélie prend une bouchée, l'avale :

— Délicieux.

— Tanguy sait quand même que tu as été chargée de défendre mon frère ?

— Évidemment.

— Et il n'a pas été surpris ?

— Je lui ai raconté que c'était un copain, que j'avais connu votre famille quand je passais mes vacances à Royan et que, plutôt que d'avoir un avocat commis d'office, il avait préféré faire appel à moi, qui suis spécialisée dans les affaires pénales. Tanguy a été flatté, d'autant plus que défendre une affaire criminelle augmente toujours la renommée du cabinet avec tous les journalistes qui se font un plaisir d'en parler dans la presse et même à la télé.

Elle reprend une bouchée puis :

— Au fait, Véronique m'a appelée et a demandé que je la rappelle. Tu es au courant ?

— Pas du tout. Je suppose un problème juridique… Tu sais que mon père est tombé sous ton charme lundi soir ?

— Tu crois ?

— Même s'il est toujours follement amoureux de Véronique, il cherche à savoir s'il plaît encore aux femmes.

— Je pense trouver un moment cet après-midi pour les rappeler. Ma cliente est convoquée à quatorze heures au tribunal mais avec un peu de chance, son affaire ne sera plaidée qu'une ou deux heures après. Pendant ce temps-là, je perds mon temps. Que veux-tu ! Chaque métier a ses inconvénients.

— Il faut que je t'avoue quelque chose, reprend Antoine d'une voix à peine perceptible.

— Ne me dis pas que c'est toi qui as…

— Je te jure que non, d'ailleurs, pour vendredi dernier, j'ai un alibi. Je suis resté prendre un verre avec les commerciaux jusqu'à plus de vingt heures et ensuite je suis rentré chez moi. Il faut plus d'une heure pour faire le trajet surtout le vendredi soir, en cette période de l'année. Tu me promets que tu garderas ce secret pour toi ?

— Bien sûr, sauf s'il s'agit d'un autre crime.

— Justement c'en est un mais le meurtrier est décédé.

Amélie commence à s'impatienter de connaître la suite, elle se sert un verre d'eau qu'elle porte à sa bouche :

— Accouche, s'il te plaît.

— Il y a un autre cadavre enterré dans le jardin de mon père.

Elle est si surprise qu'elle crache l'eau qu'elle venait d'avaler :

— Tu pourrais prévenir quand tu m'annonces une nouvelle telle que celle-ci.

— Je n'y suis pour rien, ni mon père.

— Sa femme alors ?

— Non, il s'agit de celui qui vivait avant sur le terrain.

Antoine lui rapporte alors les révélations de Véronique de dimanche après-midi et en conclut :

— Tu comprendras que si les flics déboulent chez mon père pour déterrer ce fameux Alex, ils risquent de tomber sur le corps d'Alexandra. Mais, si tout va bien, Édouard va se charger avec nous d'embarquer celui-ci la semaine prochaine pour le larguer en haute mer. Ensuite, ils ne craindront plus rien.

— Zut, il est déjà deux heures moins le quart, je dois y aller, la justice n'attend pas.

— J'ai été vraiment ravi de te revoir. Dommage que…

— Oui, dommage que nous n'ayons pu refaire ce que nous avons fait chez ton père. J'en garde un très bon souvenir.

17

Commissariat de Royan. Vendredi matin.

Il est huit heures quand Granier en franchit la porte. Aussitôt Rujon saute sur lui.

— Capitaine, j'ai du nouveau dans notre affaire. Il faut absolument que je vous voie maintenant.

— Suivez-moi dans mon bureau.

À peine a-t-il franchi la porte que le lieutenant tend des clichés reproduits en grand format.

— Je vous explique : avec beaucoup de mal, j'ai réussi à obtenir l'adresse mail de Marine Varzais et son mot de passe. Et quand j'ai ouvert, j'ai trouvé parmi ses courriers, un mail qui n'était pas ouvert avec en titre : « sauvegarde ». J'ai cliqué dessus et il y avait ces quatre clichés pris en juin 2013. Vous reconnaissez les personnages ?

— Alors, sur celui-ci, Cédric Courtois,

— J'ai reconnu son avocate, Amélie Vigeois. Et tenez-vous bien, la jeune fille au milieu, ce pourrait être Alexandra Chatillon. Elle a disparu à cette époque et personne n'a retrouvé sa trace. Et sur ce selfie, Marine Varzais avec Gaëtan Verdet, un notaire de Royan. J'ai demandé au commissaire, il le connaît bien. Il l'a rencontré plusieurs fois dans des cérémonies officielles.

— C'est dommage que *Richard Berry* ne soit pas des leurs. Eh bien, nous allons interroger tout ce beau monde et commencer par le notaire. Il est le plus près et apparemment, sur ce cliché, très proche de notre victime. Allez, on file à son étude. Il faut tenter de l'interroger avant qu'il ne puisse joindre les autres.

Un quart d'heure, plus tard ils sont déjà dans les bureaux de l'office notarial et se présentent à l'accueil en montrant leur carte de police :

— Nous voudrions parler à maître Verdet.

— Je ne peux le déranger actuellement, il est en signature de vente.

— Allez frapper à son bureau, c'est urgent.

La secrétaire se lève et se dirige vers une porte. Elle frappe et entre aussitôt. Elle en ressort accompagnée du notaire. Les deux gradés se présentent et demandent à s'entretenir discrètement avec lui. Il les conduit dans une pièce qui sert habituellement de salle de réunion.

— Maître, nous n'en aurons pas pour longtemps. Vous connaissiez Marine Varzais ?

— Qui ?

— Marine Varzais. Vous avez dû entendre parler de cette femme qui a été assassinée ce week-end.

— Bien sûr. Disons que je l'ai connue il y a longtemps.

— Oui, en juin 2013, vous aviez une relation avec elle à ce moment-là.

— Comment le savez-vous ?

Granier lui présente les clichés. Verdet ne perd pas son sang-froid.

— Oh c'est vieux, une amourette quand j'étais jeune. Nous nous sommes quittés juste après d'ailleurs. Je suppose que vous avez retrouvé ces clichés chez elle.

— Et vous l'avez revue après cette soirée ?

— Oui, quelques fois. Royan est une petite ville. Je sais qu'elle travaillait dans une boutique de fringues mais nous ne nous sommes plus adressé la parole.

— Vous nous aideriez beaucoup si vous pouviez nous dire qui sont ces gens sur cette photo.

— Pas facile, c'est de l'histoire ancienne. Il y avait les frères Courtois, Antoine et Cédric, ainsi que leur sœur puisque cette soirée se passait chez leurs parents, et des amis d'Antoine : Édouard et Marie Tresset, je sais qu'ils ont une entreprise d'espaces verts. J'ai fait appel à eux quelques fois pour tondre ma haie. Et Amélie.

— Elle, nous la connaissons, elle est avocate, maître Vigeois. Et la jeune femme, là ?

— Si mes souvenirs sont bons, elle devait s'appeler Alexandra. Elle était en vacances à Royan et c'était une copine de Cédric. J'ignore ce qu'elle est devenue.

— Le pire c'est que nous aussi. Il y a même eu un avis de recherche à son sujet, dans les semaines qui ont suivi cette soirée. Pschitt. Envolée. Plus de nouvelles.

— Comment était son comportement ce soir-là ? demande Granier.

— Elle était exubérante. Elle avait pas mal picolé et n'arrêtait pas de rire et parfois, elle se mettait à pleurer sans raison, comme une personne pompette qui ne sait plus ce qu'elle dit. D'ailleurs avec Marine Varzais, nous avons quitté la soirée les premiers.

— Et pourquoi ?

— Tout simplement, parce que j'avais envie de me retrouver seul avec elle. Je ne vais pas vous faire un dessin.

— Une dernière question, Maître : où étiez-vous vendredi soir entre dix-neuf heures et vingt et une heure ?

— Pourquoi, vous me soupçonnez ?

— Si vous avez un alibi, nous n'aurons aucune raison de le faire.

— J'avais un rendez-vous important à l'étude vendredi à dix-huit heures, une succession avec des héritiers qui ne s'entendaient pas. Pourtant, il n'y avait pas une fortune à se partager, plutôt des meubles auxquels deux sœurs étaient attachées. Bref, cette signature s'est prolongée jusqu'à vingt heures. Ensuite je suis rentré chez moi où ma femme m'attendait avec des amis qu'elle avait invités. Ils pourront témoigner si besoin est.

— Vous êtes certain de l'heure de votre départ ?

— Oui, car j'ai éteint mon ordinateur et j'ai regardé l'heure à ce moment-là. Il était dix-neuf heures cinquante-cinq. Vous pouvez vérifier si vous voulez. Le temps que j'éteigne toutes les lumières. Il n'y avait plus que moi à l'étude. Le samedi matin, nous sommes partis pour passer le week-end dans la famille de ma femme près d'Angers. D'ailleurs, j'ai conservé mes tickets de péage et j'ai payé par carte bleue, vous pourrez facilement vérifier. Nous sommes rentrés le dimanche soir.

— Vous habitez où ?

— À Vaux-sur-Mer.

— Eh bien Maître, nous vous laissons avec vos clients. Dès que vous avez un moment libre, vous pourrez passer au commissariat signer votre déposition.

Sur le trajet du retour, Rujon demande :

— Vous n'avez pas évoqué avec Maître Verdet le chantage de la victime ?

— Chaque chose en son temps Lieutenant, si le notaire n'a pas eu de contact avec la victime, nous pourrons retourner le voir ultérieurement. Pour le moment, il s'agit d'arrêter un assassin, pas de foutre la merde avec une personne notable. Maintenant il faut retrouver Cédric Courtois, je suis sûr qu'il va nous en apprendre plus.

Aussitôt après être rentré au commissariat, Granier lui téléphone :

— Monsieur Courtois, Capitaine Granier, j'aurais quelques questions à vous poser.

— Vous me soupçonnez toujours ?

— Vous êtes chez vous actuellement ?

— Oui, à mon atelier.

— Alors ne bougez-pas. Nous arrivons. Le temps du trajet, disons une petite heure.

En effet, ils n'ont pas traîné avec leur gyrophare. Cédric a tenté de se concentrer sur la peinture d'une table basse mais sa main tremblait parfois, il a dû stopper son travail. «Jamais ils ne me laisseront tranquilles avec cette histoire», pensait-il.

Les policiers arrêtent leur sirène juste avant d'entrer dans sa propriété.

Dès leur arrivée, Granier présente les clichés. Cédric est beaucoup moins à l'aise que le notaire :

— Comment avez-vous eu ces images ?

— Elles étaient sur l'ordinateur de Marine Varzais.

— Vous l'avez retrouvé ?

— Pouvez-vous me dire qui était sur cette photo ? Nous savons déjà qu'à part la victime il y avait votre frère et votre sœur, et Gaëtan Verdet que nous avons vu tout à l'heure. Vous connaissiez déjà Amélie Vigeois, votre avocate ?

— Oui, elle venait souvent passer ses vacances à Royan.

— Et les autres ?

— Édouard et Marie Tresset. À l'époque, ils n'étaient pas mariés. Édouard a une entreprise d'espaces verts près de Royan.

— Sans oublier cette fameuse Alexandra. Vous la connaissiez avant ?

— Je lui ai sauvé la vie. Elle était prête à sauter des rochers de la conche de Foncillon et je l'en ai empêchée de justesse. Elle semblait désespérée. Comme elle ne savait pas où aller, je lui ai proposé de venir à notre soirée.

— Vous avez eu un rapport avec elle ?

— Un rapport ? Non. Elle a picolé pas mal et tenait des propos incohérents. Vers une heure du matin, je commençais à débarrasser les bouteilles qui traînaient et les verres. Nous étions dehors sur la terrasse. Je suis remonté dans la cuisine et quand je suis revenu, elle était partie.

— Vous ne vous êtes pas inquiété pour elle ?

— Vous savez, je la connaissais très peu et de la manière dont elle s'est comportée, je n'avais pas tellement envie de la revoir. D'ailleurs, j'ai appris ensuite qu'il y avait un avis de recherche la concernant. J'ai pensé que ce que je savais sur elle ne pouvait pas apporter d'éléments. Et en plus, mes parents ignoraient tout de cette soirée. Vous connaissez mon père, c'est pas du style rigolo, encore moins à l'époque. Savez-vous ce qu'elle est devenue ?

— Non. Elle était majeure, elle avait le droit de disparaître à l'autre bout du monde et à vrai dire, seule sa tante s'est inquiétée pour elle. Ce qui nous étonne, c'est que Marine Varzais attachait beaucoup d'importance à ces photos, comme s'il y avait un lien avec la disparition d'Alexandra Chatillon. Elle les avait gardées précieusement. En attendant, vous allez venir avec nous !

— Encore ?!

— Rien ne dit que vous n'êtes pour rien dans la disparition de mademoiselle Chatillon ni, bien évidemment, dans la mort de Marine Varzais. Prenez quelques affaires. Vous risquez de rester plusieurs jours sans revenir ici.

— Mais vous n'avez pas le droit !

— Nous devons élucider cette affaire et interroger les autres participants à cette soirée, sans que vous ne puissiez les prévenir. Si nous vous quittions maintenant la première chose que vous feriez, c'est de leur téléphoner pour qu'ils donnent la même version, y compris votre avocate maître Vigeois qui était avec vous.

— Je n'ai rien à craindre puisque tous vous rediront la même chose.

— Eh bien, nous ne tarderons pas à le savoir.

18

La villa Neptune. Une heure et demie après.

— Paul, s'il te plaît tu peux répondre, je suis en train de crocher une machine.

— J'arrive, tu me feras toujours sourire avec ton expression « crocher une machine ». Tu la croches où ta machine ?

— OK, ça va, dépêche-toi de répondre.

— Oh, ça doit être encore une standardiste qui va vouloir me vendre un nouveau procédé d'isolation… Allô ?

C'est une voix chevrotante à l'autre bout du fil :

— Monsieur Courtois ? Monsieur Lémery au téléphone. Vous vous souvenez ?

— Bien sûr, vous habitiez juste à côté de la pharmacie. Comment allez-vous ?

— Beaucoup mieux. Je suis toujours en traitement. Qu'est-ce que je regrette que vous soyez parti en retraite ! Mais ce n'est pas pour ça que je vous appelle. Vous savez que j'ai déménagé ?

— Bien sûr, je suis venu quelques fois vous apporter vos médicaments. Près du commissariat.

— Je me permets de vous appeler, car j'ai vu votre fils y entrer, il y a à peine cinq minutes, menottes aux poignets, entouré de deux policiers en civil. J'espère qu'il n'a rien fait de grave.

— Lequel ? Antoine ou Cédric ?

— Votre fils aîné.

— Merci de votre appel, je fonce là-bas. Je vous tiendrai au courant. Merci beaucoup de m'avoir prévenu.

Paul raccroche et appelle son épouse :

— Véronique, Cédric a été de nouveau arrêté.

— Merde. Je pensais qu'il avait été mis hors de cause.

— Je fonce là-bas.

Un quart d'heure plus tard, il se présente à l'accueil :

— Je suis Paul Courtois, je veux parler à mon fils.

— Calmez-vous monsieur, dit le brigadier de permanence. Je vais tâcher de me renseigner. Asseyez-vous et attendez-moi.

Au lieu de s'asseoir, Paul fait les cent pas devant l'accueil. Au bout de cinq minutes, Lecas arrive :

— Lieutenant Lecas, vous êtes Paul Courtois ?

— Oui et je veux savoir pourquoi vous avez arrêté mon fils. Il a été placé en garde à vue ?

— Je ne peux rien vous dire pour le moment.

— Son avocate a été prévenue ?

— Écoutez, monsieur Courtois, votre fils est majeur. Il est entendu actuellement dans le cadre d'une enquête. Nous ne pouvons pas vous en dire plus.

— Quand pourrais-je le voir ?

— Je ne peux rien vous dire. S'il demande à parler à quelqu'un, je lui dirai juste que vous êtes venu. Maintenant, rentrez chez vous.

— J'insiste et je connais assez mon fils pour savoir qu'il n'a rien fait de mal.

— Je vais voir ce que je peux faire. Attendez-moi là.

Lecas repart dans les bureaux. Pendant ce temps, Paul saisit son portable et appelle Amélie Vigeois. Au bout de deux sonneries, elle répond :

— Oui !

— Paul Courtois à l'appareil. Vous êtes au courant pour Cédric ?

— Non, il est avec vous ?

— Il a été arrêté de nouveau. Et j'ignore pourquoi.

— Je vais les appeler. Mais rassurez-vous, il est peut-être entendu comme témoin.

— Il est arrivé au commissariat menotté. Un témoin l'a vu.

— Ils vont sans doute me prévenir rapidement… à moins que…

— À moins que quoi ?

— Que ce ne soit à cause de ce qui s'est passé chez vous il y a cinq ans.

— Il ne s'est rien passé, la jeune femme a quitté la soirée sans que personne ne s'en aperçoive. C'est ce que nous avons convenu avec Cédric et Antoine.

— Dans ce cas je ne les appelle pas. Tenez-moi au courant. Bon courage, Paul.

Après son appel, Paul revient dans le hall d'accueil. Lecas revient :

— Monsieur Courtois, si vous voulez bien me suivre.

Il arrive dans un grand bureau au fond du couloir et, à sa grande surprise, il est reçu par le capitaine Granier en personne :

— Asseyez-vous s'il vous plaît. Vous vous appelez ?

— Paul Courtois, je suis le père de Cédric qui a été amené ici ce matin.

— Votre date de naissance.

— 16 mai 1954.

— Où cela ?

— À Paris, dans le Ve.

— Profession ?

— Retraité depuis l'année dernière. J'étais auparavant pharmacien. J'avais une officine à Royan.

— Et vous habitez ?

— À Pontaillac, villa Neptune, boulevard Carnot.

— D'abord, nous aimerions savoir ce que vous avez fait vendredi dernier entre dix-neuf heures et vingt-deux heures ?

— J'étais chez moi, puis je suis allé chercher ma fille Sidonie à la gare, son train arrivait à dix-neuf heures cinquante-six exactement et n'avait pas de retard. Nous avons mangé ensuite chez nous avec mon épouse.

— Personne d'autre qui pourrait en témoigner ?

— Bien sûr, tous les voyageurs qui sont descendus du train. J'ai même reconnu d'anciens clients de la pharmacie, monsieur et madame

Leduc. Je pourrai vous donner leurs coordonnées si vous voulez. Nous avons dû arriver à la maison un quart d'heure plus tard. Ensuite nous avons passé la soirée tous les trois, nous avons mangé dehors ce soir-là, sur la terrasse et avons longuement discuté avec Sidonie. Nous avons dû aller nous coucher vers vingt-trois heures.

— Autre question : avez-vous le souvenir de ce que vous faisiez le samedi 7 juin 2013 ?

— Il est très vraisemblable que j'aie travaillé toute la journée à la pharmacie avec mon épouse.

— Vous en êtes sûr ?

— Non, mais comment voulez-vous que je m'en souvienne ?

— Je ne sais pas mais essayez de vous rappeler.

— J'ai le droit à un joker ?

— Soyons sérieux, nous ne sommes pas à « Qui veut gagner des millions ? »

— Je suis très sérieux. Si j'appelle mon épouse, elle doit être chez nous, elle regardera dans mon agenda de 2013 et vous répondra avec précision.

— Vous gardez vos agendas ?

— Toujours, surtout pour le fisc, pour justifier d'un déplacement, pour me rappeler certains rendez-vous. La preuve : aujourd'hui ça va nous servir.

— D'accord, monsieur Courtois mais vous mettez le haut-parleur.

— Dois-je vous donner la réponse en trente secondes ?

Granier hausse les épaules :

— Je n'aime pas beaucoup votre ironie !

Paul prend son téléphone et appelle Véronique :

— Allô, ma chérie, j'ai besoin d'un service. Peux-tu regarder dans mon bureau, étagère de gauche derrière mon fauteuil, cinquième rangée ? Tu dois trouver mes agendas.

— Oui, ça y est, je les vois.

— Prends celui de 2013 et dis-moi s'il y a quelque chose noté au samedi 7 juin.

— Eh bien oui, c'était le mariage de ma nièce, Agnès. Tiens, c'est drôle je n'avais jamais fait le rapprochement !

— Quoi ?

— Ma nièce, Agnès.

— Ça me revient maintenant. Merci et à tout à l'heure.

— Je n'étais pas chez moi, Nous étions à Bordeaux pour un mariage. Je n'aurais jamais dû y aller.

— Et pourquoi ?

— Parce que je m'y suis fait chier, comme jamais à un mariage. D'abord, il a fallu que nous allions en cortège de la mairie à l'église, ensuite mariage religieux avec la marche nuptiale et tout le tintouin. De nouveau, cortège avec les klaxons jusqu'au restaurant et pour finir un repas long et chiant avec chansons, jeux et compagnie, et comme je ne connaissais que trois ou quatre personnes…

— Et il y avait du monde chez vous pendant ce week-end ?

— Oui, mes enfants gardaient la maison. Même que je leur en ai un peu voulu.

— Pourquoi ?

— Ils m'ont laissé trois cadavres auxquels je tenais.

— Quoi ? Vous avez le nom des victimes ?

— La veuve Clicquot. Trois bouteilles d'un très bon millésime. Mes fils les ont remplacées mais pas de la même année. Ils nous avaient mis au courant et nous leur faisons entièrement confiance.

— Et vous savez qui était présent à cette soirée ?

— Mon fils Cédric est entre vos murs, vous n'avez qu'à lui demander. D'ailleurs, Capitaine, je voudrais bien m'entretenir avec lui ou du moins savoir pourquoi vous l'avez arrêté. Je pensais qu'il avait été mis hors de cause dans l'affaire du meurtre de mademoiselle Varzais.

— Nous n'avons pas encore toutes les certitudes sur son innocence.

— Qu'est-ce que je pourrais faire pour vous aider et ainsi l'innocenter ?

— Nous laisser faire notre travail.

— Je vous rappelle que j'habite à Royan depuis plus de trente ans et que j'avais une pharmacie dans le centre-ville. Aussi je connais énormément de monde dans la cité.

— Nous n'hésiterons pas à faire appel à vous.

19

Bureau du capitaine Granier, une heure après :

— Messieurs, je suis convaincu que le meurtre de Marine Varzais a un lien direct avec ce qui s'est passé chez les Courtois le samedi 7 juin 2013 et la disparition d'Alexandra Chatillon. Cédric Courtois m'a donné précisément la liste. Aussi, j'ai décidé de convoquer tous ceux qui étaient présents à cette soirée, lundi prochain à la première heure. Évidemment, d'ici là, il faut bien savoir qu'ils risquent de se téléphoner pour mettre au point une stratégie commune, s'ils ne l'ont pas déjà fait depuis cette soirée. Je suis aussi convaincu que le meurtrier de Marine Varzais se trouve parmi eux.

Il se met à inscrire sur un grand tableau le nom des participants.

— À vous de me dire qui a un alibi ? De mon côté, j'ai appris que Sidonie Courtois était chez ses parents. D'après les photos prises par la victime, elle n'a pas la carrure d'une athlète qui pourrait s'être battue avec elle, mais convoquons-la quand même. Il faut chercher la faille et comme elle est la plus jeune, c'est peut-être elle qui nous mènera au meurtrier. D'après ce que nous savons, la victime faisait chanter plusieurs personnes.

— Dont Cassagnes. Qu'est-ce qu'on fait de lui ?

— Rendez-lui sa liberté mais interdiction pour lui de quitter le département. Nous devons savoir où il est au cas où. Quant à *Richard Berry*, avez-vous quelque chose à m'apprendre ?

— Pour l'instant, rien de vraiment concluant. J'ai réussi à obtenir le nom des propriétaires de 3008 noires de Charente-Maritime, de Charente, de la Gironde, des Deux-Sèvres et de la Vienne. Nous avons commencé à les interroger mais d'après ce que nous savons, aucun d'eux ne pouvait se trouver à Royan le week-end dernier.

— Nous reprendrons les recherches lundi. J'ai rendez-vous à onze heures et demie avec le procureur, tenez-moi au courant si vous avez du nouveau.

Une heure après, Rujon entre dans le bureau de Granier :

— Ça y est ! J'ai convoqué tout ce petit monde mais certains ont été réticents. Gaëtan Verdet devait signer une vente, Amélie Vigeois avait un dossier à plaider à Poitiers. Quant à Antoine et Sidonie Courtois, ils n'ont fait aucune objection.

20

En effet, le lundi 18 juin, personne ne manque à l'appel. Il est neuf heures quand Rujon fait entrer dans la salle d'interrogatoire du commissariat de Royan tous les participants à la funeste soirée du 7 juin 2013. Le dernier arrivé, Cédric Courtois, entre accompagné de deux policiers. Granier avait obtenu du procureur l'autorisation de le garder dans une cellule.

Ils prennent place autour d'une grande table.

— Tout d'abord, nous tenons à vous remercier d'avoir réussi à vous libérer de vos occupations.

— Et j'espère, réplique Cédric, qu'après je serai libéré.

— Ou pas… Nous allons commencer par vous demander à chacun votre carte d'identité.

Rujon se lève, prend un sac plastique, l'ouvre et le tend à chacune des personnes présentes. Toutes les glissent dans le sac.

— Nous vous les rendrons tout à l'heure, reprend Granier. Ensuite, nous allons prendre vos empreintes digitales. Honneur aux femmes. Amélie Vigeois, si vous voulez bien…

— Je proteste contre ce genre de pratiques.

— Simple formalité mais si vous vous opposez, cela sera inscrit dans le procès-verbal.

— Nous n'allons pas perdre de temps, répond le notaire. Plus vite nous avancerons et plus vite nous serons sortis.

Tous se laissent faire sans rechigner. Lecas quitte la pièce avec toutes les empreintes.

— Vous vous doutez que, si vous êtes ici aujourd'hui, c'est dans le cadre de l'enquête sur le meurtre de Marine Varzais. Apparemment vous la connaissiez tous. Alors vous allez tous nous confirmer votre emploi du temps pour la soirée du 8 juin dernier. Les dames d'abord. Madame Vigeois ?

— J'étais à Poitiers, au palais de justice. J'ai plaidé jusqu'à vingt heures. J'ai des témoins, en plus haut placés, le président du TGI peut attester.

— À vous, mademoiselle Courtois.

— Je suis arrivée à Royan par le train, je venais de Bordeaux en passant par Saintes. Vers vingt heures.

— Le train était en retard ?

— Non, pourquoi ?

— Alors il est arrivé à dix-neuf heures cinquante-six.

— Vous chipotez !

— Nous avons besoin de précision dans notre métier.

— Bref. Papa m'attendait à la gare.

— Il était seul ?

— Seul. Il m'a raccompagnée à la maison.

— Directement ou vous avez fait un détour ?

— J'ai demandé à mon père de faire un tour sur le front de mer.

— Et pourquoi ?

— J'avais passé toute la semaine au CHU de Bordeaux, j'avais envie de voir l'océan.

— Vous avez donc pris le boulevard Garnier.

— Oui, si vous voulez.

— Je ne veux pas mademoiselle.

— Je ne me rappelle pas que le boulevard qui longe la plage s'appelle le boulevard « Granier ».

Rujon se met à sourire :

— Je ne savais pas, Capitaine que vous aviez déjà un boulevard à votre nom.

— Pas Granier, mademoiselle Courtois, Garnier. Vous ne vous êtes pas arrêtés en route avant de rentrer à Pontaillac ?

— Non, nous avons dû arriver à la villa un quart d'heure plus tard. J'ai ensuite passé la soirée avec mon père et ma belle-mère.

— Il n'y avait personne d'autre.

— Non, nous étions tous les trois. Il faisait beau, nous avons mangé sur la terrasse.

— À vous, Antoine Courtois.

— J'ai quitté la concession vers dix-huit heures trente avec les commerciaux et nous sommes allés prendre un verre ensemble au Bistrot des Voyageurs, juste à côté. J'en suis ressorti vers vingt heures pour rentrer chez moi où m'attendaient ma femme et mon fils Raphaël. Je ne suis pas ressorti après.

— Et vous, monsieur Tresset ?

— J'ai travaillé dans mon atelier jusqu'à dix-neuf heures. Puis je suis allé dîner au restaurant à l'entrée de Saintes, après être passé chez moi pour me changer.

— Pas un petit détour par le front de mer ?

— Non, j'étais déjà à la bourre. D'ailleurs, les amis qui m'accompagnaient m'en ont fait le reproche. Ils sont très à cheval sur l'heure et je suis arrivé à vingt heures. Ça bouchonnait sur la route. Je peux vous fournir le nom du restaurant, le nom de mes amis, nous avons pris le menu à vingt-huit euros cinquante, j'ai choisi des langoustines en entrée.

— Assez, monsieur Tresset, je n'aime pas votre comportement sarcastique.

— Vous me demandez de justifier mon emploi du temps. C'est ce que je fais !

— Si je comprends bien, tout le monde ici a un bon alibi. C'est déjà ça.

Antoine Courtois intervient alors :

— Et pourquoi, vous n'avez pas demandé à Gaëtan Verdet ?

— Parce qu'il a déjà été interrogé à ce sujet et que nous avons vérifié son emploi du temps. Passons à un autre sujet. Nous avons découvert chez la victime une importante somme d'argent. D'après les éléments de l'enquête, Marine Varzais avait pris un grand plaisir à faire chanter ses relations. Je vous pose la question à vous tous : qui lui a donné de l'argent ? Si nous avons pris vos empreintes digitales tout à l'heure, il y a de fortes chances pour qu'elles figurent sur les billets que nous avons en notre possession.

— Moi, dit Cédric Courtois, mais vous le savez déjà.

— Personne d'autre ici ?

Après un moment de silence :

— Moi, répond Gaëtan Verdet d'une voix faible.

— Combien ?

— Vingt mille euros.

— Et pourquoi lui avez-vous versé ?

Il met du temps à répondre devant une assistance qui se demande s'il va tout avouer de sa participation à la soirée, cinq ans plus tôt.

— J'ai eu une aventure, une soirée avec elle et cette salope…

— Elle est décédée, un peu de décence s'il vous plaît.

— Capitaine, une femme qui vous emmène chez elle et qui se permet de filmer vos ébats amoureux à votre insu afin de vous extorquer ensuite du fric, permettez-moi de vous le dire, c'est une véritable salope… Paix à son âme ! Et ainsi soit-il !

— Et ça s'est passé quand, votre partie de jambes en l'air ?

— Je ne me souviens pas exactement, fin mars. J'étais allé la voir environ quinze jours plus tôt, le 17 exactement car ma femme avait repéré en vitrine un pull qui lui plaisait énormément et j'ai voulu lui acheter pour son anniversaire, d'où la date que je connais. Marine était seule dans la boutique et il pleuvait à seaux. En attendant une accalmie, nous avons discuté et elle a commencé à me draguer. Quinze jours plus tard, j'avais prévu de rentrer tard chez moi, j'avais une vente importante à signer. Au dernier moment, le vendeur m'a demandé de reporter, sa femme venait d'avoir un malaise cardiaque. Je suis passé devant la boutique de Marine, elle fermait son rideau. Je lui ai proposé de prendre un verre avec moi, elle m'a invité chez elle. Je n'ai pas résisté.

— Attends, intervient Cédric, mais, à ce moment-là elle était follement amoureuse de moi.

— Faut croire que non, sourit ironiquement Gaëtan.

Cédric se lève :

— Salaud, ordure. Si je ne me retenais pas je te casserais la gueule. Elle ne t'a pas parlé de moi ?

— Si, mais elle m'a dit que tu n'en saurais rien.

— La salope, la salope ! rétorque Édouard. Si elle m'avait fait un coup pareil, je lui aurais…

— Que lui auriez-vous fait ? demande Granier.

— Pardon, c'est une métaphore. Avouez, Capitaine que son meurtrier, s'il a été victime du même chantage a des circonstances atténuantes.

— Modérez vos propos monsieur Tresset ou je vous mets en garde à vue. Reprenons. Nous sommes loin du compte, Marine Varzais a récupéré beaucoup plus. Elle devait avoir d'autres victimes… Parmi vous peut-être ? À qui le tour ?

Grand silence dans la salle, puis Antoine :

— Capitaine, vous voyez bien que nous avons tous un alibi pour ce vendredi-là, donc aucun de nous ne peut être le ou la coupable. Désolé pour vous mais il va vous falloir chercher ailleurs.

— Et Alexandra Chatillon ça vous dit quelque chose ?

Ils se regardent tous avec un air sceptique.

— La dernière fois, je crois, que vous avez tous été réunis c'était le samedi 7 juin 2013 à la villa Neptune de Pontaillac chez les Courtois. Qui n'y était pas ?

De nouveau grand silence.

— Nous allons vous rafraîchir la mémoire.

Granier sort trois photos prises ce jour-là et les tend à Cédric Courtois qui est près de lui :

— Faîtes circuler. Ce sont des clichés que Marine Varzais a pris lors de cette soirée. Deux choses nous interpellent. D'abord elle avait conservé ces documents précieusement et ensuite, Alexandra Chatillon n'a plus donné signe de vie après cette soirée. Disparue ! Volatilisée !

— Je vous l'ai déjà dit, Capitaine, répond Cédric. C'est moi qui avais amené cette fille dans notre maison et…

— Taisez-vous, Courtois… Monsieur Tresset, savez-vous ce qu'est devenue cette femme ?

— Pourquoi me posez-vous cette question, à moi ?

— Parce que j'aimerais avoir votre réponse, pardi !

— Vous devez savoir que c'est Cédric qui l'avait amenée. Il l'avait trouvée sur la plage. Personne ne la connaissait. Elle était plus jeune que nous, elle s'est mise à boire du champagne et de la sangria ce soir-là et si j'ai bon souvenir, il était plus de minuit, elle s'est éclipsée et nous n'avons pas cherché à la retrouver. Mais, je suppose que Cédric Courtois a déjà dû vous le dire.

— Bien sûr que…

— Courtois, vous parlerez quand je vous en donnerai l'autorisation.

— En tout cas, rétorque Verdet, j'étais avec Marine Varzais ce soir-là et quand nous sommes partis, la fameuse Alexandra était encore dans la villa.

— Ce que je peux vous dire, intervient Amélie, c'est que je confirme le dire de monsieur Tresset. À un moment de la soirée, alors que nous étions dehors, cette femme nous a quittés. J'ai cru qu'elle avait besoin de se rafraîchir ou d'aller vomir dans un coin tellement elle avait bu et au bout d'un quart d'heure, Cédric nous a demandé si nous ne l'avions pas vue. Il est alors sorti de la propriété, est allé faire un tour et une demi-heure après, il est revenu, seul.

— Il ne faut pas oublier, réagit Antoine, qu'elle avait des instincts suicidaires. Le seul regret que nous pourrions avoir, c'est que la convivialité de cette soirée n'a pu empêcher un geste désespéré.

— Eh bien moi, dit Granier, j'ai une autre hypothèse à vous soumettre. Il s'est passé quelque chose à cette soirée. Vous avez abusé de cette jeune femme, peut-être une sorte de tournante, un viol collectif et ensuite vous l'avez fait disparaître.

— Complètement aberrant. Nous étions tous accompagnés, à l'exception de Cédric et de sa sœur.

— Pourquoi l'aurais-je fait ? dit Cédric à son tour, puisque ce soir-là, pour tout vous dire, nous avons baisé, Alexandra et moi. Elle était parfaitement consentante. Je vous jure. Ça s'est passé en début de soirée, dans ma chambre au deuxième étage de la villa et nous sommes redescendus ensemble, main dans la main.

— Je lui ai même fait la réflexion, intervient Antoine, ironisant qu'il n'avait pas perdu de temps. « Sacré frangin, je lui ai dit, toujours le même dragueur, tu peux pas t'empêcher de sauter tout ce qui bouge. »

— Vous dites que vous étiez tous accompagnés, mais d'après ce que nous avons appris, Antoine Courtois, vous étiez déjà marié à l'époque ?

— Mon épouse n'avait pas eu envie de venir.

— Vous vous connaissez tous depuis longtemps ?

— Nous nous voyions régulièrement à chaque période de vacances, nous nous donnions rendez-vous sur la plage pour jouer au volley, plus tard pour faire de la planche à voile, souvent les après-midis se terminaient dans un bar quand nous avions les moyens de nous payer un coup. Profitant que mon père et ma belle-mère étaient absents ce soir-là, j'ai décidé de réunir mes anciens potes à la villa. Rien de répréhensible.

Le capitaine se lève.

— Je vous propose de faire une pause. Nous avons, à l'arrière du commissariat, une cour fermée où ceux qui fument sont autorisés à le faire. Celles et ceux qui veulent un café ou un verre d'eau peuvent le demander. Désolé, nous n'avons pas de viennoiseries à vous offrir.

— Je peux savoir pourquoi vous nous retenez ? demande Édouard Tresset.

— Tout simplement parce que mon équipe est en train de comparer vos empreintes avec celles trouvées dans l'appartement de la victime. Je pense que d'ici une petite heure certains ou certaines d'entre vous pourront être libérés… ou pas. Bien entendu vous allez laisser vos téléphones portables et vos affaires ici dans la salle. Vous n'avez rien à craindre, les locaux sont bien gardés.

En effet, une demi-heure après, tous les participants regagnent la salle de réunion, le capitaine, d'un ton solennel les fait asseoir.

— J'aimerais savoir si vous avez encore des choses à nous dire, si un détail vous est revenu qui puisse nous aider à confondre la ou le coupable.

Ils se regardent tous en silence.

— Bien, alors je vais pouvoir vous libérer.

21

Tous se lèvent de leur chaise. Mais à ce moment-là, Granier dit, d'une voix grave :

— Madame Vigeois, vous restez avec nous. Les autres peuvent partir.

— Pourquoi moi puisque je vous ai dit que je n'étais pas à Royan au moment du meurtre ?

— Il est onze heures cinq. Vous êtes placée en garde à vue pour complicité de meurtre sur la personne de Marine Varzais. Mademoiselle et messieurs, je vous demande de bien vouloir quitter cette pièce.

Ils partent tous en se demandant pourquoi Amélie est arrêtée.

Resté seul avec elle, Granier reprend :

— Madame Vigeois, quel véhicule possède votre concubin, Tanguy Valtier – car je crois que vous n'êtes pas mariés ?

— Une 3008 pourquoi ?
— De quelle couleur ?
— Noire.
— Auriez-vous une photo de lui ?
— Oui, sur mon portable. Je peux la rechercher.

Après plusieurs manipulations, elle arrive à retrouver un portrait de lui. Elle confie l'appareil au capitaine qui examine la photo avec le lieutenant :

— Effectivement, il y a bien un air de ressemblance, dit Rujon.

— Vous trouvez ? Moi, je ne vois pas. Ah si, avec un peu d'imagination et plus jeune.

— Mais enfin Capitaine, vous allez m'expliquer.

— Nous avons beaucoup d'éléments qui tendent à prouver que maître Valtier a tué Marine Varzais. Vous savez où il se trouve actuellement ?

— Je pense qu'il est à son cabinet. Le lundi matin, en principe, il travaille seul sur ses plaidoiries.

— Eh bien, non il n'y est pas et sa secrétaire ne l'a pas vu ce matin. Devons-nous le considérer en fuite ? Vous avez son numéro de portable ?

— Oui, bien sûr.

— Confiez-moi votre appareil, s'il vous plaît que je regarde.

Elle lui donne et Granier consulte le répertoire :

— Pourquoi possède-t-il plusieurs numéros ?

— C'est le dernier qui est le bon. Excusez-moi mais je n'ai pas fait le tri, il en change souvent. Quelles preuves avez-vous contre mon mari ?

— Lui avez-vous confié votre carte d'identité récemment ?

— Pourquoi cette question ?

— Répondez, madame Vigeois !

— Oui, la semaine dernière pour une question administrative concernant le cabinet.

— Nous avons trouvé ses empreintes et elles correspondent à celles que nous avons trouvées sur des billets appartenant à la victime. Savez-vous si monsieur Valtier était lui aussi victime d'un chantage ?

— C'est à lui de vous le dire !

— En attendant, vous allez rester avec nous pour complicité de meurtre. Vous allez avoir besoin d'un avocat.

22

Ils sortent du commissariat et se dirigent vers la rue du Commerce.

— Enfin libres, soupire Édouard, j'ai bien cru que nous allions y passer la journée. D'autant plus que nous avons tous autre chose à faire !

— Je n'en reviens pas, dit Antoine, Amélie qui nous a toujours soutenu qu'elle n'avait jamais subi de pression de Marine. Elle a bien tourné le jeu en sa faveur. Et dire que je l'avais prise pour avocate.

— Je voulais te dire, Cédric, reprend Gaëtan, qu'il ne s'est rien passé entre Marine et moi.

— Et alors, pourquoi tu as raconté… Ah d'accord, j'ai deviné.

— Pas sorcier. Elle a voulu me faire chanter et j'ai dû lui verser vingt mille euros. Fallait bien que je le justifie pour les flics.

— C'est pas tout ça, reprend Édouard, mais nous avons du travail. Cédric, tu m'accompagnes chez ton père ?

— Pourquoi ?

— T'as déjà oublié, nous avons prévu de retirer la haie de troènes et en profiter pour…

— Tu crois que nous devrions surseoir, comme dit ma belle-mère ?

— Certainement pas. D'ailleurs avant de venir ici, j'ai mis deux gars de mon équipe sur le terrain. À l'heure qu'il est, ils auront déjà bien avancé. De toute façon, il faut se dépêcher. Si nous supposons qu'Amélie crache le morceau, les flics se pointeront à la villa et il sera trop tard.

— Ça ne vous dérange pas que je vous quitte là, dit Sidonie, j'ai un train à prendre. Je peux en choper un dans un quart d'heure. Vous me tenez au courant.

Un quart d'heure plus tard.

Antoine et Cédric Courtois arrivent à la villa. Édouard les a suivis.

Sur le terrain de la villa, au fur et à mesure qu'un employé déterre les troènes, l'autre, à l'aide d'une broyeuse, les réduit en copeaux. Déjà, une grande moitié de la haie a disparu. Édouard vient à leur rencontre.

— Bravo les gars, vous bossez bien. Les racines ne sont pas trop profondes ?

— Ce sont de vieux plants mais nous avons vu pire.

Paul arrive et s'inquiète de la convocation au commissariat. Antoine lui rapporte les faits et, bien évidemment, l'arrestation d'Amélie.

— Et dire que je l'ai accueillie chez moi ! Elle cachait bien son jeu.

— Il est évident que, si Marine a voulu la faire chanter, les enjeux étaient différents d'avec nous. Maître Valtier brigue le poste de bâtonnier des avocats de Poitiers.

— Attends, attends, répond Antoine, pour le moment elle est entendue comme témoin, nous n'en savons pas plus.

Son père le prend à part :

— Depuis ce matin tout à l'air tranquille autour de la maison, je n'ai pas arrêté de guetter les alentours. Édouard, vous pouvez venir ici, s'il vous plaît ?

Ils se mettent tous les quatre à l'écart :

— Et si nous en profitions pour…

— Je pense que l'idée est bonne. Moins risquée que d'aller la jeter dans l'océan et beaucoup plus rapide. Il faut avouer que nous sommes un peu pris par le temps.

— J'avais pris ma journée, reprend Antoine, au cas où.

— Et moi, je peux te donner un coup de main, dit Cédric.

— La facture sera moins lourde, sourit Paul. Que faites-vous des copeaux ?

— Comme vous voulez, ou je les étale au pied des autres arbustes ou je les emporte avec moi. Il existe un incinérateur à la déchetterie.

— Je préfère que vous les emportiez le plus loin possible d'ici.

Il est midi et demi, lorsque toute la haie de troènes a disparu en copeaux. Édouard a libéré ses deux employés et leur a dit qu'il s'occuperait de ramener la broyeuse à l'entreprise.

Armés de leurs pelles et fourches, Cédric et Antoine ont déraciné les rosiers et ont trouvé en-dessous la bâche dans laquelle avait été enveloppé le corps d'Alexandra.

Il leur a fallu juste une demi-heure pour effectuer leur macabre tâche, sous le regard de Paul qui, de la terrasse, surveillait qu'aucune voiture suspecte ne tourne autour de la propriété.

Les rosiers ont été replantés à peu près au même endroit et abondamment arrosés.

— Et d'un, déclare Paul, en redescendant près du parterre.

— Hein ! s'exclame Édouard. Vous voulez dire que…

— Allez, juste un petit service.

— Ah non ! Vous n'allez pas me demander de déterrer un deuxième cadavre ?

— Oh non, juste me débarrasser des planches pourries de cette terrasse. En fin de compte, Alexandra finira entre quatre planches. Antoine et moi allons vous donner un coup de main.

Tous les quatre, ils retirent les lattes de la terrasse devant le chalet, qui finissent également dans la benne de la broyeuse.

Une fois ce travail accompli, Paul, à l'aide d'une pelle, creuse en dessous.

— Qu'est-ce que vous faites ? demande Édouard.

— Je voudrais refaire une terrasse plus solide mais je voudrais être certain de la nature du sol.

— Laissez-moi faire !

En quatre coups de pelle et de pioche, il arrive à retirer une grande partie de la terre.

— Alors là, vous ne craignez rien. Apparemment nous tombons sur une grande dalle de béton. Il m'arrive souvent d'avoir ce genre d'obstacles, c'est du dur, sans doute armée, comme l'étaient les constructions des

Allemands pendant la guerre. Il faudra certainement de la dynamite pour en venir à bout.

— Dès que vous en aurez le temps, vous pourrez nous refaire une terrasse avec des lattes en bois exotique ?

— Nous verrons cela plus tard. Pour le moment je dois revenir à mon entreprise me débarrasser de tous ces… copeaux.

23

Édouard vient de quitter la propriété avec son chargement, quand Véronique redescend de la maison.

— Il est parti ?

— Ils sont tous partis, ses employés et Alexandra aussi.

— Ouf, enfin une affaire réglée.

— Et l'autre aussi, dit son mari. J'avais raison. Franck n'a jamais enterré son prétendu Alex dans ce terrain. Pur fruit de son imagination délirante.

Il commence à remonter le chemin qui mène à la villa.

— Allez, on va manger. J'ai une faim de loup après tous ces évènements. Et après, je propose que nous allions nous baigner.

— Tu m'excuseras papa, dit Antoine, mais j'ai plutôt envie de dégueuler.

— Moi aussi, reprend Cédric. Je pense que je vais plutôt rentrer chez moi.

— Je pensais nous pourrions en profiter pour parler à nouveau de la vente de…

— Ah non, s'insurge Véronique, tu ne vas pas remettre ton projet sur le tapis.

— Maintenant qu'elle est libre de toute occupation.

— Il en est hors de question, s'écrie son épouse. J'y tiens trop. Et regarde maintenant, avec cette haie disparue, nous voyons encore mieux l'océan. Et tu n'es pas si vieux que cela. D'ailleurs si tu me reparles de ce projet, je te tue, je t'enterre sous les rosiers. Je profite : la terre est toute fraîche.

— J'adore quand tu te mets en colère. Je ne peux pas te résister.

Il la prend par le cou et l'embrasse.

En fin d'après-midi, maître Tanguy Valtier est arrêté au péage de Saint-Arnoult sur l'autoroute A10. Il est placé aussitôt en garde à vue et ramené au SRPJ de Poitiers.

Il est quinze heures quand il arrive menotté, dans les locaux où l'attendent déjà le capitaine Granier et le lieutenant Rujon, qui ont fait le déplacement pour aider leurs collègues de Poitiers pour confondre l'avocat. Est arrivée également Hélène Brousseval, une consœur et amie de l'accusé.

Comme l'autorise la procédure, les deux avocats s'entretiennent sans témoin avant la confrontation.

— Tu dois tout me dire Tanguy. As-tu tué Marine Varzais ?

— Oui, c'est moi mais j'ignore comment ils m'ont découvert. Même Amélie n'était pas au courant, alors que je l'ai fait par amour pour elle.

— Tu ne vas pas tarder à le savoir. S'ils t'ont placé en garde à vue, toi grand avocat, c'est qu'ils doivent avoir des preuves solides. Comment ça s'est passé ?

— Marine Varzais nous faisait chanter Amélie et moi.

— Et pourquoi ?

Valtier lui raconte toute l'histoire d'Alexandra.

— J'étais à Royan pour un important rendez-vous. Je défendais la société Ediage mise en cause dans la construction d'une résidence qui avait été livrée l'année dernière. Une expertise qui n'en finit pas avec tous les artisans, leur compagnie d'assurances, l'architecte. Enfin, tu connais ce genre d'affaires. J'avais obtenu de Marine Varzais que l'on se voie chez elle, je devais lui remettre dix mille euros en espèces, je lui ai déjà donné la même chose il y a un mois. À l'origine, elle ne demandait que dix mille pour son silence et une fois la somme versée, elle a exigé le double. J'ai profité d'un passage à Royan pour aller la rencontrer dans la boutique où elle travaillait. Elle n'a pas voulu céder. Je n'en avais pas non plus l'intention. Au début de la semaine dernière elle m'a menacé d'aller voir les flics et me donnait jusqu'au lundi suivant pour lui remettre la somme. J'ai accepté et lui ai filé rencard chez elle le vendredi soir. J'ai bien fait attention de me garer loin de chez elle et de me fondre dans la foule des promeneurs du front de mer. Je l'ai attendue et je l'ai vue entrer dans l'immeuble, elle était seule. Juste deux minutes plus tard j'étais chez elle. Je te promets, personne, à ma connaissance ne m'a vu entrer. J'ai bien fait gaffe. J'avais même mis des gants pour entrer chez elle, en les dissimulant au maximum. Elle a ouvert la porte de son appart' et m'a demandé le fric. J'ai sorti une liasse de billets et lui ai tendue. Elle m'a regardé avec un air de garce : « Apparemment il n'y a pas le compte », m'a-t-elle dit. Malheureusement pour elle, la liasse lui a glissé des mains. Elle s'est accroupie pour la ramasser et c'est là que j'en ai profité.

Je l'ai attrapée par le cou et j'ai serré très fort jusqu'à ce qu'elle ne se débatte plus. Elle n'a même pas eu le temps de crier. J'ai ramassé les billets. Je ne sais pas ce qui m'a pris. Pour faire croire à un crime passionnel, je l'ai étalée sur le lit de sa chambre. J'ai entrouvert la porte de son appartement. Aucun bruit à l'étage. Je l'ai refermée, j'ai fouillé et j'ai trouvé son ordinateur, son portable. Dans le tiroir de sa table de chevet il y avait un petit carnet. Elle y avait inscrit toutes les personnes qu'elle faisait chanter, avec les sommes. J'ai déchiré la page où était inscrit mon nom ainsi que deux autres, puis je suis parti. J'ai eu du bol, car je suis descendu par l'escalier de service et je n'ai vu personne. J'ai rejoint mon véhicule garé deux rues plus loin et j'ai pris la direction de Poitiers.

— Apparemment pas de témoins ?

— À mon avis, non et d'après ce que m'a dit Amélie lorsqu'elle a défendu Cédric Courtois, les flics n'avaient pas eu de témoignages probants.

— Est-ce qu'Amélie est au courant ?

— Non. Elle savait que je devais me rendre à Royan mais c'est tout.

— Le problème c'est qu'il va falloir la jouer serrée.

— Oui et je tiens surtout à sauver Amélie, tu comprends, je l'aime trop. Aucun des témoins n'a avoué ce qui s'est passé il y a cinq ans chez les Courtois, ni Cédric, ni les autres. Je dois me taire sur l'objet du chantage.

À ce moment-là, Granier frappe à la porte et sans attendre :

— Maîtres, votre temps réglementaire est terminé, veuillez nous suivre.

Ils sont introduits dans la salle d'interrogatoire où se trouvent déjà Rujon et le commandant Villery du SRPJ de Poitiers ainsi que deux autres officiers de police judiciaire.

— Monsieur Valtier, vous êtes entendu ici pour le meurtre de Marine Varzais, commis le vendredi 8 juin dernier aux environs de vingt heures, à son domicile, allée des Tilleuls sur la commune de Royan. Avez-vous un alibi ?

— Ce jour-là, effectivement, j'étais dans cette ville pour défendre un de mes clients dans une affaire d'expertise du bâtiment. Je suis parti vers dix-huit heures. Ça bouchonnait et même sur l'autoroute nous roulions cul-à-cul. Je me suis arrêté sur un parking pour pisser. Je suis arrivé à Poitiers aux alentours de vingt heures trente. J'ai voulu passer à mon bureau avant de rentrer chez moi.

— Vous avez conservé vos tickets de péage ?

— Non, j'ai un abonnement télépéage. Il vous suffira de vérifier.

— Vous connaissiez la victime ?

— Non, pourquoi je la connaîtrais ?

— Elle aurait pu être une de vos clientes, ou une connaissance.

— Non.

— Maître Valtier, si vous êtes ici parmi nous, ce n'est pas pour jouer au jeu du chat et de la souris. D'abord, un témoin vous a entendu avoir une altercation avec elle le 29 mai dernier dans le centre-ville de Royan et ce témoin est formel. Vous êtes d'ailleurs reparti tellement furieusement avec votre véhicule, que vous avez failli renverser un homme sur un passage protégé. Reconnaissez-vous les faits ?

— Non.

— Pourquoi nier ? Un témoin vous a vu et reconnu, et il est catégorique. Bon, passons pour le moment. Ce qui est plus accablant, c'est que nous avons trouvé vos empreintes sur des billets de banque que cachait la victime chez elle, et également dans son appartement.

Au bout de trois heures d'interrogatoire, l'avocat avoue son crime. Il raconte qu'il avait effectivement rendez-vous chez la victime, qu'ils se sont disputés, qu'il s'est défendu jusqu'à l'étrangler. Il doit avouer qu'il portait des gants. Dans ce cas les policiers ont conclu qu'il était donc venu chez elle avec la ferme intention de la tuer.

— Reste le mobile, monsieur Valtier. Pourquoi avez-vous voulu la supprimer ?

— Elle me faisait chanter. Comme d'autres d'ailleurs.

— Et quel était le motif de ce chantage ?

— Ça vous ne le saurez jamais !

— Nous allons tout fouiller, votre vie privée, professionnelle, vos comptes en banque. Tout, vous entendez bien, tout et nous trouverons bien. Pour le moment vous allez être déféré devant le juge d'instruction et…

— Je connais la procédure.

Le lendemain, Tanguy Valtier est retrouvé mort dans sa cellule. Il a mis fin à ses jours par une dose mortelle de médicaments.

Amélie Vigeois est relâchée, faute de preuves.

Malgré une enquête rondement menée par le SRPJ de Poitiers et de la Rochelle, aucune trace d'Alexandra ne sera retrouvée.

Quelques jours plus tard, Amélie propose à Antoine de le revoir dans un petit restaurant de Niort à l'abri des regards indiscrets. Elle s'en veut d'avoir trompé Tanguy, qui n'a pas hésité à tuer uniquement par amour pour elle.

— Maintenant tu peux me le dire, entreprend Antoine. Marine t'avait contactée ?

— Oui, mais je l'avais envoyée paître. Elle a alors téléphoné à Tanguy. J'ai dû le tenir au courant. Elle lui a réclamé vingt mille euros.

— Tu as su pourquoi elle avait besoin de tant d'argent ?

— Au départ elle ne voulait rien dire. Tanguy a été très persuasif. Il n'était pas bon avocat pour rien. Elle lui a répondu qu'elle comptait partir de Royan pour aller vivre à Paris et qu'elle avait bien sûr besoin de beaucoup d'argent pour couvrir ses frais. Tanguy lui a versé la somme qu'elle exigeait, au départ elle voulait dix mille euros. Début juin, elle lui a réclamé dix mille de plus. C'est là qu'il a vu rouge. Il a profité d'être sur Royan pour aller la trouver à sa boutique. Il ne m'en a même pas parlé. Elle lui a lancé un ultimatum. Elle avait préparé un article pour *La Dépêche* de Poitiers, nous mettant en cause tous les deux. Pour Tanguy, c'était la goutte d'eau qui faisait déborder le vase. Il lui a donné rendez-vous chez elle. La suite, tu la connais. Tout est de ma faute. Il a voulu sauver ma réputation par amour pour moi. Et Alexandra, elle est toujours à la même place ?

Antoine lui raconte comment ils se sont débarrassés du corps.

Avant de se quitter :

— Au fait, Antoine, j'allais presque oublier. Tu pourras dire à ton père et Véronique que je me suis renseigné : Alex Limoux, le prétendu deuxième cadavre du terrain de la villa Neptune, il est toujours vivant. Il purge sa peine à la prison de Bordeaux. Il sera libéré l'année prochaine…

FIN

Un grand merci à Chloé pour sa collaboration et sa précieuse relecture.